Joachim H. Peters (Hrsg.)

Bier mit Schuss

Handlung und Figuren dieser Anthologie entspringen der Phantasie der Autorinnen und Autoren. Darum sind eventuelle Übereinstimmungen mit lebenden oder verstorbenen Personen zufällig und nicht beabsichtigt.

Originalausgabe August 2019

Tel.: 0561/766 449 0, Fax: 0561/766 449 29

Titelbild: Bierglas © Anton84 - fotolia.com
Kugel © orcea david - fotolia.com
Druck: Totem, Inowroclaw, Polen

ISBN: 978-3-95475-200-3
www.prolibris-verlag.de

Bier mit Schuss

Kriminelle Biergeschichten
von Joachim H. Peters
und den üblichen Verdächtigen

Prolibris Verlag

Inhaltsverzeichnis

Thomas Breuer

Unterhopft

Man nehme Malz und Wasser, vermische und erhitze es kontrolliert, sodass eine Maische entsteht, überprüfe mit dem Jodtest Enzyme und Stärke, läutere das Gemisch über ein Siebsystem, messe mit der Spindel die Stammwürze, koche alles erneut auf und füge in Etappen den Hopfen hinzu. Erst der gibt dem Bier seinen Geschmack und macht es haltbar. Später wird noch Hefe hinzugegeben für die Gärung.

Das ist traditionelle Braukunst. Eigentlich ganz einfach. Und darüber, dass das Werk gelinge, wacht das Reinheitsgebot.

»Hopfen und Malz, Gott erhalt's«, heißt es, und es ist kein Zufall, dass der Volksmund den Hopfen an die erste Stelle setzt. Ich weiß das natürlich seit Langem, aber die volle Tragweite habe ich doch erst an jenem verhängnisvollen Abend erfasst.

***

»Verdammt trockene Luft hier«, krächzte Weber theatralisch und strich sich zur Untermalung mit dem Handrücken über die Kehle.

Wir saßen in unserer Eckkneipe, der *Hopfenstube*, am Stammtisch und hatten freie Sicht auf die leeren Tische und auf Rudi hinter der Theke, der unbenutzte Gläser wienerte, anstatt sich um seine beiden Gäste zu kümmern.

»Ich bin auch schon völlig unterhopft«, bestätigte ich und winkte Rudi ungeduldig zu. »Gibt's in diesem Laden eigentlich nichts mehr zu trinken?«, rief ich so entrüstet, wie es mein ausgedörrter Zustand zuließ. »Hast du deine Brauereirechnung nicht bezahlt, oder was?«

»Kommt sofort«, brummte Rudi und begann in aller Gemütsruhe damit, zwei Gläser Bier zu zapfen.

Der Kerl hatte vollkommen seinen Beruf verfehlt und kam für durstige Gäste wie uns in der Bedrohungsskala direkt nach der Wüste Gobi. Ungeduldig warteten wir auf das kühle Blonde, das unseren Hopfen- und Malzhaushalt wieder in Ordnung bringen sollte.

»Ich hab da was absolut Neues für euch«, verkündete Rudi, als er endlich zwei Gläser auf unseren Tisch bugsierte. »Ganz frisch im Anstich. Ihr habt doch feine Zungen und da brauche ich mal eure Expertise.«

»Was ist das?«, fragte ich skeptisch und bohrte meine zu Schlitzen verengten Augen in die verdächtig rotbraune Plörre in dem Glas vor mir. Zu allem Übel ersetzte eine schlierige Oberfläche die so beliebte wie unverzichtbare Schaumkrone.

Selbst Weber zog zweifelnd die Stirn kraus und der hatte von Bier nun wirklich keine Ahnung. Wenn nichts anderes da war, soff der sogar das Plastikflaschenzeug vom Discounter. Diese höchste Form der Abstumpfung war wohl seinem Beruf als Kriminalbeamter geschuldet, der dem Elend der Welt nicht ausweichen konnte und konsequent resigniert hatte.

»Probiert das mal«, motivierte Rudi uns. »Ist zwar etwas teurer als mein altes Pils, soll aber der Renner sein. Und da dachte ich …« Was er gedacht hatte, ließ er armwedelnd in der Luft hängen.

»Lass das Denken«, entgegnete ich und hielt mein Glas prüfend gegen die schummerige Deckenbeleuchtung, was die Sache nicht besser machte. »Davon verstehst du nichts.«

Weber hob sein Glas unter die krause Nase und wagte schließlich einen vorsichtigen Schluck. »Gar nicht schlecht«, urteilte er und kippte das Zeug nun in einem Zug runter. Er hatte so eine Art zu schlucken, ohne dass sich der Adamsapfel bewegte. Es sah aus, als ließe er sich das Bier einfach durch die weit geöffnete Kehle direkt in den Magen laufen. Das war allerdings schon die einzige Fähigkeit, für die ich ihn bewunderte. Was seine geistigen und kombinatorischen Talente als Bulle anging, hielt ich ihn eher für unterbelichtet.

Ich trank nur einen kleinen Schluck, aber selbst den nahmen mir meine Geschmacksknospen postwendend übel. Es war dieses Gemisch aus verflüssigtem Rauch und so etwas wie Kirscharoma mit einer leichten Vanillenote im Abgang, das mir sofort die Kehle zuschnürte. Die Plörre war offenbar nicht einmal in Sichtweite von Bitterhopfen gebraut worden.

Angewidert donnerte ich das Glas mit dem wild schwappenden Gebräu auf den Tisch und funkelte Rudi an. »Was ist das denn für ein Scheiß?«

»*Edel-Cherry-de-luxe*«, antwortete er mit leuchtenden Augen. »Das kommt aus der neuen Craftbier-Bude drüben im Gewerbegebiet. Die setzen voll auf fruchtige Biere, am liebsten mit ganz wenig Hopfen. Wenn ich das ins Programm nehme, kriege ich vielleicht wieder jüngeres Publikum in meinen Laden.« Dass er dabei für meinen Geschmack etwas zu abschätzig auf uns hinabblickte, machte meine Laune nicht besser.

»Sag mal, hast du sie noch alle?«, fuhr ich ihn an. »Nimm die Plörre wieder mit und bring uns ein anständiges Pils – mit einer Extra-Hopfen-Dosis, aber dalli! Sonst bist du auch deine letzten zwei Gäste los.«

Zugegeben, die Drohung war etwas gewagt, weil ich ja genau genommen nicht für Weber sprechen konnte. Der behielt wie zur Bestätigung meines Zweifels seine gierigen Augen auf mein Bierglas geheftet. Kameradenschwein!, dachte ich.

»Pils wird heute nicht ausgeschenkt.« Rudi zog die Schultern hoch und ließ sie in Zeitlupe wieder sinken. »Erst muss ich das *Cherry*-Fass leerzapfen.«

»Kein Pils? Nicht mal aus der Flasche?«, machte ich einen verzweifelten Rettungsversuch.

»Ich bin doch kein Kiosk«, entrüstete sich Rudi. »Bei mir gibt's nur Gezapftes!«

Ich nickte grimmig und schoss ihm Augenpfeile nach, als er langsam wieder von dannen zog.

Weber grinste breit. Er kannte meine Kompromisslosigkeit, wenn es um Bier ging. »Bei den jungen Leuten ist Craftbier der Renner«, warf er in einem Tonfall ein, der mir unbarmherzig attestierte, dass ich nicht up to date war. »Bei den Weibern sowieso, die stehen auf Kirschgeschmack und so'n Zeug. Angeblich fehlen der neuen Craft-Bude, die das hier kreiert hat, nur 250.000 Euro für eine zweite Anlage, dann können die in Serie gehen und die Gastronomie in der ganzen Gegend beliefern. Sollst mal sehen, am Ende trinken nur noch Dinosaurier wie du ein stinknormales Pils.«

»Hast du eine Ahnung, wie viele Arbeitsplätze wir jeden Abend mit unserem wohlverdienten Feierabendbier sichern?«, entgegnete ich. »Unsere gute Traditionsbrauerei ist der größte Arbeitgeber in der Region! Da muss so eine Klitsche erst einmal hinkommen.«

»Apropos Arbeitsplätze.« Weber hob den rechten Zeigefinger und untermalte ihn mit hochgezogenen Brauen. »Hast du schon gehört, dass bei denen die Stelle des Sicherheitschefs vakant ist? Der alte Rennekamp geht demnächst in Rente. Ich denke darüber nach, mich auf den Posten zu bewerben.«

»Wieso das?«, wunderte ich mich. »Du bist doch Beamter. Oder gefällt's dir bei den Bullen nicht mehr?«

Weber wackelte zweideutig mit dem Kopf. »Die freie Wirtschaft zahlt besser.«

»Geld ist nicht alles.« Ich winkte ab, merkte aber selbst, wie albern der Satz klang, wenn er von einem Privatdetektiv ausgesprochen wurde, von dem jeder wusste, dass er sich und seinen Laden nur mühsam über Wasser halten konnte.

Gleichzeitig keimte der Gedanke in mir auf, dass es für den Posten eines Sicherheitschefs in einer großen Brauerei keinen besseren Kandidaten als mich gab. Schließlich bin ich in einer Brauereistadt im Ruhrgebiet aufgewachsen. Bier ist für mich nicht nur Nahrungs-, es ist *Lebens*mittel. In meinen Adern zirkuliert Bier. Meine Freunde behaupten sogar, dass schon die Brust meiner Mutter einen Zapfhahn gehabt haben müsse.

Zugegeben, das ist leicht übertrieben. Fakt allerdings ist, dass ich eine spezifische Sozialisation genossen habe. Ich bin in meiner Jugend im Ruhrgebiet auf dem Schulweg täglich Zeuge eines geradezu hypnotisierenden Schauspiels an der Außenwand des gewaltigen Sudhauses unserer Brauerei geworden: Ein aus Neonröhren geformtes Bierglas füllte sich von unten her langsam mit goldgelber Flüssigkeit und lief schließlich weiß schäumend über. Links davon befand sich das andere Monument, das man ebenfalls beinahe als Wahrzeichen meiner Heimatstadt bezeichnen konnte: der Hochbunker aus dem Zweiten Weltkrieg mit der aufgesprühten weißen Taube und dem Spruch »Petting statt Pershing!«

Schöne Jugendzeit. Lang ist's her!

Heute wohne ich nicht mehr im Ruhrgebiet. Mit dem Niedergang der Zechen schlossen zunächst die Kneipen, dann die Brauereien. Mein Biotop trocknete aus. Was blieb mir übrig, als mein Büro in einer anderen Brauereistadt zu eröffnen?

Das Bier meiner Jugend wird nun in Kamerun gebraut. Dort ist es zum Verkaufsschlager geworden. Die armen Schweine da unten haben zuvor nur französisches gekannt. Durch das deutsche Pils haben sie sich quasi vom Kolonialismus geradewegs in die Entwicklungshilfe gerettet. Zumindest vom Saufen haben sie nun keine Kopfschmerzen mehr.

Während ich in Jugenderinnerungen schwelgte, starrte Weber sinnierend gegen die Decke. »Weißt du, Kaczynski, je länger ich darüber nachdenke, desto überzeugter bin ich, dass das ein Traumjob für mich wäre«, verkündete er. »Da sitzt man jeden Tag direkt an der Quelle. Und was kann man als Sicherheitschef in einer Brauerei schon groß zu tun haben?«

Da hatte er Recht. Auch ich stellte mir so eine Aufgabe wie einen Ruheposten vor: gesunder Büroschlaf am Tag, sichere Kohle und für die langen Abende ein Deputat an frisch gebrautem Bier. Deshalb genau das Richtige *für mich.* Ich musste mir also etwas einfallen lassen, um die Konkurrenz aus dem Feld zu schlagen.

Bestimmt war es meine völlige Unterhopfung, die mir in diesem Moment zu einem selbst für mich ungewohnten Ausmaß an geistiger Größe verhalf, jedenfalls reifte in mir ein geradezu genialer Plan. Als ich bemerkte, dass Weber mich misstrauisch beobachtete, weil ich offenbar auffallend nachdenklich geworden war, wuchtete ich mich von meinem Stuhl hoch.

»Zeit für's Bett«, behauptete ich. »War ein langer Tag. Und mit dem, was Rudi neuerdings *Bier* nennt, will ich mich gar nicht erst anfreunden.« Ich schob Weber mein noch fast volles Glas hinüber. »Sieh zu, dass das Fass leer wird, sonst tauch ich hier so bald nicht mehr auf.«

Als ich an der Theke vorbeikam, klopfte ich mit den Fingerknöcheln vor Rudi auf die Holzplatte und verkündete: »Sag Bescheid, wenn es bei dir wieder eine anständige Gerstenkaltschale gibt – aber *mit* Hopfen! Mit *ganz viel* Hopfen!«

Damit verließ ich die *Hopfenstube*, um meinen Plan zu Hause unter dem Einfluss von drei oder vier Flaschen Pils in Ruhe reifen zu lassen.

***

Der Mond lugte genau in dem Moment aus den Wolken hervor, als Nachtwächter Leineweber mit seiner Promenadenmischung um die Ecke bog. Der rotbraune Köter nahm sofort Witterung auf und kläffte in meine Richtung. Gerade noch rechtzeitig konnte ich mich hinter den Kistenstapel ducken, da streifte der Lichtkegel von Leinewebers Taschenlampe auch schon den Zaun, über den ich eben geklettert war. Zum Glück hatte ich meinen ersten Plan, den Draht mit dem Bolzenschneider zu durchtrennen, verworfen und auf meine sportlichen Fähigkeiten vertraut, sonst wäre ich jetzt am Arsch gewesen.

Leineweber war alt und kurzsichtig. Sein Job als Nachtwächter in der Brauerei besserte seine karge Rente auf und war mehr als gerechter Ausgleich für das harte Dachdeckerleben zu sehen, das er hinter sich hatte. Stress konnte der gute Alte nicht gebrauchen. Übermäßiges Engagement war also nicht zu befürchten.

Entsprechend genervt reagierte er auch auf seine Töle: »Halt die Schnauze, Brutus, und komm ins Warme. Da habbich ne Bockwurst für dich.«

Brutus – Leineweber hatte offenbar ein feines Gespür für Ironie.

Der Köter war einsichtig und folgte dem Alten, warf aber immer wieder misstrauische Blicke zurück. Zum Glück für mich war die Vorfreude auf den Leckerbissen stärker als sein Verantwortungsgefühl als Wachhund, womit meine Theorie erneut bestätigt wurde, dass Hunde im Laufe der Zeit mehr und mehr ihren Herrchen ähneln.

Ich wartete noch, bis die beiden Sicherheitsexperten hinter der nächsten Ecke verschwunden waren, rechnete fünf Minuten für den Weg zum Pförtnerhäuschen hinzu und linste zum Sudhaus hinüber.

Unter meiner Skihaube rann mir der Schweiß juckend über das Gesicht. Dabei hätte ich mir die Maskierung sparen können, wie ich mit Blick auf die Fassade des Gebäudes grimmig feststellte.

Nach dem dritten Pfandkastendiebstahl vor fünf Jahren, bei dem eine ganze Lastwagenladung geklaut worden war, hatte mich der Brauereidirektorhinzugezogen, und ich hatte ihm dringend nahegelegt, in eine Videoüberwachung und Flutlicht zu investieren. Mein Rat war offensichtlich im Nirwana der Kalkulation verhallt. Das würde meine erste Baustelle sein, wenn ich den Posten des Sicherheitschefs bekäme.

Und dass ich ihn bekäme, stand für mich schlicht außer Zweifel. Nun würde sich auszahlen, dass ich die Bierkastendiebe schon nach wenigen Tagen auf frischer Tat ertappt hatte. Sie waren so blöd gewesen, ihr Diebesgut in Zehnerpaketen bei den Getränkemärkten der umliegenden Städte anzubieten. Dabei waren sie an einen meiner Kumpels geraten, der Verdacht geschöpft und mich kontaktiert hatte. Dumm gelaufen für die Diebe, erstklassig für mein Renommee bei der Brauerei und hoffentlich bald hilfreich im Nachgang meiner nächtlichen Mission. Seit dem Bierkastenfall galt ich in Brauereikreisen als bestens vernetzt und bekam so ziemlich jeden Fall, der sich auch nur im Entferntesten um Bier drehte.

Ich griff nach dem Kanister neben mir und machte mich auf die Socken in Richtung Sudhaus. Die Hintertür war nicht verschlossen. Hier vertraute man voll und ganz auf Leineweber und Brutus, sodass ich mein Dietrichbesteck nicht auspacken musste. Auch etwas, das ich nach meinem Amtsantritt ändern würde.

Leise knarrend öffnete sich die Stahltür, vorsichtig schob ich mich durch einen schmalen Spalt in die riesige Halle und schnaufte erst einmal tief ein und aus. Der Mond draußen vor den Fenstern sorgte für eine schaurige Beleuchtung und gute Übersicht. Das edle Kupfer der Sudkessel glänzte und erinnerte mich derart an das Getränk, das darin bereitet wurde, dass mir der pawlowsche Reflex nun auch noch, zusätzlich zum Schweiß, den Speichel über die Lefzen sabbern ließ.

Reiß dich zusammen, Kaczynski, ermahnte ich mich. Erst die Arbeit, dann das Vergnügen.

Ich huschte zu dem erstbesten Sudkessel hinüber, stellte den Kanister unter dem Zapfhahn ab, zog einen Zettel aus der

Jackentasche, faltete ihn auseinander, entfernte die Schutzfolie von dem doppelseitigen Klebeband auf der Rückseite und pappte meine Botschaft mitten auf den Kessel. Mission erfüllt, Zeit für den Rückzug.

Vorsichtig lugte ich durch die Tür. Die Luft war rein, Leineweber und Brutus lagen offenbar im Bockwurstkoma. Beschwingt von meinem Erfolg machte ich mich auf den Weg zum Zaun, kletterte in einer dem Adrenalin zu verdankenden Geschwindigkeit hinüber, wuchtete meinen vom Trinksport gestählten Körper in meine alte Klapperkiste, riss mir die Haube vom Kopf und schoss mit einem Kavalierstart in Richtung Feierabendbier.

***

Der erwartete Anruf erreichte mich am nächsten Morgen noch vor der ersten Tasse Kaffee in meinem Büro. Brauereidirektor Häußler klang fast panisch. Kein Wunder, denn immerhin handelte es sich um das größte Sakrileg, das man sich als Bierliebhaber und Verfechter des Reinheitsgebotes vorstellen kann. Das Zittern in seiner Stimme übertrug sich geradezu auf den Telefonhörer – und zauberte mir ein so breites Grinsen ins Gesicht, dass meine Ohren von den Mundwinkeln Besuch bekamen. Bingo, mein Plan ging auf!

»Herr Kaczynski, wir brauchen Ihre Hilfe. Die Brauerei wird erpresst.«

Ich zögerte nicht eine Sekunde, reagierte professionell abgeklärt und beruhigte ihn: »Machen Sie sich keine Sorgen, da sind Sie bei mir an der richtigen Adresse.« Doppeldeutige Aussagen sind meine Stärke und bereiten mir besonders dann wahnsinniges Vergnügen, wenn mein Gesprächspartner sie nicht versteht. »Gibt es konkrete Forderungen?«, schob ich nach.

»Noch nicht. Nur, dass wir keine Polizei einschalten sollen.«

»Natürlich, der Klassiker«, murmelte ich so nachdenklich wie möglich und legte nun ein mahnendes Tremolo in meine Stimme: »Halten Sie sich bitte daran, bis ich mir einen Überblick verschafft habe. Ich bin in einer halben Stunde bei Ihnen.«

***

Als ich auf den Parkplatz der Brauerei einbog, lief der Pförtner schon auf mich zu. »Der Herr Direktor erwartet Sie«, rief er mir ungeduldig entgegen und drehte auch gleich in Richtung Verwaltungsgebäude ab.

Kein Zweifel, die Lage war ernst. Hier herrschte regelrecht Panik. Hinter der Scheibe des Pförtnerhäuschens stand Leineweber und linste betreten zu mir hinüber. Brutus schien sich schamgebeutelt verkrochen zu haben.

Ich folgte dem Pförtner in den Glaspalast und über helle Marmortreppen mit einem pilsgelben Geländer hinauf zum Büro des Brauereidirektors. Der tigerte mit auf dem Rücken verschränkten Armen vor riesigen Fenstern auf und ab, und ich ahnte, dass er im Moment keinen Sinn für den großartigen Ausblick hatte, der sich von hier aus bot. Ich hingegen vermaß den Raum mit den Augen, fühlte, wie mir die ganze Stadt zu Füßen lag, und atmete tief ein, als ich mich mit hochgelegten Beinen und hinter dem Kopf gefalteten Händen an meinem zukünftigen Arbeitsplatz liegen sah.

Häußler deutete fahrig auf die Ledercouch in der Sitzecke. Kaum hatte ich mich in die weichen Polster gekuschelt, angelte er auch schon einen Zettel von seinem Schreibtisch und ließ ihn zu mir hinübersegeln.

»Das hat an einem der Sudkessel gehangen«, erklärte er kurzatmig. »Eine Katastrophe! Ausgerechnet jetzt, wo uns die vielen neuen Craftbier-Panscher das Leben ohnehin schwer machen.«

Ich fischte das Stück Papier aus der Luft, schlug lässig die Beine übereinander und lehnte mich zurück. Das habe ich mir zum Prinzip gemacht: Je aufgeregter meine Auftraggeber sind, desto mehr bemühe ich mich darum, eine überlegene Ruhe auszustrahlen. Ängstliche Menschen in Not neigen dazu, an allem und jedem zu zweifeln, und wenn man sich in meinem Metier etwas nicht leisten kann, dann ist das mangelndes Vertrauen in meine detektivischen Fähigkeiten. Zudem hatte ich den Lauf der Dinge ja eindeutig unter Kontrolle.

»EINMALIGE WARNUNG«, stand in fett gedruckten Majuskeln auf dem Zettel und »KEINE POLIZEI!«

»Ich verstehe nicht«, heuchelte ich mit unschuldigem Blick und schob den Zettel zurück zu Häußler, der sich inzwischen schwer atmend im Sessel mir gegenüber niedergelassen hatte.

»Was gibt es da nicht zu verstehen?«, fauchte der Brauereidirektor und wuchtete in fahriger Verzweiflung einen roten Kanister auf den Tisch. »Der stand neben dem Kessel.«

LUPOMAX FUNGUSKILLER las ich auf dem Etikett, von dem mich eine grimmige Wolfsfratze anfunkelte.

»Billigste Baumarktware«, urteilte ich. »Allerdings absolut tödlich, wenn man ein Pilz ist.« Ich blickte den Brauereidirektor verständnislos an.

»Das ist hochkonzentrierte Lauge«, erklärte Häußler ungehalten. »Die Warnung ist doch wohl klar: Erfüllen wir die Forderungen des Erpressers nicht, kippt er uns das ins Bier.«

»Also erstens gibt es noch gar keine Forderungen«, erinnerte ich ihn, »und zweitens muss der Kanister ja gar nicht im Zusammenhang mit dem Zettel stehen. Er kann einfach dort stehen gelassen worden sein. Benutzen Sie diese Lauge in Ihrem Betrieb? Um Kessel zu reinigen, zum Beispiel? Oder zum Wischen?«

»Nein, wir verwenden eine andere Marke. Ich habe das sofort überprüfen lassen. Der Kanister ist eindeutig von dem Erpresser in der Halle platziert worden.«

»Wie ist er denn in das Gebäude gekommen?«, fragte ich scheinheilig. »Wird das Gelände nicht überwacht?«

Häußler wand sich ein wenig, presste aber schließlich »Vermutlich über den Zaun« zwischen den Zähnen durch und schob widerwillig nach: »Hinten beim Kistenlager.«

»Sie haben doch einen Security-Chef«, stellte ich fest. »Hat der die Überwachungstechnik, die ich Ihnen empfohlen habe, vielleicht nicht im Blick?« Ich weidete mich noch einem Moment an Häußlers Verlegenheit und fuhr dann gnädig fort: »Also gut, das Kind ist in den Brunnen gefallen. Was erwarten Sie nun von mir?«

»Finden Sie das Schwein!«

»Was ist mit Ihrer eigenen Security?«, wandte ich erneut ein.

»Herr Rennekamp ist alt. Der hat schon die Sicherheitslücke, auf die Sie seinerzeit hingewiesen haben, nicht ernst genommen, sonst wäre ja niemand auf das Gelände gekommen. Herr Kaczynski, ich brauche Ihre Hilfe!«

Das klang nun so flehend, dass ich ihn nicht länger zappeln lassen konnte. »Gut, ich kümmere mich um die Angelegenheit. Sie geben mir Bescheid, wenn sich der Erpresser wieder meldet.«

»Sollten wir nicht doch die Polizei …?«, warf Häußler vorsichtig ein. »Kriminalhauptkommissar Weber ist ein Sangesbruder von mir. Der würde bestimmt …«

»Auf gar keinen Fall!«, fuhr ich ihn an. »Derartige Drohungen muss man ernst nehmen. Wer Bier vergiften will, ist zu allem fähig. Also: keine Polizei!«

Häußler nickte resigniert.

Ich wuchtete mich aus dem Sofa, griff nach dem Kanister und dem Brief und ließ einen verzweifelten Brauereidirektor in seinem Büro zurück.

Bingo, dachte ich, ein generalstabsmäßiger Plan ist der halbe Weg zum Erfolg.

***

Wieder im Büro stellte ich den Funguskiller in die Ecke und legte das Erpresserschreiben auf meinen Schreibtisch. Phase eins war damit abgeschlossen: Brauereidirektor Häußler war aufgeschreckt, Security-Chef Rennekamp ausgebootet, Webers Einsatz verhindert und ich war ganz alleine im Rennen. Wenn ich diesen Fall löste, konnte Häußler gar nicht anders, als mir den Posten des Sicherheitschefs anzubieten.

Zeit für Phase zwei!

Ich wählte Häußlers Nummer und hielt sofort, als er sich meldete, meinen vorbereiteten Voicerekorder an die Sprechmuschel. »250.000 Euro in Fünfzigern und Hundertern«, schnarrte die aufgezeichnete verzerrte Computerstimme. »Weitere Anweisungen zur Übergabe heute um Mitternacht. Und ich warne Sie: Wenn Sie die Polizei benachrichtigen, stirbt ein nicht unerheblicher Teil ihrer Kunden!«

Kaum hatte ich das Gespräch beendet, klingelte mein Telefon. Ich wartete bis kurz vor dem Einschalten des Anrufbeantworters, um Häußlers Anspannung zu steigern, dann drückte ich die grüne Hörertaste und bemühte mich um eine gehetzte Stimme: »Kaczynski. Private Ermittlungen aller Art.«

»Ich bin's!« Der Brauereidirektor stand offenbar unmittelbar vor einem Herzinfarkt. »Der Erpresser hat sich gemeldet.« Keuchend berichtete er mir von den Forderungen. »Der meint es ernst! Was machen wir jetzt?«

»Ganz einfach«, antwortete ich. »Sie besorgen das Geld. Um kurz vor Mitternacht bin ich bei Ihnen im Büro und wir warten zusammen auf Anweisungen. Ich übernehme die Übergabe. Anschließend folge ich dem Erpresser und schnappe ihn mir.«

»Wenn das bloß gutgeht«, stöhnte Häußler.

»Ich mache so etwas nicht zum ersten Mal«, log ich. »Vertrauen Sie mir.«

***

Gegen 23 Uhr 30 hievte ich mich aus meinem Fernsehsessel und fragte mich in einem Anflug von Schwäche, ob die Sache so viel Selbstaufopferung überhaupt wert war. Ich hatte mir ja sogar mein Feierabendbier versagt, da ich durch die nächtliche Aktion, die vor mir lag, genau genommen noch nicht Feierabend hatte. In letzter Zeit war ich für meinen Geschmack zu häufig unterhopft. Aber das würde ja demnächst nicht mehr vorkommen. Wenn dieser Plan jetzt aufging, brauchte ich mir über die Zukunft meiner Detektei keine Gedanken zu machen und auch nicht um den Hopfen-und-Malz-Nachschub.

Ich verließ meine Wohnung, holte den zweiten Kanister LUPOMAX FUNGUSKILLER aus meiner Garage und hievte ihn in den Kofferraum meiner Klapperkiste. Auf dem Parkplatz vor der Brauerei blieb ich einen Moment in meinem Wagen sitzen und beobachtete das erleuchtete Fenster im Obergeschoss des Verwaltungsgebäudes, hinter dem ein schwarzer Schatten hektisch hin und her tigerte.

Ich zog mein Handy aus der Tasche und wählte Häußlers Nummer. Die Stimme aus dem Voicerekorder schnarrte: »Bringen Sie das Geld um null Uhr dreißig zum Stadtpark. Nordeingang. Die dritte Mülltonne auf dem Hauptweg rechts. Wenn ich einen Bullen sehe, können Sie Ihre Produktion einstellen.«

Ich drückte den roten Hörer und beobachtete, wie Leineweber und Brutus von ihrem nächtlichen Kontrollgang zurückkamen. Bestimmt hatten sie diesmal besonders den Zaun am Kistenlager kontrolliert. Ich musste mir ein Grinsen verkneifen, als ich nun aus dem Auto stieg und am Pförtnerhäuschen vorbei in Richtung Verwaltung stiefelte.

Häußler saß zusammengesunken am Schreibtisch, als ich sein Büro betrat. »Da sind Sie ja endlich!«, schnauzte er. »Der Erpresser hat schon angerufen!«

»Nur die Ruhe«, entgegnete ich. »Jetzt bin ich ja da.«

Während der Brauereidirektor mit flatternder Stimme berichtete, nickte ich abgebrüht, als sei das für mich reine Routine. »Haben Sie das Geld?«

»Natürlich!« Häußler legte den Aktenkoffer, den er neben dem Schreibtisch abgestellt hatte, vor mir auf die Tischplatte. »250.000. Wie gefordert in kleinen Scheinen. Nur Fünfziger und Hunderter.«

»Gut.« Ich griff nach dem Koffer. »Ab jetzt überlassen Sie alles mir. Ich melde mich bei Ihnen, wenn die Übergabe gelaufen ist und ich den Täter habe.« Selbstbewusst verließ ich das Büro, lief die Treppe hinunter, nickte Leineweber mit ernster Miene zu, stieg in mein Auto und brauste vom Parkplatz.

Phase drei war erfolgreich abgeschlossen: Das Geld lag neben mir auf dem Beifahrersitz, im Kofferraum wartete der Laugenkanister auf seinen Einsatz, Häußler saß an seinem Schreibtisch und wähnte mich auf dem Weg zum Stadtpark.

Phase vier konnte in aller Ruhe anlaufen.

***

Die Hintertür der Craftbier-Bude war ein Klacks für einen Fachmann wie mich. Ich musste mich auch nicht besonders vorsehen, denn hier gab es weder eine Videoüberwachung, noch war aus der Nachbarschaft etwas zu befürchten, das neue Gewerbegebiet lag um diese Uhrzeit wie ausgestorben da.

In den vergleichsweise kleinen Räumlichkeiten blinkte kein edles Kupfer. Stattdessen blendete in dieser Brauanlage greller chinesischer Edelstahl. Billigplunder, dachte ich, was soll da schon Geschmackvolles rauskommen? Die Putzkammer war schnell gefunden. Bingo. Ich musste nur ein paar weiße Kanister beiseiteräumen und meinen roten dahinter verstecken. Der Wolf auf dem Etikett bleckte verschwörerisch die Zähne.

Mit schnellen Schritten durchquerte ich nun die Brauanlage, stieg in dem schmalen Durchgang zum Verkaufsraum die Treppe hinauf in die Büroetage, betrat gleich den ersten Raum, orientierte mich kurz in der spärlichen Einrichtung und platzierte den Geldkoffer zwischen zwei Aktenschränken. Nun konnte ich den Rückzug antreten.

Wieder im Auto rief ich den Inhaber der Craftbierbude an und hielt meinen Voicerekorder an das Mikrofon: »Kommen Sie sofort in Ihre Brauerei. Hier wird gerade eingebrochen!«

»Wer ist denn da?«, kam es aufgeschreckt zurück.

Statt einer Antwort drückte ich das Gespräch weg und lehnte mich tief in meinen Sitz.

Zehn Minuten später tauchten vor mir Scheinwerfer auf. Die Lichtkegel schwenkten hektisch auf das Betriebsgelände. Wieder griff ich zu meinem Handy, wählte die Nummer der Polizei und informierte den diensthabenden Beamten über die Erpressung der Brauerei und meine erfolgreiche Ganovenjagd.

Während ich mir grinsend vorstellte, wie der junge Braumeister auf Einbrechersuche vorsichtig von Raum zu Raum schlich, näherten sich erneut Scheinwerfer, diesmal in meinem Rückspiegel, und schwenkten auf den Hof der Brauerei ein. Erstaunt beobachtete ich, dass Weber aus dem Auto sprang und auf den Eingang zulief. Wo kam der denn so schnell her? Und ganz ohne sein Einsatzkommando!

Einige Minuten später tauchten endlich drei Einsatzfahrzeuge die gesamte Umgebung in hektisches Flackerlicht. Etwa ein Dutzend Uniformierter stürmte in das Gebäude.

Den Rest der Aktion ersparte ich mir. Für mich gab es hier nun nichts mehr zu tun, der Einsatz würde seinen Lauf nehmen. Ich musste nur noch Häußler über mein erfolgreiches Wirken informieren und einen Termin für den morgigen Vormittag vereinbaren, dann hatte ich mir mein Feierabendbier redlich verdient.

***

Der Brauereidirektor war aufgekratzt wie ein Rübenacker direkt nach dem Pflügen. Das hatte ich angesichts meines Ermittlungserfolges nicht anders erwartet. Stutzig machte mich allerdings, dass wir nicht alleine in seinem Büro waren. Was, zum Teufel, hatte Weber so früh am Morgen hier zu suchen? Der musste sofort nach dem nächtlichen Einsatz hierhergekommen sein. So viel Diensteifer hatte ich ihm gar nicht zugetraut.

Mein Saufkumpan von der Kripo saß auf dem Besucherstuhl vor dem Schreibtisch und unterzeichnete irgendwelche Papiere. Er blinzelte mir verschwörerisch zu, während Häußler mich in die Sitzecke manövrierte und mir überschwänglich eine Reihe Getränke anbot. Ich lehnte irritiert ab und harrte der Dinge, die da kommen würden.

Erst jetzt registrierte ich, dass der Geldkoffer, den ich gestern noch durch die Gegend gekarrt hatte, aufgeklappt auf dem Besuchertisch stand. Häußler entnahm ihm zwei dicke Bündel Fünfziger und reichte sie mir.

»Ihr Erfolgshonorar«, verkündete er großmütig und ergänzte mit einer beruhigenden Handbewegung: »Natürlich zusätzlich zu ihrem üblichen Satz. Gute Arbeit, Herr Kaczynski, wirklich hervorragende Arbeit.«

»Ich habe dir ja gleich gesagt, dass du dich auf Kaczynski

verlassen kannst«, sagte Weber zu dem Brauereidirektor und zwinkerte mir zu.

Dir? Du? Mein Magen krampfte sich zusammen. Verdammt noch mal, was lief hier eigentlich gerade?

»Ohne dich hätte ich das auch nicht gemacht.« Häußler klopfte Weber dumpf pochend auf die Schulter. Dann wandte er sich wieder an mich: »Sie werden verstehen, dass ich Herrn Kriminalhauptkommissar Weber gegen Ihren Rat von Anfang an hinzugezogen habe. Wir sind, wie gesagt, Sangesbrüder und ich vertraue voll und ganz auf seine Expertise. Es war sein Vorschlag, offiziell Ihnen den Auftrag zu geben und selbst unauffällig im Hintergrund zu bleiben.«

Weber hob abwehrend die Hand, als sei so viel Lob nun wirklich nicht nötig.

»Der Erfolg gibt dir Recht«, ließ Häußler keinen Widerspruch gelten und fuhr dann an mich gewandt fort: »Wir werden auch in Zukunft nicht auf Ihre Unterstützung verzichten und Sie hin und wieder als externen Berater hinzuziehen. Auf Honorarbasis, versteht sich.«

Wir? Wer ist wir? Versteht sich? Nichts verstand sich! Ich jedenfalls verstand nur Bahnhof. Und was, bitte schön, wurde aus meinem Job als Sicherheitschef? Auf Honorarbasis würde der ja wohl nicht ablaufen.

Weber, der grinsend verfolgte, was sich offenbar in meinem Gesicht abspielte, erklärte herablassend: »Ich werde ab dem nächsten Ersten den Werkschutz der Brauerei übernehmen und bei Bedarf auf Sie zukommen, Herr Kaczynski.«

»Sicherheitschef?«, stammelte ich. »Du?«

»Ich hatte da ja zuerst an Sie gedacht«, warf Häußler entschuldigend ein, »aber Herr Weber hat mich davon überzeugt, dass diese Doppelstrategie besser ist. Seine Verbindungen zur Polizei und Ihre unkonventionelle Art ergänzen sich ganz hervorragend. Herr Weber war auch dankenswerterweise sofort bereit, seine derzeitige Tätigkeit aufzugeben und der Brauerei aus der Klemme zu helfen.«

»Das ist doch selbstverständlich«, tönte Weber großmütig und legte Häußler seine Hand auf den Arm. »Wenn ich gebraucht werde, bin ich da.«

Einen Moment verschlug mir diese Unverfrorenheit die Sprache, dann stemmte ich mich entschlossen aus der Sitzecke hoch. »Hin und wieder hinzuziehen, ja? Bei Bedarf auf mich zukommen, wie? Na, vielen Dank auch«, ätzte ich, nickte Häußler und Weber zu und verließ ohne ein weiteres Wort das Büro.

Kaum war ich an der Treppe angelangt, tauchte Weber mit großen Schritten hinter mir auf, schlingerte an mir vorbei und verstellte mir den Weg. »Wirklich starke Leistung, Kaczynski, das muss dir der Neid lassen.« Dabei grinste er so dreckig, dass ich ihm eine hätte reinhauen können.

»Sag mal, Weber, was für eine Scheiße hast du da eigentlich abgezogen?«, fuhr ich ihn an.

Weber lachte laut auf. »Na, was wohl? Ich habe meine Chance genutzt. Mir war natürlich gleich klar, dass du etwas planst, als du neulich die *Hopfenstube* so ungewohnt nachdenklich verlassen hast. Und das ausgerechnet, nachdem ich dir von dem Job hier erzählt habe. Also habe ich mich an deine Fersen geheftet. Ehrlich, Kaczynski, du bist ein Straßenköter, und ich habe dir schon immer viel zugetraut, aber dass du so kaltschnäuzig bist ...«

»Das musst du gerade sagen«, entgegnete ich wütend. »Schleimst dich bei Häußler ein und zockst mir den Posten vor der Nase weg. *Kameradenschwein* nennt man so was wie dich! Ohne meinen Plan hättest du doch gar nicht gewusst, wie du dich an den Job ranwanzen kannst. Und wenn du glaubst, dass ich in Zukunft für ein Almosen deine Arbeit machen werde, hast du dich geschnitten.«

Weber winkte gelassen ab. »Ich glaube das nicht nur, ich weiß, dass du mir mit Freuden zuarbeiten wirst.« Dabei zückte er sein Smartphone, wischte ein paarmal über das Display und hielt es mir genüsslich grinsend vor die Nase.

Der Film, der sich nun vor mir entfaltete, war zwar ausgesprochen dunkel, aber auch so konnte ich sehen, dass ich der Hauptdarsteller war, der gerade den Zaun der Brauerei überwand und sich mit einem Kanister in der Hand auf den Weg zum Sudhaus machte.

»An der Craftbier-Bude war das Set besser ausgeleuchtet«, setzte Weber noch einen drauf. »Willst du es anschauen?«

Ich schüttelte resigniert den Kopf.

»Schade eigentlich«, fuhr Weber in bedauerndem Tonfall fort, »dass dieses künstlerische Werk niemand zu sehen bekommen wird. – Vorausgesetzt, wir arbeiten in Zukunft gut zusammen, versteht sich.«

Ich seufzte und nickte mit hängendem Kopf. Man muss wissen, wann man verloren hat.

»Ach so«, ergänzte Weber, »bevor ich es vergesse: Das Honorar, das ich dir hin und wieder über den Zaun werfe«, er fischte flink eines der beiden Geldbündel aus meiner Hand, »das teilen wir natürlich fifty-fifty.«

Dann legte er zum Gruß zwei Finger an die Stirn und sprang, immer zwei Stufen auf einmal nehmend, pfeifend vor mir die Treppe hinab.

***

Auf dem Rückweg fühlte ich mich wie gerädert. Wie hatte ausgerechnet Weber mich so austricksen können? Es gab nur eine Erklärung dafür: Ich war an jenem verhängnisvollen Abend in der Kneipe dramatisch unterhopft gewesen. Und wenn ich aus der Sache etwas lernen würde, dann, dass man in dem Zustand einfach keine Pläne schmieden durfte.

Mit dieser Erkenntnis hatte ich mein Schicksal schlagartig wieder selbst in der Hand. Und so machte ich auf dem Weg ins Büro einen Abstecher zum Getränkemarkt meines Vertrauens, um einen nicht unerheblichen Teil meiner Prämie in die Vorbereitung einer hopfen- und somit erfolgsträchtigen Zukunft zu investieren.

Thomas Breuer

geboren 1962 in Hamm/Westf., hat in Münster Germanistik und Sozialwissenschaften studiert und arbeitet seit 1993 als Lehrer für Deutsch, Sozialwissenschaften, Informationstechnologische Grundbildung und Zeitgeschichte am Mauritius-Gymnasium in Büren (Kreis Paderborn). Seit 1994 lebt er mit seiner Frau Susanne, seinen Kindern Patrick und Sina, Katze Lisa und zahlreichen Sittichen und Zwergpapageien im ostwestfälischen Büren. Er liebt die Fotografie, die Nordseeinseln und den Darß genauso wie die Berge. Seine zweite Heimat ist Föhr, wo er regelmäßig im Auftrag seiner Hauptfigur Henning Leander neue Kriminalfälle recherchiert, in denen dieser dann ermitteln darf. Thomas Breuer ist Mitglied im »Syndikat«, der Autorengruppe deutschsprachiger Kriminalliteratur.

Robert C. Marley

Hope of Deliverance

Sergeant Otis war deprimiert. Und wie immer, wenn er deprimiert war, ging er die anderthalb Meilen von seinem kleinen, windschiefen Haus oben auf dem Hügel zu Fuß runter ins Pub.

Die letzten 48 Stunden waren die reinste Hölle gewesen. Eine absolute Katastrophe. Barton Green, der Bestsellerautor, der seit knapp zwei Jahrzehnten in Milton-on-the-Hill, ihrem verschlafenen Kaff in Sussex, lebte und ihm damit ein wenig Glanz und Gloria verlieh, war irgendwann vorgestern Nacht erstochen worden.

Zuerst hatte er einen Anruf von June Green erhalten. Das Klingeln seines Handys hatte ihn aus dem Schlaf gerissen. Noch immer hatte er ihre panische Stimme im Ohr.

»Ich glaub, ich hab sie erschossen, Dan!«, hatte sie geschrien. »Das verdammte Miststück hat Barton umgebracht! O Gott, o Gott, o Gott! Bitte, komm her. Oh, lieber Gott, Dan, bitte komm ganz schnell her!«

Das Miststück war Barton Greens neue Lebensgefährtin, für die er June vor einem Jahr verlassen hatte.

Er war sofort hingefahren und hatte June völlig verdreckt in dem großen Vorgarten des Anwesens gefunden, wo sie zusammengekauert auf dem taufeuchten Rasen hockte, die Knie mit den Armen umschlungen und in Tränen aufgelöst. Die antike Duellpistole, mit der sie die neue Mrs. Green erschossen hatte, hielt sie noch in der Hand.

Im Dorf kannte jeder jeden, und alle mochten June. Sie war eine fröhliche Frau, die immer lächelte und für jedermann ein gutes Wort übrighatte. Wenn sie runter in den Gemischtwarenladen von Mrs. Porter kam und für die Woche einkaufte – manchmal auch bloß einen Stoß Papier für ihren Mann – dann ging den meisten von ihnen das Herz auf. Sie war eben ein richtiger Sonnenschein, wie man hier in der Gegend sagte. Jemand, der dazu in der Lage war, allen ein Lächeln auf die Lippen zu zaubern, weil sie einfach so eine positive Ausstrahlung hatte. »Eine helle Aura«, meinte die alte Mrs. Porter immer.

Sie war beinahe wie eines dieser Lieder im Radio, die einen sofort in fröhliche Stimmung versetzten.

June war Lehrerin. Als sie und ihr berühmter Mann hierhergezogen waren, hatte sie eine Stelle an der Milton Primary School angetreten. Bei den Kindern war sie genauso beliebt wie bei den Kolleginnen. Wohin sie auch kam, sie verbreitete gute Laune.

Ganz gleich, ob es die Jacob-Jungen waren, die die anderen Lehrerinnen stets zur Weißglut trieben, weil sie einfach verdammt schlecht erzogen waren, oder der Sohn des Pfarrers, der kaum sprach und sich immer mehr in sich selbst zurückzog, June bekam sie in den Griff. Sie half, wo sie konnte. Und die Kinder liebten sie dafür. Kein einziges Mal hatte Sergeant Otis sie ärgerlich oder traurig erlebt. Das war undenkbar gewesen. Es passte nicht zu ihr.

Und dann war die Neue gekommen. Diese neue Mrs. Green.

Sie alle nannten sie so, obwohl Barton Green sie nie geheiratet hatte. Dazu waren sie wohl noch nicht lange genug zusammen gewesen.

Sergeant Otis erinnerte sich an den Tag, als die neue Mrs. Green in das alte viktorianische Pfarrhaus des Schriftstellers eingezogen war. Es war ein schlechter Tag gewesen. Seine Frau Rose war auf der Wache aufgetaucht und hatte ihm die Hölle heißgemacht wegen irgendeiner Belanglosigkeit. Otis hatte vergessen, worum es damals gegangen war, doch was er noch sehr genau wusste war, wie kurz darauf June Green in sein Büro gekommen war. Das tat sie oft, um ein kurzes Schwätzchen zu halten, denn Rose und er waren mit den Greens befreundet. Diesmal jedoch hatte June blass und niedergeschlagen ausgesehen. Überhaupt nicht wie sie selbst. Er hatte gleich alles stehen und liegen lassen und sich danach erkundigt, was los sei.

»Ach, Dan«, hatte sie leise gesagt und heftig zu weinen angefangen. »Barton – er hat mich vor die Tür gesetzt.«

Sergeant Otis war aufgestanden, hatte seine Hand auf ihren Rücken gelegt und sie erzählen lassen. Davon, dass ihr Mann auf einer seiner Lesereisen eine andere Frau kennen gelernt hatte. Davon, dass er ganz verändert gewesen sei, als er zurückkam. Davon, dass diese neue Frau mir nichts dir nichts bei ihnen eingezogen sei und dass sie ihr, June, klargemacht habe, sie sei im Haus nicht länger erwünscht.

»Das ist nicht dein Ernst«, hatte Sergeant Otis gesagt. »Es ist euer Haus. Selbst wenn Barton ... Ich bitte dich, June, die Frau hat dir rein gar nichts zu sagen.«

Hatte sie doch.

Offenbar hatte sie einen solchen Einfluss auf den Schriftsteller gewonnen, dass er sie einfach gewähren ließ. Nicht er hatte seiner Frau erklärt, dass ihre Ehe vorüber war. Nicht er hatte Junes Kleider, ihre Bücher, ihren Schmuck und ihre Bilder in die Holzhütte hinter dem Haus geschafft. Nicht er hatte ihr den Ehering in die Hand gedrückt, als June eines Mittags wie gewöhnlich nach Hause gekommen war und ihre Schultasche neben den Schrank in der Diele gestellt hatte. Die Neue hatte es getan.

Sergeant Otis krampfte sich auch jetzt noch der Magen zusammen, wenn er daran dachte, wie June ihm all diese Dinge an jenem Tag erzählt und dabei wie ein kleines verzweifeltes Mädchen geschluchzt hatte.

June war in die winzige Einliegerwohnung über der Schule gezogen.

Nun waren beide tot – Barton Green und die Neue.

Schloss er die Augen, sah Sergeant Otis die Leichen noch immer vor sich liegen. Die Kollegen geschäftig um ihn herum in weißen Einwegoveralls. Mr. Green lag im Wohnzimmer in seinem Ohrensessel, eine einzelne Stichwunde in der Brust, die dem Gerichtsmediziner zufolge binnen Sekunden zum Tod geführt hatte. Auf dem Tisch zwei Gläser Wein. Das eine halb gefüllt. Das andere umgeworfen, aber leer. Die neue Mrs. Green lag auf der Treppe vor der Haustür auf dem Rücken, das linke Bein ausgestreckt, das andere angewinkelt, den rechten Arm über ihren Kopf erhoben, den Eispickel noch in der Hand, als wolle sie zu einem weiteren Schlag gegen ihre Widersacherin ausholen. Ein großes Loch klaffte an der Stelle, wo die Pistolenkugel sie in die Schläfe getroffen hatte.

Im Hope of Deliverance war an diesem Abend gegen halb zehn nicht mehr allzu viel los. Durch die hohen Sprossenfenster konnte er lediglich vier junge Kerle aus dem Nachbardorf sehen, die um den Billardtisch herumstanden, und ein Pärchen, das sich auf dem Weg nach draußen gerade ihre Mäntel anzog. Otis schüttelte unwillkürlich den Kopf, während er die Tür aufhielt, um dem Paar Platz zu machen, das nun kichernd und sich an den Händen haltend aus dem Schankraum kam, während er noch immer an den Tatort und die Auffindesituation der Leichen an jenem Morgen dachte.

Wie nah sich Leben und Tod doch sind.

Derweil George Ezra davon sang, dass man ihm für alles die Schuld geben solle, schlurfte Sergeant Otis mit hängenden Schultern zur Bar hinüber, wo die polierten Messingzapfhähne wie pures Gold glänzten, zog seine braune Lederjacke aus und hängte sie über die Lehne des Hockers rechts neben sich. Auf den Platz links legte er seinen zusammengerollten Regenschirm. Nur für den Fall, dass es den Billard-Jungs in den Sinn kam, an der Theke noch einen zu trinken. Wenn er nachdenken musste, konnte er niemanden in seiner Nähe gebrauchen, der ständig sein Glas erhob, um mit ihm anzustoßen, oder ihn mit dummem Zeug vollquatschte.

»Hi, Dan, alles klar bei dir?« Jeff Critchett, der Wirt, trocknete sich die Hände an einem schmuddeligen grauen Küchenhandtuch ab, warf es sich über die Schulter und sah ihn aus Augen an, die Sergeant Otis jedes Mal, wenn er hineinsah, an die eines fetten Mopses oder die einer Bulldogge erinnerten.

Otis erwiderte den Blick mit gerunzelter Stirn und hochgezogenen Augenbrauen. »Verdammt, Jeff, seh ich vielleicht aus, als sei alles klar bei mir?«

»Nein.«

»Na also.« Er rutschte auf den Barhocker und stützte die Ellenbogen auf die blank polierte Theke. »Gib mir nen Bitter und gut is.«

»So schlimm? Bist du sicher?«

»Ja. Ich *bin* sicher.«

Critchett nickte übertrieben langsam, die Unterlippe vorgeschoben. »Mein ja nur.« Er zuckte die Achseln. »Hast nichts mehr getrunken, seit der alte Goldstein sich in seinem Büro erhängt hat.«

»Erhängt wurde«, sagte Otis.

Tatsächlich hatte Sergeant Otis dem Alkohol bereits vor Jahren abgeschworen, nachdem Rose, seine Frau, ihn damals vor die Wahl gestellt hatte: »Einer von uns beiden muss verschwinden, Dan – entweder der Alkohol oder ich.« Seither trank er nur noch, wenn er in einem Fall nicht weiterkam. Aber ausschließlich Bier, weil es seine grauen Zellen auf Trab brachte, wie er sich ausdrückte.

Critchett stellte das überschwappende Glas vor ihn hin.

Otis trank es in einem Zug halbleer, legte beide Hände darum und saß dann eine Weile einfach nur da, hörte auf das Klackern der Billardkugeln und das Lachen der Jungs aus dem Nachbardorf, während er die beruhigende Wirkung des Biers genoss.

Das Haus des Schriftstellers lag gegenüber der Kirche. Und ehe die neue Mrs. Green auf der Bildfläche erschienen war, hatten er und Rose die Greens häufig nach der Abendmesse besucht. Es war ein freundliches Haus gewesen, mit vielen Büchern, schweren alten Möbeln und antiken Waffen an den Wänden.

Otis hatte Barton Green gut leiden können, wenngleich der Mann nicht halb so gesellig gewesen war wie June. Er trank kein Bier, nur Wasser. Und er redete nicht viel. Vielleicht, dachte Sergeant Otis, hat man weniger zu reden, wenn man alles, was einem so im Kopf herumgeht, schon zu Papier gebracht hat. Manchmal war Barton, der meist still in seinem Sessel gesessen hatte, einfach aufgestanden und hatte sich zum Schreiben in sein Büro verzogen.

In jener Nacht, als die Leichen fortgebracht worden waren und Otis sich in den Zimmern umgesehen hatte, war nichts mehr freundlich an diesem Haus gewesen. Alles hatte irgendwie grau gewirkt. Die Bibliothek, das Arbeitszimmer im vorderen Turm, das Barton und die neue Mrs. Green gemeinsam genutzt hatten. Sein Schreibtisch aufgeräumt und makellos, beinahe pedantisch, das Foto der Neuen darüber an der Wand. Auf ihrem hingegen stapelten sich Papiere und Bücher. Ein leerer Kaffeebecher und unzählige Rotstifte zum Korrigieren der Druckfahnen links neben dem zugeklappten Notebook. Soweit Otis wusste, hatte sie als freie Lektorin bei einem großen Verlagshaus gearbeitet. Die helle Diele kalt und voller Schatten. Eine der Pistolen, die dekorativ an den Wänden hingen, fehlte. Es war jene Waffe, mit der June ...

Critchett sah zu, wie Sergeant Otis einen kräftigen Schluck von seinem Bier nahm. »Wie findest du es, Dan?«, fragte er.

»Was?«

»Das Bitter.«

»Ganz okay«, sagte Otis. »Schmeckt anders als sonst. Aber ja, ist ganz okay.«

»Freut mich. Ist ein Brown Ale.«

»Ich weiß, dass das ein Brown Ale ist, Jeff«, sagte Sergeant

Otis, die Augenbrauen hochgezogen. »Ich bin durchaus in der Lage, den Unterschied zu schmecken, weißt du?«

»Selbstgebraut. Ich nenne es Hope of Deliverance.«

»Na, von mir aus.« Er nahm einen weiteren kräftigen Schluck und trank aus. »Dann mach mal gleich noch eins. Heute kann ich's wirklich gebrauchen.«

Critchett hielt ein frisches Glas unter den Zapfhahn. »Sag mal, stimmt, was die Leute im Dorf so reden?« Er schluckte hörbar.

»Kommt darauf an.« Sergeant Otis blickte auf. »Was reden die Leute im Dorf denn so?«

»Dass June unter Hausarrest steht, und du sie nach Lewes ins Gefängnis bringen musst, weil sie die Neue erschossen hat.« Er stellte ihm das Brown Ale hin.

»Nein«, sagte Otis. »Nein, das ist Quatsch. Wer erzählt bloß solch dummes Zeug?«

In diesem Moment kam einer der Billard-Jungs an die Theke und orderte Nachschub. Critchett zuckte die Achseln, trat an die Bierpumpe und machte sich daran, vier Indian Pale Ales zu zapfen.

Die Wahrheit war, June hielt sich seither in ihrer Wohnung über der Schule auf, heulte sich die Augen aus und wurde abwechselnd von Rose und Pfarrer Gale betreut, weil sie nicht in einem Zustand war, in dem man sie allein lassen konnte.

Sergeant Otis hatte June in der Tatnacht zunächst zur Wache gebracht, wo Pfarrer Gale sie zu beruhigen versucht hatte. Nach anderthalb Stunden war sie dann so weit gewesen, ihre Aussage zu Protokoll zu geben.

So, wie es aussah, hatte Barton June am Abend angerufen und sie inständig gebeten, sich mit ihm zu treffen. Es sei wichtig, habe er gesagt und sehr aufgeregt geklungen. June war daraufhin zum Haus gefahren.

»Barton war allein«, hatte June ausgesagt. »Seine ... seine Freundin war in London, glaube ich. Er meinte, sein Leben sei die Hölle, seit sie eingezogen wäre. Sie sei furchtbar eifersüchtig. Keinen Schritt dürfe er mehr ohne sie tun. Sie würde sogar sein Handy und seine Emails überprüfen. Er war ganz verzweifelt. So könne es nicht weitergehen, hat er gesagt.«

»Wieso ist dann alles eskaliert?«, hatte Sergeant Otis sie gefragt. »Kannst du mir das schildern, June?«

»Wir haben stundenlang geredet, Barton und ich. Und wir haben Wein getrunken. Na ja – es ist eins zum andern gekommen. Ich nahm ihn in den Arm. Wir küssten uns. Und plötzlich stand sie in der Tür. Erst dachte ich, sie würde anfangen zu schreien, hysterisch werden oder mich aus dem Haus jagen. Aber das tat sie nicht. Sie verließ nur das Zimmer. Einfach so, ohne ein Wort.«

»Und dann?«

»Dann ist sie zurückgekommen, Dan. Es war entsetzlich.« Im Protokoll hatte Sergeant Otis schlicht vermerkt, dass June Green ihre Aussage an dieser Stelle unterbrechen musste. Tatsächlich hatte sie jedoch einen heftigen Weinkrampf erlitten, sich am Boden zusammengekauert und war erst nach einer halben Stunde überhaupt in der Lage gewesen, wieder zusammenhängend zu sprechen. Sie hatten die Vernehmung am folgenden Morgen fortgesetzt.

»Können wir weitermachen?«

»Ich glaube schon.«

»Was geschah, als sie zurückkam?«

»Sie hatte die Hände hinter dem Rücken verborgen. Ich war bereits aufgesprungen und stand am Bücherregal. Auch Bar-

ton wollte eben aufstehen, da geht sie auf ihn zu und stößt ihm den Eispickel in die Brust. Ohne ein Wort. Eiskalt. Er ist in den Sessel zurückgefallen und hat sich nicht mehr bewegt. Dann hat sie versucht, mich zu kriegen. Sie hat geschrien wie eine Verrückte, dass sie mich umbringen würde. Ich hab mir alles geschnappt, was ich in die Finger bekam und hab es in ihre Richtung geworfen und bin in die Diele gerannt. Sie ist hinter mir hergekommen. Mit diesem Eispickel. Der war noch ganz rot von Bartons Blut. Da habe ich einfach nach einer der Pistolen an der Wand gegriffen, das hielt sie eine Weile auf Abstand, und so kam ich bis vor die Haustür. Sie stand da draußen auf der Treppe, hat mich angesehen und gelacht. Als sie auf mich losrannte, bin ich auf dem Rasen ausgerutscht und auf den Rücken gefallen. Da habe ich abgedrückt. Sie fiel sofort um. Ich habe gar nicht gewusst, dass die Waffe geladen war.«

Critchett stellte die vier Pint-Gläser auf ein rundes Tablett und der Billard-Junge trabte damit ab. Dann kam Critchett wieder zu Sergeant Otis herüber und verschränkte die Arme vor der breiten Brust. »Es ist also nichts an den Gerüchten dran, Dan? June steht nicht unter Hausarrest?«

»Natürlich nicht«, sagte Sergeant Otis und schüttelte den Kopf. »Sie hat in Notwehr gehandelt. Wie kommen die Leute bloß immer auf solchen Blödsinn?« Er hielt ihm das leere Glas hin.

Der Wirt nahm es und stellte es in die Spüle. »Noch eins?«

»Sicher.«

Schweigend zapfte er ein weiteres Brown Ale, reichte es Sergeant Otis und sagte: »Ganz ehrlich, ich frage mich, weshalb die Pistole geladen an der Wand hing.«

Otis nippte an seinem Bier. »Meine Güte, keine Ahnung.«

»Waren die anderen auch geladen?«

»Nein, waren sie nicht. Wir haben das natürlich überprüft.«

Critchett stieß einen leisen Grunzlaut aus. »Klingt das logisch für dich? Ich mein, wie wahrscheinlich ist es, dass June ausgerechnet die Waffe greift, die geladen ist?«

Otis knallte sein Glas so heftig auf den Tresen, dass es überschwappte. »Sie hat eben verdammtes Glück gehabt. Was willst du eigentlich andeuten? Magst du June nicht?«

»Doch, klar. Musst dich nicht gleich aufregen. Ich sag nur, dass wir sie vielleicht nicht ganz so gut kennen, wie wir das glauben. Egal wie lange sie hier wohnt – sie ist eine Zugezogene.«

»Die Bartons wären um ein Haar heimisch geworden.«

Critchett wischte mit einem Lappen die Bierlache auf und polierte mit dem Ärmel nachdenklich die Theke. »Na ja, viel hat nicht gefehlt. Zwei, drei Jahre noch, wenn überhaupt.«

»Ja.« Sergeant Otis nickte nachdenklich. »Wenn überhaupt.«

»June mehr als er«, meinte Critchett. »Und wir alle haben sie ins Herz geschlossen. Und trotzdem fragst du dich … oder?«

»Was soll das, Jeff? Worauf willst du hinaus?« Sergeant Otis sah ihn mit gerunzelter Stirn an. »Was? Ich frag mich, was?«

»Als der alte Goldstein tot war«, sagte Critchett, »da haben wir geglaubt, er hätte es selbst getan. Er hätte sich an der Vorhangstange in seinem Büro aufgehängt. Sogar der Gerichtsmediziner war überzeugt davon. Aber du bist hierhergekommen, hast in aller Ruhe dein Bier an der Bar getrunken und hast mir dann erklärt, warum das nicht stimmen konnte. Du hast es rausgefunden.«

»Weil der Tresor offen stand«, sagte Otis. »Das lag doch auf der Hand. Der Mann war ein misstrauischer alter Geizhals. Der hätte seinen Geldschrank verschlossen, bevor er sich umbringt. Schon aus Angst davor, derjenige, der ihn findet, könnte sich die Kohle unter den Nagel reißen.«

»Siehst du? Und du wärst heute ganz sicher nicht hier und würdest dir ein Bier nach dem anderen reinschütten, wenn du nicht einen schlimmen Verdacht hättest, was June angeht.«

»Willst du mir erzählen, June hätte das vorsätzlich getan?« Otis ließ das Glas sinken. »Dass sie alles geplant hat? Dass es keine Notwehr war? Dass die freundliche und liebenswürdige June Green ihren Mann und die Neue umgebracht hat?« Er schüttelte vehement den Kopf. »Nie im Leben.«

Doch Jeff hatte Recht.

Irgendetwas an Junes Geschichte irritierte Sergeant Otis, so wie ein leicht schiefer Ton in einem Klavierstück einen irritiert. Er konnte nur nicht genau sagen, was es in ihrem Fall war. Etwas hatte ihn gestört, so viel war sicher, er war bislang bloß noch nicht darauf gekommen, was.

Otis trank sein Glas leer. Und in diesem Augenblick wurde es ihm klar. June Green hatte sowohl ihren Mann als auch ihre Nebenbuhlerin ermordet.

»Es war ganz anders, als sie es uns erzählt hat«, sagte er leise und in Gedanken versunken. »In jener Nacht rief Barton Green June an. Dieses Telefonat hat stattgefunden, das konnten wir verifizieren. Doch es ging dabei nicht um die neue Mrs. Green. Es ging um June. Ich nehme an, Barton teilte ihr mit, dass er die Scheidung wolle. Sie fuhr zum Haus des Schriftstellers, wo die Neue und er beim Wein im Wohnzimmer saßen. June wird sie unter irgendeinem Vorwand aufgesucht haben. Vielleicht wusste sie, wo er die Kugeln und das Schießpulver aufbewahrte, vielleicht hat sie aber auch beides mitgebracht. Ob sie zuerst Barton erstach oder die neue Mrs. Green erschoss, werden wir noch herausbekommen müssen. Fest steht: June ist niemals mit dem Eispickel angegriffen worden. Den hat sie der Toten nach den Morden in die Hand gelegt. Dann warf sie sich auf den Rasen und rief mich an.«

»Und ihre Panik, war die gespielt?«

»Nein, die war echt«, sagte Otis. »Wärst du vielleicht nicht panisch, wenn du eben zwei Menschen umgebracht hättest und das der Polizei erklären müsstest?«

Critchett blickte ihn skeptisch an. »Interessante Geschichte, Dan. Nur kannst du nichts davon beweisen.«

»Oh, doch, ich kann es beweisen.« Sergeant Otis schnippte mit den Fingern und schlug sich dann an die Stirn. »Wir sind alle blind gewesen. Dabei ist es so offensichtlich. Es ist die falsche Hand.«

»Die falsche Hand?«

»Verstehst du denn nicht?«, sagte er. »Die neue Mrs. Green war Linkshänderin. Ich habe ihren Schreibtisch gesehen. Ihr Kaffeebecher und all ihre Schreibutensilien lagen griffbereit links vom Notebook.«

»Nein, ich verstehe nicht. Was macht das für einen Unterschied, ob sie nun Links- oder Rechtshänderin ist?«

»Wenn sie den Mann tatsächlich erstochen hat und dann mit dem Eispickel auf June losgegangen ist, was glaubst du, mit welcher Hand sie es getan hätte.«

»Mit der Linken natürlich.«

»Doch als wir ihre Leiche fanden, hielt sie den Eispickel in der rechten Hand.« Otis rieb sich über das Gesicht. »Ich habe gleich gemerkt, dass da was nicht stimmte. Ich wusste bloß nicht, was. Jetzt ist alles klar, Jeff. Du hast vollkommen Recht. Junes Geschichte kann nicht stimmen.«

»Du denkst also wirklich, sie hat beide ermordet? Auch ihren Mann?«

Sergeant Otis nickte stumm, drehte das fast leere Glas Hope of Deliverance zwischen den Händen hin und her und dachte, dass Jeffs Brown Ale seine blockierten Gedanken tatsächlich befreit hatte.

»Schon die Vorstellung allein ist absurd«, sagte Critchett. »Dazu ist June zu nett. Kann mir nicht denken, dass jemand wie sie etwas so Abscheuliches tut.«

»Natürlich nicht.« Sergeant Otis schüttelte den Kopf. »Niemand hätte das für möglich gehalten. Doch es ist die einzig vernünftige Schlussfolgerung. Deinem verdammten Brown Ale sei Dank.«

»Und dabei ist nicht mal Alkohol drin.«

»Was redest du denn da? Das ist alkoholfreies Bitter?« Er sah dermaßen erschrocken in das leere Glas, als hätte man ihm eben erklärt, er habe versehentlich einen kräftigen Schluck Batteriesäure getrunken.

»Jau. Kein bisschen Alkohol.« Critchett grinste breit.

»Gott sei Dank.« Sergeant Otis' Gesichtszüge entspannten sich. Er lächelte und stellte das Glas hin, zählte in aller Seelenruhe Scheine und Münzen auf die Theke und rutschte von seinem Hocker.

»Was meinst du damit, Gott sei Dank?«

»Nun, dann kann es ja wohl nicht stimmen«, entgegnete er. »June ist es nicht gewesen. Ich habe mich geirrt.« Der Sergeant angelte seine Jacke von der Lehne des Barhockers neben sich, klemmte den Schirm unter den Arm und stand auf. »Gute Nacht.«

»Dan? Alles klar bei dir?«

Sergeant Otis lächelte breit. »Sehe ich etwa so aus, als wäre es das nicht?«

Und mit diesen Worten verließ er das Pub und machte sich in der mondhellen, wolkenlosen Nacht auf den Weg nach Hause.

Robert C. Marley

geboren 1971 in Lemgo, lebt als Autor, Goldschmiedemeister, Kriminalhistoriker und Trainer für Selbstverteidigung in einer sehr alten Stadt in Ostwestfalen und besitzt ein eigenes Kriminalmuseum. 2015 wurde er für seine beliebte Krimireihe um den Scotland Yard Inspector Donald Swanson mit dem bronzenen HOMER in der Sparte historischer Kriminalroman ausgezeichnet.

Mehr Informationen zum Autor unter:

www.robertcmarley.com

H. P. Karr

Fred und der Einbrecher

Der Einbrecher machte sich gerade im Licht seiner Stirnlampe an dem großen Safe zu schaffen, als Fred ins Chefbüro der *Saalfelder Brauereianstalt* kam. Fred schaltete die Neonlampen ein. »Störe ich?«

Der Eindringling fuhr herum. Er trug eine schwarze Sturmhaube und zog nun eine Pistole aus dem Hosenbund, um damit auf Fred zu zielen. Der erkannte eine Glock, also ein durchaus ernst zu nehmendes Argument. Fred nahm die Hände hoch. »Das wird Herrn Simoneit aber gar nicht gefallen, was Sie da mit seinem Safe machen!«

Der Einbrecher wedelte mit der Waffe. »Wer sind Sie?«

»Nur ein Mitarbeiter dieser kleinen Brauerei«, erwiderte Fred und holte sein Mobiltelefon heraus. »Ich werde jetzt die Polizei anrufen, einverstanden?«

»Nein.«

»Sie sind hier schließlich eingebrochen.«

»Ich würde trotzdem nicht die Polizei anrufen.«

»Warum denn nicht?«

»Ich könnte die Nerven verlieren und Sie erschießen, Herr ...«

»Fred. Sagen Sie einfach Fred zu mir. Wir bei der *Saalfelder Brauereianstalt von 1881* reden uns mit den Vornamen an. Wegen der Firmenphilosophie. Wie darf ich Sie nennen?«

Der Einbrecher schien unter seiner Maske zu grinsen. »Ihr seid eine einzige große Familie, was? Glaubt ihr diesen Scheiß mit der Unternehmenskultur etwa wirklich?«

Fred nickte ernsthaft. »Wir von der *Saalfelder Brauereianstalt von 1881* sind dank unserer strategischen Partnerschaft mit der *Dutch Beer and Drink* ein europaweit agierendes Unternehmen in der Brauerei- und Getränkeherstellungsbranche. Allein mit unserer Neueinführung des *Saalfelder Feen-Biers* im vergangenen Jahr konnten wir eine zweistellige Steigerung unseres Marktanteils erreichen. Das *Feen-Bier*, ein traditionsbewusstes Blondbier, gebraut mit dem Wasser der Saalfelder Feengrotten, den farbenreichsten Schaugrotten der Welt, entstanden aus ...«

Doch der Einbrecher hatte keinen Sinn für das Besondere des *Feen-Biers*. »Und du kaufst dem Chef diesen ganzen Blödsinn ab?«, fragte er und deutete mit der Waffe auf das Büro. »Wahrscheinlich bist du auch noch glücklich, dass du für den großen Thomas F. Simoneit arbeiten darfst.«

»Es war immer eine Ehre, für die Familie Simoneit tätig zu sein«, sagte Fred. »Die Firmengeschichte geht immerhin zurück bis ins 19. Jahrhundert, als der rechtschaffene Johann Gottfried Simoneit hier am Ort 1881 seine *Saalfelder Brauereianstalt* gründete, die aus der *Landgräflich Thüringischen Bierbrauerei* hervorging und später sogar Hoflieferant seiner Kaiserlichen Hoheit Wilhelm II. wurde. Nach einer dunklen Zeit als *VEB Bierproduktion Saalfeld* in der ehemaligen DDR wurde sie dann zum Glück für uns alle rückübereignet an die Familie.«

»Und mit diesem thüringisch-kaiserlichen Quatsch, dieser Traditionsgeschichte und was weiß ich noch lasst ihr euch bis heute über den Tisch ziehen?«

»Ich fühle mich überhaupt nicht über den Tisch gezogen«, erwiderte Fred. »Wir bekommen bei der *Saalfelder Brauereianstalt von 1881* selbst jetzt, wo die Getränkebranche die Durststrecke der Finanz- und Wirtschaftskrise durchschreitet, immer noch ein dreizehntes Monatsgehalt und Urlaubsgeld. Wir haben eine Betriebskrankenkasse mit zahlreichen Sonderleistungen. Wir haben einen firmeneigenen Kindergarten, in unserer Kantine kocht ein Sterne-Koch und jeder Mitarbeiter bekommt ein Deputat von *Saalfelder Feen-Bier* oder *Erfurter Malztrunk* oder unserer Spezialität, dem *Thüringer Braunbier.* Insgesamt immerhin ein geldwerter Vorteil von 500 Euro pro Jahr. Denn die *Saalfelder Brauereianstalt von 1881* fühlt sich verpflichtet, ihrer Belegschaft ...«

»Klappe!« Die Pistole des Einbrechers wanderte über die altertümlichen Holzschreibtische, die sorgsam aufgearbeiteten Sessel und Bürostühle in dem mit dunklen Holzpanelen verkleideten Büro, in dem der Sohn des seligen Johann Gottfried Simoneit die Brauanstalt aus ihren bescheidenen Anfängen bis zur kaiserlichen Hoflieferantin geführt hatte. Nur der moderne Safe in dem Regal zwischen den vielen dicken alten Büchern mit Braurezepturen und Gläsern mit Hopfenproben störte das Bild ein wenig. Der Eindringling konnte seinen Blick nur schwer davon lösen. »Das richtige Geld verdient doch hier genau wie überall der Boss. Von dem *Saalfelder Feen-Bier* hat er letztes Jahr 200.000 Hektoliter verkauft. Das waren glatte 20 Millionen Euro Umsatz.«

»Nun ja«, sagte Fred. »Simoneit ... also Thomas, er ist der Eigentümer. Ich meine – er hat das Braurezept und die Einführungskampagne für das *Feen-Bier* entwickelt. Sie erinnern sich vielleicht an diesen Fernsehspot mit der Blondine, die in dem Braukessel badet. Das war gerade in dem engen Marktumfeld der Blond- und Lifestyle-Biere ...«

Der Einbrecher schüttelte den Kopf. »Und deshalb glaubst du, dass er ein Recht darauf hat, besser zu leben als du? Ich habe etwas über Simoneit gelesen. Er ist einer aus dieser Erben-Generation, die sich nichts selbst erarbeiten oder verdienen mussten. Geboren mit einem goldenen Löffel im Mund, Internat in Salem, Golfturniere, Segel-Wettbewerbe und ein Dutzend Semester BWL ...«

»... und zwei Jahre Brau- und Getränketechnologie an der Forschungsbrauerei Weihenstephan«, ergänzte Fred.

»... und dann Erbe eines florierenden Unternehmens, das er als Erstes an einen holländischen Konzern verkauft! Kaum 34 und schon Multimillionär. Während er zu Hause im Bett liegt und im Schlaf Geld verdient, schlägst du dir die Nacht um die Ohren für ... für wie viel?«

»Zehn Euro fünfzig die Stunde«, sagte Fred langsam. »Das ist knapp über dem Mindestlohn, aber es ist ja auch nur ein Ferienjob. Ich studiere nämlich. Ökotrophologie.« Er musterte die Pistole des Einbrechers. »Wie geht es jetzt weiter? Wollen Sie mich niederschlagen, damit Sie endlich den Safe öffnen können?«

Der Einbrecher grunzte etwas unter seiner Maske.

»Sie haben es bestimmt auf die Rezeptur unserer Neuentwicklung abgesehen, nicht wahr?«, fragte Fred. »Das Landgräflich Thüringische Starkbier, genannt *Das Landgräfler* wird die Bierbranche aufrütteln. Als Premium-Bier aus 100 Prozent bio-zertifizierten Zutaten, gebraut mit reinem und unbehandeltem Quellwasser aus zwei Hang-Quellen der Saalfelder Höhe bietet es allerfeinsten Biergenuss.«

Der Einbrecher machte eine unwillige Handbewegung. »Was euren Chef glatt zu einem der hundert reichsten Männer Deutschlands machen wird, wenn er im Herbst damit auf den Markt kommt«, sagte er.

»Ich frage mich nur, was Sie mit der Rezeptur für das *Landgräfler* wollen?«, überlegte Fred laut. »Normalerweise suchen Einbrecher doch vergleichsweise banale Dinge wie Schmuck, Geld, Briefmarken ...«

»Möglicherweise gibt es jemanden, der die Rezeptur kaufen möchte«, warf der Einbrecher ein.

Fred kratzte sich am Kopf. »Oder sie arbeiten für jemandem, der mit der Rezeptur etwas anzufangen weiß«, sagte er. »Zum Beispiel für die *FixxBeer Inc.*, unsere schärfste Konkurrenz.«

»*Die Saalfelder Brauereianstalt* ist doch viel zu klein, um *FixxBeer* überhaupt gefährlich zu werden«, meinte der Einbrecher.

»Aber wir werden uns dem Wettbewerb stellen«, sagte Fred enthusiastisch. »Die Amerikaner werden ihre neuen Craft-Beer-Stops aufwerten, die sie gerade in den Innenstädten eröffnen. Mit Blond-Beer-Bar, einer Beer & Beverage-Lounge und hochwertigen europäischen Biersorten. Sie beabsichtigen, im Herbst mit dem *FixxBeer Star Beer* herauszukommen, von dem man wahre Wunderdinge erzählt ...«

Fred ahnte, dass der Einbrecher unter seiner Maske grinste, während er sagte: »Feinste Bio-Zutaten mit Hersbrucker Hopfen und Rhönmalz-Braugerste, gebraut nach dem Reinheitsgebot von 1516 mit Original Hillesheimer Eifelquellwasser. Sogar die Etiketten der Star-Beer-Flaschen sind aus einfach recyceltem Umweltschutzpapier, bedruckt mit biologisch abbaubaren Farben. Und hinlegen muss man für einen Liter *Star-Beer* nicht mehr als 2,99 Euro. Damit hängen sie euch mit eurem *Landgräfler* vom Start weg ab.«

»Wenn das *Star-Beer* in Herstellung und Geschmack dieselben Standards erfüllt wie das *Landgräfler*«, schränkte Fred ein. »Was ich allerdings zu bezweifeln wage. Wissen Sie, ich denke, die Cowboys von *FixxBeer* werden eine Menge bezahlen, um alles über das *Landgräfler* herauszubekommen.« Fred sah ihn lange an. »Darf ich schätzen, was Sie von *FixxBeer* für diesen Einbruch hier bekommen? Zehntausend Euro? Zwanzigtausend?«

»Jedenfalls mehr als du bei deinem Nachtwächterjob jemals verdienen wirst«, sagte der Einbrecher.

»Als Nachtwächter sieht und hört man allerdings eine ganze Menge«, gab Fred zu bedenken. »Zum Beispiel habe ich neulich zufällig gesehen, wie der Chef den Safe geöffnet hat.«

Die Augen des Einbrechers hinter den schmalen Sehschlitzen blitzten auf.

»Und ich bin Eidetiker«, erklärte Fred. »Falls Ihnen das etwas sagt.«

»Du hast ein fotografisches Gedächtnis?« Er wedelte wieder mit der Pistole. »Soll das heißen, du kennst die Safekombination?«

»Kommt darauf an, wie viel sie Ihnen wert ist!«, sagte Fred. »Ich trinke zwar jeden Tag eine Flasche *Feen-Bier alkoholfrei* aus meinem Deputat, weil der Hopfen darin die Konzentrationsfähigkeit fördert, aber Geld regt mein Erinnerungsvermögen ebenfalls ungeheuer an.«

»Einen Tausender für dich, wenn du mir den Safe aufmachst«, sagte der Einbrecher.

Fred lachte. »Zehntausend! Immerhin geht es um das Braurezept für das *Landgräfler*. Das ist ein Millionengeschäft.«

Der Einbrecher wollte sich am Kopf kratzen, aber er hatte vergessen, dass er die Sturmmaske aufhatte. »Okay!«, sagte er dann. »Zehntausend, wenn du mir den Safe aufmachst. Und an deiner Stelle würde ich nach dem Coup verschwinden, sonst stellt dir die Polizei womöglich noch ein paar lästige Fragen.«

»Ich bin durchaus in der Lage, für mich selber zu sorgen«, erwiderte Fred. »Darf ich jetzt die Arme herunternehmen? Wo wir doch sozusagen Partner sind?«

Der Einbrecher nickte.

Fred ließ die Arme sinken. »Vielleicht können Sie die Sturmhaube absetzen«, schlug Fred vor. »Ich meine – zur Sicherheit. Ich möchte gern wissen, wie der Mann aussieht, der mir morgen 10.000 Euro geben wird. Oder den ich der Polizei beschreiben muss, falls er sie mir nicht gibt.«

Der Einbrecher zögerte, dann zog er die Sturmmaske herunter. Er war Mitte zwanzig, blond und sah ganz normal aus.

»Und jetzt mach ihn auf!«

Fred tippte ein paar Zahlen auf der Tastatur ein, die der elektronisch gesicherte Tresor statt des altmodischen Nummernrädchens hatte. Es klickte. »Bitteschön.«

Der Einbrecher trat vor den Panzerschrank. Langsam schwang die Tür auf. Als genug Licht hineinfiel, aktivierte sich die dort angebrachte Videokamera und die rote Kontrollleuchte begann zu blinken.

»Bitte lächeln Sie«, sagte Fred. »Ihr Bild wird gerade zur Sicherheitszentrale zwei Etagen tiefer übertragen und gespeichert. Videoüberwachter Safe mit externem Datenspeicher.

Nicht alles hier im Haus ist so traditionell geblieben wie die Einrichtung dieses Büros. Die technische Aufrüstung in Produktion und Verwaltung war eines der zentralen Elemente unserer strategischen Partnerschaft mit den Holländern, nur so nebenbei bemerkt.«

Es dauerte ein paar Sekunden, bis der Einbrecher verstand. Seine Pistole zuckte hoch.

»Natürlich können Sie mich jetzt erschießen«, sagte Fred. »Aber das ändert nichts daran, dass die Polizei morgen früh Ihr Bild aus unserem Sicherheitsrechner abrufen kann, um es auf ihre Steckbriefe zu drucken.«

Der Einbrecher ließ seine Pistole sinken. »Okay«, meinte er. »Sie haben gewonnen, Schlaumeier.«

»Bitte, bleiben wir bei Fred.« Fred nahm ihm die Waffe aus der Hand und setzte sich in den Chefsessel. »Fred wie in Thomas Frederick Simoneit!«

Der Einbrecher starrte Fred an. »Und?«, fragte er. »Sie sind der Boss – was soll's. Rufen Sie schon die Polizei.«

»Aber warum denn?« Fred lächelte. »Genau wie sich *FixxBeer* für die Herstellung meines *Landgräfler Starkbiers* interessiert, interessiere ich mich für die Rezeptur ihres *FixxBeer Star Beer.*«

Der Einbrecher begriff immer noch nicht.

»Was meinen Sie«, sagte Fred. »Sind Sie in der Lage, mir die Rezeptur aus der Europazentrale von *FixxBeer* zu besorgen? Als Gegenleistung biete ich Ihnen zwar keine 20.000 Euro an, aber ich würde Sie für die Dauer Ihres Auftrages als Aushilfe anstellen, so würden Sie von den vielen Sonderleistungen unserer Betriebskrankenkasse profitieren und könnten bei guter Leistung sogar Mitarbeiter des Monats werden.

Selbstverständlich erhalten Sie dazu ein Bier-Deputat. Und ich würde natürlich darauf verzichten, die Polizei anzurufen.«

Der Einbrecher zögerte. Schließlich sagte er: »Okay, Herr Simoneit.«

Fred lächelte. »Bitte, sagen Sie Fred zu mir. Sie wissen ja: Wir sind hier wie eine große Familie. Und wie darf ich Sie nennen?«

H.P. Karr
geboren 1955 in Thüringen (richtig: in Saalfeld!), lebt seit 1960 im Ruhrgebiet. Schon während seines Studiums in Bochum veröffentlichte er Kriminalgeschichten und Jugendbücher.

Er arbeitete als Reporter und Redakteur bei einem lokalen Veranstaltungsmagazin, interviewte vom angehenden Filmstar bis zur Schriftstellerlegende regionale Persönlichkeiten und schrieb unendlich viele Kritiken und Reportagen – auch für andere Magazine und Zeitschriften. Er verfasste eine Reihe von Kriminalhörspielen, die in der gesamten ARD ausgestrahlt wurden. Mit seinem Autorenkollegen Walter Wehner startete H.P. Karr 1994 im Autorenteam »Karr & Wehner« die Serie der »Gonzo«-Thriller um den abgewrackten Videojournalisten Gonzo Gonschorek aus Essen. Für den Gonzo-Roman »Rattensommer« wurde das Team 1996 mit dem Friedrich-Glauser-Preis ausgezeichnet, 2000 erhielt es den Literaturpreis Ruhr und 2018 den Friedrich-Glauser-Preis für den besten Kurzkrimi.

H.P. Karr schrieb bisher mehrere Hundert Kriminalstorys und ebenso viele Krimirätsel, die regelmäßig in Tageszeitungen und Zeitschriften erscheinen. Außerdem ist er seit 2002 Mitherausgeber der Anthologien von Europas größtem Krimifestival »Mord am Hellweg«.

Mischa Bach und Arnd Federspiel

Der General, die Bäuerin und der ganz tote Fisch

Sie hatte den kroatischen Landsknecht in einer Gasse gefunden, und er kam ihr genau recht. Gerade *weil* er tot war. Das machte es einfacher, den Plan umzusetzen, der sich von einer Sekunde auf die andere in ihrem Kopf eingenistet hatte.

Entsetzte oder wütende Schreie, ab und zu auch ein raues Lachen, dazu Waffengeklirr, drangen vereinzelt zu ihr hinüber, während sie den Landsknecht in eine schmale Lücke zwischen zwei Häusern zog und entkleidete. Dann war sie selbst an der Reihe. Sie streifte ihr Kleid und Unterkleid ab und legte die Uniform des Landsknechts an, warf sich dessen Schwertgehänge über die Schulter. Zu guter Letzt stopfte sie ihr langes Haar unter den Hut des Toten und ergriff die Hellebarde, die nutzlos in den kalten Fingern des Mannes lag. An deren Spitze glänzte frisches Blut.

Einerlei, dachte Johanna. Das wird mich nur immer wieder daran erinnern, warum ich tue, was ich tue.

Sie warf einen letzten Blick auf die aus Weidenruten geflochtene Kiepe mit dem Gemüse, das sie auf dem Markt hatte verkaufen wollen, als sie am Morgen in die Stadt aufgebrochen war. Schade darum, dachte sie, aber es war nicht zu ändern. Sie musste alles zurücklassen, denn solch eine Chance würde sich nie wieder ergeben.

Sie holte tief Luft, zog sich die breite Krempe des Hutes ins Gesicht, um ihre Züge zu verbergen. Dann trat sie mit leicht zittrigen Knien, doch entschlossen, hinaus in die Straßen von Adorf, das gerade zum zweiten Mal von den Soldaten des Generals Holk geplündert wurde – dank der Tatsache, dass es das Tor zum Oberen Vogtland darstellte.

Sie ignorierte die Schreie, ignorierte die Szenen der Gewalt, die sich um sie herum abspielten. Und die sie nur in ihrem Entschluss bestärkten: Sie würde General Heinrich von Holk, Befehlshaber der Kaiserlichen Armee, töten.

***

1632 waren er und seine Männer das erste Mal durch diese Gegend gezogen, hatten Dörfer und einzelne Bauernhöfe überfallen, immer auf der Suche nach Kleidung, Nahrung sowie Fourage für die Reit- und Nutztiere des 16.000 Mann starken Heeres. Im Juni schließlich hatte Holks Haufen Adorf erreicht, die Michaeliskirche geplündert und damit gedroht, die Jugelsburg in Brand zu setzen, die sich auf der anderen Seite des Tales erhob. Unwillkürlich warf Johanna einen Blick in die Richtung, sah jedoch oberhalb der Weißen Elster keinen Rauch aufsteigen. Bisher war die Burg also wohl verschont geblieben. Im Gegensatz zur Michaeliskirche, die auch dieses Mal wieder der Gier der Plünderer zum Opfer gefallen war, ebenso wie die Stadt selbst.

Johanna schloss kurz die Augen, als die Erinnerungen an den vorletzten Juni sie überschwemmten und sich mit den Bildern der heutigen Plünderung vermischten. War das wirklich erst 14 Monate her? Es fühlte sich viel länger an – und manchmal doch so, als sei sie noch gestern Ehefrau und Mutter gewesen.

Bis zum Wüten von Holks Männern. Die sich seitdem immer wieder im Umland herumgetrieben hatten. 14 Monate der brennenden Höfe und Dörfer; 14 Monate, in denen die Pest schließlich Einzug in die Stadt hielt. 14 Monate, in denen sie, trotz der Gefahr marodierender Haufen, hinaus auf die kleine elterliche Hofstatt zurückgezogen war. 14 Monate der Trauer.

Bis heute.

Heute hat sich das Blatt gewendet, dachte sie. Nicht nur für mich, auch für dich, General Holk.

***

Irgendwann hatte sie es geschafft, sich zwischen den kämpfenden und fliehenden Menschen hindurch einen Weg vor die Stadt zu bahnen, wo sich ein Pulk Soldaten gesammelt hatte. Leiterwagen, Kutschen und Packpferde waren mit Vorräten und wertvollen Gegenständen beladen worden. Manch einer der Landsknechte trug einen gut gefüllten Sack auf dem Rücken – oder zwei.

Ein Offizier gab das Zeichen zum Aufbruch.

Johanna schnappte sich ein kleines, in Tuch gewickeltes Bündel, das unbeachtet an einem Wagenrad lehnte, und mischte sich unter die Soldaten, die lachend und scherzend oder die eigenen Heldentaten des Tages preisend in Richtung von Holks Heerlager abzogen.

Über Adorf hing der Geruch von Feuer und Blut, doch den ließen sie bald hinter sich. Je näher sie dem Lager kamen, umso mehr begannen ihre Gedanken zu rasen. Weiter als

Landsknecht verkleidet zu bleiben, stand außer Frage. Sobald sie den Hut absetzte, würde sie entdeckt werden. Wie sollte sie erklären, dass sie als Frau in einer Uniform steckte – noch dazu in der eines Toten? Oder was sie hier zu suchen hatte?

Nein, es war am besten, sich in dem riesigen Lager verborgen zu halten, mit der Masse zu verschmelzen und so ein Teil von Holks Heer und den Menschen zu werden, die es begleiteten. Nur, wo konnte sie sich verstecken?

Zunächst muss ich die Uniform loswerden und mir neue Kleidung besorgen, dachte sie. Dann sehe ich weiter.

Sie erreichten den Rand des Lagers. Soweit das Auge reichte, erstreckten sich die Zelte, in denen Holks Männer biwakierten. Dazwischen immer wieder Karren, Kutschen und Kriegsgerät. Hier und dort sah sie angebundene Pferde stehen. Von irgendwo erklang das Blöken von Schafen und das Grunzen von Schweinen. Ein Huhn lief vor ihr über den breiten zentralen Weg, der das Lager in zwei Hälften zerschnitt.

Eine Weile noch folgte Johanna den Soldaten, dann fiel sie unbemerkt hinter das Gros des Trupps zurück. Nicht lange und der letzte der Landsknechte marschierte gut vier Mannslängen vor ihr.

Johanna sah sich um. Niemand schien sie zu beachten. Jetzt oder nie! Schnell glitt sie zwischen einen Leiterkarren und ein Zelt, ließ das Bündel, das sie trug, achtlos fallen und schlängelte sich tiefer in das Labyrinth von Unterkünften und Ausrüstung, das sich vor ihr ausbreitete. Nach einer Weile – in der sie mehr Haken geschlagen hatte als ein Hase auf der Flucht vor dem Jäger – hielt sie auf einem freien, von Zelten umgebenen Platz an. Er war nicht besonders groß, das Gras von unzähligen Füßen niedergetreten. In der Mitte wuchsen ein paar Apfelbäume. Zwischen ihnen spannte sich eine Leine, an der Sachen zum Trocknen hingen.

Kleider.

Genau das, was sie brauchte! Ohne Zaudern griff sie nach einem, das in etwa ihre Größe zu haben schien, obwohl es für ihren Geschmack auch etwas zu farbenfroh und auffällig war, als sich eine Hand auf ihre Schulter legte.

Johanna zuckte zusammen.

»Das würde ich nicht tun«, sagte eine ruhige Stimme. Die Stimme eines Mannes. »Wenn du dieses Kleid nimmst, wirst du bei den Marketenderinnen Unterschlupf suchen müssen – und ich weiß nicht, ob du das wirklich willst. Oder ob Ferdinand es gutheißen würde.«

Ferdinand? Wie kam es, dass der Unbekannte den Namen ihres Mannes kannte?

Johanna wirbelte zu dem Sprecher herum. »Augustus!« Sie schlug eine Hand vor den Mund.

Vor ihr stand Augustus Bloch, Ferdinands ältester Freund.

»Ich dachte, du wärst ...«

Augustus schüttelte den Kopf. Ein feines Lächeln umspielte seine Lippen. »Nein, ich lebe noch. Man hat mich letztes Jahr bloß gefangen genommen und zum Dienst im Heer gepresst. Holk brauchte einen Arzt, nicht nur einen einfachen Feldscher. Für den General nur das Beste, wenn es um seine Gesundheit geht. Und da sein Medicus damals gerade an einem Wundfieber gestorben war, kam es ihm nur recht, dass sie über mich stolperten, als sie in Adorf einfielen.«

Er fasste sie mit beiden Händen an den Schultern. Seine Augen blickten ernst. »Aber sag, was tust du hier? Und in dieser Aufmachung? Und wo sind Ferdinand und der Kleine?«

»Tot.« Sie hörte sich selbst kaum antworten.

Schweigend sahen sie sich eine Zeit lang an.

Dann sagte sie: »Sie sind am gleichen Tag gestorben, an dem du verschwunden bist. Gustav geriet unter die Hufe einer Abteilung Berittener, die zum Marktplatz preschten, und als Ferdinand die Reiter in seiner maßlosen Wut und Verzweiflung angriff, durchbohrten sie ihn mit ihren Piken und Schwertern – obwohl er gänzlich unbewaffnet war.«

Augustus holte tief Luft, als er die Nachricht vernahm. Nicht nur war Ferdinand sein bester Freund gewesen, sondern Gustav auch sein Patenkind.

»Ich blieb noch eine Weile in unserem Haus«, fuhr sie fort, »dann zog ich schließlich zu meinen Eltern auf den Hof zurück, trotz der Gefahr, die von den umherziehenden und plündernden Truppen weiter ausging. Das war jedenfalls besser, als in der Stadt zu bleiben, wo kurz danach die Pest ausbrach und sich in Windeseile ausbreitete.«

Augustus wischte sich mit einer Hand über die Augen. »Ich verstehe.« Er sah sie forschend an. »Und was machst du nun hier?«

Sie lächelte traurig. »Heute Morgen hat Holk Adorf erneut überfallen lassen. Wieder sind Menschen gestorben. Unschuldige Menschen. Und es sind schon zu viele.«

»Das erklärt nicht, warum du hier im Lager bist.«

Also sagte sie ihm, was sie vorhatte.

»Du willst was?«

Augustus packte Johanna am Oberarm und zerrte sie zwischen die Zelte. »Du kommst jetzt erst einmal mit zu mir und wir besorgen dir ein Kleid zum Anziehen. So kannst du nicht weiter herumlaufen. Und dann überlegen wir, wie wir dich aus dem Lager und wieder nach Adorf oder auf euren Hof bekommen.«

***

Augustus Blochs Zelt war um einiges größer als die der Landsknechte. Das lag daran, dass er hier in einem abgetrennten Bereich auch gleich die Behandlung der Offiziere vornahm, wenn ihn nicht Heinrich von Holk zu sich rief, damit er sich um seine Leiden kümmerte.

»Was ist das da auf dem Tisch?«, fragte Johanna und deutete auf ein paar dunkle Flecken, die in das Holz gezogen waren.

Augustus warf einen schnellen Blick darauf. »Blut.«

»Oh.«

»Nun ja, wir sind im Krieg. Und wenn die hohen Herren Offiziere auch oft lediglich unter Magendrücken leiden, weil sie sich überfressen haben, so trifft doch den einen oder anderen gelegentlich mal eine Kugel oder ein Schwert.« Mit einer beiläufigen Handbewegung ließ Augustus ein Tuch über ein Messingtablett auf einem kleineren Tischchen flattern und bedeckte so die grausam aussehenden Arbeitswerkzeuge seiner Zunft.

Johanna wandte sich ab.

»Und das hier? Bist du unter die Kräuterfrauen gegangen?« Sie wies auf ein paar Blätter, Beeren und andere Pflanzenteile, die, zu Büscheln zusammengebunden, an einer Zeltstange hingen. Darunter stand eine Kiste mit noch mehr Gewächsen, die, zum Teil getrocknet, zum Teil frisch, darauf warteten, irgendeinem Kranken Linderung zu bringen.

Augustus lachte. »Das Wissen der Kräuterfrauen sollte man nicht so weit von sich weisen. Es gibt einige Pflanzen, die sowohl tödliche als auch heilsame Eigenschaften haben. Du bist auf dem Land aufgewachsen. Dir brauche ich das nicht zu erzählen.«

»Nein.«

»Mir macht viel mehr Sorgen, dass im Tross die Pest ausgebrochen ist. Soweit ich weiß, will der General daher sich und seinen Stab verlegen – und für dich wird es höchste Zeit, hier zu verschwinden. Es wäre doch dumm, der Seuche in Adorf zu entgehen, nur um dann im Lager des Mannes, der mittelbar für den Tod deines Gemahls und deines Sohnes verantwortlich ist, von dieser Krankheit dahingerafft zu werden.«

Er führte sie in den Wohnbereich seines Zeltes und drückte sie auf einen Stuhl neben seinem Feldbett.

»Warte hier. Ich besorge dir ein Kleid.«

***

»Bist du fertig?«, erkundigte sich Augustus.

Johanna wandte sich um und sprach in Richtung der Zeltbahn, hinter die er getreten war, um ihr ein wenig Privatsphäre zu geben, während sie das Kleid anlegte, das er sich bei einer ihm bekannten Köchin besorgt hatte.

»Ja.«

Die Stoffbahn wurde zur Seite geschoben. Als Augustus sie in ihrer neuen Aufmachung sah, huschte ein halb freudiger, halb trauriger Ausdruck über sein Gesicht.

Einen Moment sagte keiner von ihnen ein Wort.

Gleich würde er sie anlächeln und einen Scherz machen, der das Schweigen brach. Sie wusste es, denn so hatte er sie schon oft angesehen. Das erste Mal an dem Tag, als Ferdinand sie ihm als seine Braut vorgestellt hatte. Seitdem waren einige Jahre ins Land gegangen, aber Augustus' Blick hatte sich nie geändert. Doch sie war Ferdinands Frau gewesen und er Ferdinands Freund.

Mehr gab es nicht zu sagen.

»Nicht schlecht für eine Bäuerin aus dem Umland von Adorf«, bemerkte er schließlich leichthin.

Johanna lächelte. So wie sie es immer in diesen Momenten tat. In den letzten 14 Monaten hatte sie nicht oft gelächelt.

Sie machte einen übertriebenen Knicks. »Danke, Herr Medicus.«

Er lachte kurz auf, dann wurde er schlagartig ernst.

»Nun zu deiner Flucht. Es wird bald Abend. Du bleibst hier im Zelt und verhältst dich ruhig. In der Nacht werde ich zwei Pferde besorgen, sodass ich dich gegen Morgen aus dem Lager schaffen kann. Um diese Zeit sind die Wachen übermüdet und die Geschichten, die sie aufgetischt bekommen, interessieren sie kaum mehr.«

»Aber mein Plan...«

»Dein sogenannter Plan«, flüsterte er eindringlich, »wird nur dazu führen, dass man dich entweder tötet, bevor du überhaupt an Heinrich von Holk herankommst – wobei du nicht einmal weißt, wie du das bewerkstelligen sollst – oder dass man dich später als seine Mörderin hinrichtet. Doch das macht die ganzen Opfer nicht wieder lebendig – es schafft nur ein neues. Und das ist es nicht wert.«

»Vielleicht doch.«

Augustus schüttelte den Kopf. »Nein. Und wenn Ferdinand hier wäre, würde er mir beipflichten.«

Johanna schwieg.

Wahrscheinlich hätte Ferdinand das wirklich getan. Aber sie wollte doch … Der Gedanke an Holk, den Mann, der die Mörder ihrer Familie ausgesandt hatte, ließ eine heiße Welle aus Wut, Trauer und Verzweiflung durch sie hindurchrollen.

»Johanna.« Augustus riss sie in die Gegenwart zurück. »Solange sich jemand an deine Lieben erinnert, leben sie weiter. Und dazu bist du die einzig Richtige. Du hast sie am besten gekannt. Wenn du also nicht für dich von deinem Plan Abstand nimmst, dann tu es für Gustav und Ferdinand.«

»Wer sind denn Gustav und Ferdinand?«, erkundigte sich eine tiefe Stimme.

Johanna und Augustus wirbelten zum Zelteingang herum. Dort erblickten sie einen gut gekleideten Mann von etwa Mitte dreißig, das Haar gewellt, die Lippen zwischen dem Schnurr- und dem langen Kinnbart zu einem schmalen Lächeln verzogen. Das fehlende linke Auge verlieh seiner ganzen Person einen martialischen Charakter. Ein Eindruck, der durchaus gerechtfertigt war, wie Augustus nächste Bemerkung bewies, die er hervorstieß, nachdem er sich gefangen hatte.

»General.«

Johanna hatte das Gefühl, jemand würde ihr einen Dolch ins Herz rammen. Ihre Knie wurden weich.

Heinrich von Holks Lächeln wurde breiter. »Wie ich sehe, habt Ihr Besuch.«

»Ja, eine …« Augustus zögerte.

»Köchin«, sagte Johanna und strich ihr neues Kleid glatt.

»Eine Köchin? Bei Euch im Zelt?« Eine von Holks Augenbrauen wanderte nach oben.

»Sie ist aus der Gegend von Adorf«, sprudelte Augustus hervor. »Ich habe durch Zufall davon erfahren. Und da ich doch auch von dort stamme, dachte ich, ich bekäme endlich einmal wieder etwas einheimische Küche vorgesetzt, wenn ich sie darum bäte.«

»Mmh ...« Der General ließ den Blick über Johanna wandern. Dann sagte er nachdenklich: »Etwas einheimische ... Küche wäre in der Tat eine schöne Abwechslung.« Er wandte sich an Augustus. »Ich habe einen Inspektionsgang gemacht und als ich an Eurem Zelt vorbeikam, wollte ich die Gelegenheit nutzen, Euch darüber zu informieren, dass ich und mein Stab uns in den nächsten Tagen auf das Rittergut nach Troschenreuth begeben. Bis dorthin ist die verdammte Pest noch nicht gelangt!«

Nein, dachte Johanna, das tut sie erst, wenn Ihr dort seid, General.

***

Und tatsächlich kam die Pest nach Troschenreuth. Und der, der sie brachte, war niemand anderer als Heinrich Graf von Holk. Johanna hatte also Recht gehabt. Doch das wusste sie zu dem Zeitpunkt natürlich nicht, als von Holk befahl, dass sie ihm, dem Stab und Medicus Bloch nach Troschenreuth folgen solle.

»Was hat er nur vor?«, fragte sie, neben Augustus auf dem Bock der Kutsche hockend, mit der er sein Hab und Gut und seine medizinische Ausrüstung zum Rittergut transportierte. Vor ihnen ritt das Gros der Holk begleitenden Offiziere. Die

Hufe ihrer Pferde wirbelten den Staub der unbefestigten Straße auf und Johanna und Augustus ins Gesicht.

Augustus zuckte mit den Schultern. »Ich nehme an, er will etwas mehr von dir, als nur eine heimische Speise«, sagte er grimmig. »Verdammt sei das Geschick, dass wir dich nicht rechtzeitig aus dem Lager schaffen konnten. Troschenreuth ist wesentlich übersichtlicher. Da wird es ungleich schwer sein zu verschwinden. Ach, uns fällt schon etwas ein.«

»Das tut es bestimmt«, bestätigte Johanna. »Aber vorher koche ich für den General.«

Als sie das sagte, umspielte ein Lächeln ihre Lippen, doch Augustus sah es nicht.

***

Johannas Dienste als Köchin wurden erst eine Woche später in Anspruch genommen. Bis dahin lebte sie in einer bescheidenen Kammer im Hauptgebäude des Gutes. Dass sich immer ein paar einfache Landsknechte in ihrer Nähe aufhielten, wunderte sie nach Augustus' Äußerung nicht weiter. Da war es beinahe eine Erlösung, als sie endlich den Befehl bekam, ihr heimisches Gericht zuzubereiten.

»Was wird Sie uns kochen?«, erkundigte sich Heinrich von Holk, als er am Nachmittag in die Küche kam, in die man sie gebracht hatte.

»Vogtländischen Bierkarpfen«, erklärte sie. Beim Inspizieren der Vorräte hatte Johanna einen Karpfen gefunden, den sie zusammen mit Wurzelgemüse, Porree und Zwiebeln sowie weiteren speziellen Zutaten in einer Sauce aus starkem, dunklem Bier zubereiten würde.

Am Abend gegen die achte Stunde trug sie dem General das Gericht auf. Er bedachte sie mit einem Blick, der keinen Zweifel daran ließ, was er als seine Nachspeise betrachtete.

Zur neunten Stunde jedoch wand er sich bereits in Schmerzen.

Einer der Stabsoffiziere ließ die Köchin von zwei Landsknechten in den Saal zerren, in dem Holk auf einem Sofa lag, die Arme um die Leibesmitte geschlungen.

»Sie hat den General vergiftet«, schrie der Offizier.

Augustus Bloch eilte herbei. »Unsinn«, sagte er, denn er hatte festgestellt, dass im Körper des Generals hohes Fieber tobte. »Dazu heftige Kopf- und Gliederschmerzen, Benommenheit und ein allgemein starkes Krankheitsgefühl.« Er drehte sich zu den anderen Menschen im Saal um. »Wir sind nicht früh genug aus dem Lager abgezogen. Der General hat die Pest.«

Und an der starb er nur wenige Tage später am 9. September 1633, nachdem sein treuer Medicus Augustus Bloch über ihn und sich selbst eine Quarantäne verhängt hatte. So lange pflegte er den General in dessen Gemächern. Johanna aber wurde von jeder Schuld am Tode des Generals freigesprochen.

Medicus Bloch, der sich bei ihm angesteckt hatte und ebenfalls an der Pest erkrankt war, zog sich in seine Kammer zurück und erwartete dort seine Genesung oder aber sein Ende.

Derweil wurde die Leiche des Generals in einen Bleisarg gebettet, um ihn in seine Heimat Dänemark zu überführen. Am Morgen, an dem der Leichenzug aufbrechen sollte, stand Johanna in der Tür, die von der Küche auf den Hof ging, als sich der Zug gerade zum Abmarsch bereit machte.

»Fahr zur Hölle, General Heinrich Graf von Holk«, flüsterte sie.

»Ich glaube, erst mal geht es nur nach Kopenhagen«, sagte eine trockene Stimme neben ihr.

Ihr Kopf flog herum zu einem Mann, dessen Gesicht von der Kapuze seines weiten Mantels verdeckt wurde. Als er die Falten des Stoffes zurückzog, erblickte sie Augustus vor sich. »Du?«

Er grinste. »Sieht so aus, als wäre ich schon wieder nicht tot.«

»Aber ... die Pest...«

»Die soll jemand anderen holen.«

»Es wurde doch berichtet, dass du Beulen unter den Achseln hattest, dunkle Schwären, wie der General.«

Er kratzte sich an der angegebenen Stelle. »Und ich sage dir, die tun höllisch weh. Ein Glück für Holk, dass ich ihm die Spritzen mit Tinte und Wasser, die daraus entstehende Beulen so wunderbar nach den von der Seuche verursachten Schwären aussehen lassen, erst nach seinem Tod unter die Haut gegeben habe. Bei mir konnte ich leider nicht so lange warten, denn schließlich wollte ich die Leute *vor* meinem Ableben von meiner Krankheit überzeugen.«

»Also ist er gar nicht an der Pest gestorben?« Johannas Augen weiteten sich, als ihr die Wahrheit aufging.

»Nein«, sagte Augustus, die Stimme ganz ruhig, und schaute sie an. »Gestorben ist er an den Tollkirschen, die du zerrieben zu dem alten Fisch in die Sauce getan hast. Fünfzehn Stück, sofern ich richtig gezählt habe, als ich zufällig sah, dass mein Bestand sich seit meiner letzten Überprüfung verringert hatte. Wenn du das nächste Mal etwas aus einer Truhe entwendest, achte darauf, sie sorgfältig zu schließen.«

Johanna senkte den Blick. »Es tut mir leid. Vor allem, dass du dich in so große Gefahr begeben hast. Wäre man darauf gekommen, dass er an einer Tollkirschenvergiftung gestorben ist ...«

Augustus zuckte die Achseln. »Es ist ja noch mal alles gutgegangen. Als mir auffiel, dass die Kirschen fehlten, war mir auch klar, dass Heinrich Graf von Holk nicht mehr lange zu leben hatte. Glücklicherweise kam ich noch rechtzeitig, um meine Pestdiagnose abzugeben, bevor man auf den Gedanken verfallen konnte, dass eine schöne Frau ihn passenderweise mit Belladonna ins Jenseits befördern wollte.«

»Für Gustav und Ferdinand«, sagte sie leise.

Er nickte. »Für Gustav und Ferdinand.«

Auf dem Hof erscholl ein Trompetensignal. Die Karawane mit dem Sarg setzte sich in Bewegung. Hufe klapperten und die eisenbeschlagenen Räder der Kutsche, in der der General seine letzte Reise antrat, kratzten auf den Kopfsteinen.

Wenige Minuten später war der ganze Zug ihren Blicken entschwunden, der Spuk beendet.

Johanna holte tief Luft. »Und nun?«

Augustus lächelte sie an. Diesmal lag keine Traurigkeit in seinen Augen. »Ich denke, es wird sich erst mal niemand in meine Kammer wagen. Frühestens in ein paar Tagen, wenn der tote Karpfen«, er grinste, »den ich auf der Fensterbank habe liegenlassen, wo ihn die Sonne erreichen kann, anfängt zu riechen.« Er legte einen Arm um ihre Schulter und zog sie an sich. »Aber bis dahin werden wir schon wieder zurück in Adorf sein.«

Und das waren sie.

Vogtländischer Bierkarpfen

Zutaten:

Karpfen (1 bis 2 Kilogramm)
Salz, Zitrone
Wurzelgemüse (Petersilienwurzel, Rote Bete, Sellerie, Möhren), 2 Stangen Porree, 2 Zwiebeln
1 Flasche dunkles Bier
250 Gramm Butter
Gewürzkörner, Lorbeerblatt

Zubereitung:

Den Karpfen in Stücke teilen, mit Zitrone beträufeln, salzen.
In 50 Gramm Butter das kleingeschnittene Gemüse und die Zwiebeln andünsten, mit etwas Wasser auffüllen, Salz, Gewürzkörner und Lorbeerblatt zugeben, köcheln lassen, bis das Gemüse weich ist. Gewürzkörner und Lorbeerblatt entfernen, das Gemüse pürieren, die restliche Butter bräunen, zur Soße geben, mit dem Bier auffüllen. Die Karpfenstücke in der Soße garziehen lassen. Bei Bedarf nachsalzen.
Varianten: Statt dunkles Bier können Sie auch helles nehmen oder Rotwein und Soßenkuchen.

Die von Johanna in dieser Geschichte hinzugefügten Tollkirschen sollten Sie auf jeden Fall weglassen!

Mischa Bach

Frei nach dem Motto »Lieber gut erfunden als schlecht erlebt« schreibt sie Kurzgeschichten, Romane, Theaterstücke und Drehbücher statt Autobiografien, und hat dafür Nominierungen und Preise erhalten. Wenn sie nicht schreibt, malt sie. Oder sie unterrichtet, es sei denn, sie treibt sich im Theater herum. Oder sie liest, gut und gern auch vor. Manchmal übersetzt sie, hauptsächlich aber lebt sie.

Mehr Informationen zur Autorin: mischabach.wordpress.com
schreibarbeiterin.wordpress.com.

Arnd Federspiel

stammt aus Oberhausen und lebt in Essen. Er studierte Jura und Anglistik und arbeitete in New York und Los Angeles, bevor er in London eine Schauspielausbildung machte. Wenn er nicht auf der Bühne oder vor der Kamera steht, schreibt er Krimis und übersetzt.

Mehr Informationen zum Autor:
www.krimilexikon.de/feder.htm

Arnd Federspiel und **Mischa Bach**, beide Mitglieder im Syndikat, treffen sich regelmäßig zum gemeinschaftlichen Morden und Entsorgen der Opfer, wenn sie nicht Gespräche über Filme, Bücher, Theater etc. von beidem abhalten. Trotzdem kommen dabei glücklicherweise ab und zu auch Drehbücher oder Geschichten wie »Der General, die Bäuerin und der ganz tote Fisch« heraus.

Gemeinsam mit ihrem Kollegen H.P. Karr treten sie mit szenischen Krimilesungen als »Das literarische Überfallkommando« auf.

Klaus Stickelbroeck

Altbierblues

Vorsichtig. Ganz langsam. Erst mal nur ein Auge! Ein bisschen. Oh Mann. Gleißendes Sonnenlicht, bereit den Augapfel zu verglühen, alle Sehkraft zu nehmen.

Schnell wieder zumachen! Ich hatte genug gesehen, und die weiß gestrichene Zimmerdecke als die meinige erkannt. Das war die halbe Miete. Ich lag zu Hause im Schlafzimmer.

Aber auch im Bett?

Vorsichtig fuhr ich die Fingerspitzen aus und ertastete das grobe Fortuna-Düsseldorf Frottee-Spannbettlaken unter meinem Körper.

Und ...

Hektisch riss ich meinen Kopf nach links und beide Augen auf. Fanfaren dröhnten, ein Presslufthammer presste, hinten im Hirn detonierte krachend eine Granate.

Eine Frau! Neben mir lag eine Frau. Ein nackter Rücken, eine nackte Hüfte ... Die Frau war nackt!

Hastig schloss ich die Augen wieder und versuchte, die den Verstand raubende Kakophonie in meinem Schädel unter Kontrolle zu dirigieren.

Eine nackte Frau. Okay, es gab Schlimmeres. Nackte Frauen neben mir im Bett, das kam vor. Der Punkt war aber doch, wie war die hierhingekommen?

Vorsichtig riskierte ich einen zweiten Blick. Lange, dünne, blonde Haare, auf dem Rücken ein Tattoo. Mir unbekannte

Schriftzeichen buchstabierten irgendetwas die Wirbelsäule runter. Das Bettlaken verhüllte weitere Details. Um den Hals trug die Frau ein eng anliegendes, rotes Halstuch.

Okay. So weit, so gut.

Und ich selbst? Ich spürte, dass ich oben nackt war, aber untenrum? Meine Fingerspitzen ertasteten die Jeanshose, was ich unter den gegebenen Umständen als positiv bewerten wollte. Ich blinzelte vorsichtig neben mir auf die recht angenehm geformte Ausbuchtung unter dem Bettlaken. Nicht, dass es in Abwesenheit jeglichen Verstandes zum Äußersten gekommen war ...

Dunkel erinnerte ich mich, durch den Flur ins Schlafzimmer gestolpert zu sein und mich auf dic Matratze geworfen zu haben. Licht hatte ich keines gebraucht, dudelblau wie ich gewesen war. Hatte die da etwa schon in meinem Bett gelegen?

Moment, Moment. Ganz falscher Ansatz. Wie war das jetzt losgegangen?

Genau. Gestern. Der Anruf.

***

Umständlich friemelte ich das Mobile ans Ohr. »Hallo?«

»Hi Spider! Du rätst nie, wer dran ist!«

Ich runzelte überrascht die Stirn. Spider hatte mich schon lange keiner mehr genannt. Genau genommen, seit der Schulzeit nicht. Womit ich übrigens ganz zufrieden war, denn der wenig charmante Spitzname bezog sich auf meine seinerzeit streichholzdünnen Ärmchen und Beinchen. Ansonsten hatte der Anrufer Recht, die abgetretene Reibeisenstimme sagte mir nichts.

»Olli«, half mir mein Gesprächspartner auf die Sprünge. »Olli Kulmbach. Alter, Goethegymnasium?«

»Olli«, erkannte ich tatsächlich einen alten Schulkameraden. »Wir haben uns ja ewig nicht gesehen.«

Genau genommen hatte ich den hünenhaften Kerl mit Bestehen des Abiturs komplett aus den Augen verloren. Olli war erst in der Elften zu uns gestoßen, weil er auf der Marie-Curie in Gerresheim einem Mathelehrer was auf die Zwölf gestuppt hatte. Das stellte damals eine ziemlich coole Visitenkarte dar. Eine Zeit lang hatten wir nebeneinandergesessen und während des Unterrichts heimlich Dosenbier gesoffen. Ich hatte mich immer mal gefragt, was aus dem Kerl geworden war.

»Alter, ich bin gerade in Düsseldorf und da dachte ich, wir könnten an der längsten Theke der Welt spontan ein paar schnelle Altbier zischen gehen.«

»Äh«, fühlte ich mich leicht überrumpelt, aber andererseits ... »Ja, sicher. An wann hast du gedacht?«

»An heute Abend.«

»Heute?«

Olli lachte. »Zeig dich geschmeidig, Alter. Wir treffen uns um acht auf der Ratinger vorm Füchschen.«

»Okay«, stimmte ich kurzweg zu, fühlte mich wieder ein bisschen wie Spider und legte auf.

***

Genau. So war das gestern Nachmittag gewesen. Olli Kulmbach. Ich blinzelte noch mal rüber zum Rücken. Aber das erklärte ja noch nicht meine blondhaarige Bettpartnerin. Okay. Weiter!

***

Die ersten frech-fröhlichen Füchschen, das war ja bekannt, tranken sich gerade bei strahlendem Sommerwetter immer von ganz allein. Für Nachschub sorgte ein notorisch schlecht aufgelegter Köbes, da musste man sich keine Sorgen machen.

»Was hast du denn nach dem Abi gemacht?«, wollte ich wissen und nippte am Gerstensaft.

»Erst mal Ausland«, antwortete Olli Kulmbach. »Ein paar Jahre raus aus Deutschland. Georgien, Russland, Griechenland, Neuseeland. War irgendwie alles dabei.«

Ich nickte. Gut sah er aus, der Olli. Rau wie Russland, ein bisschen verwegen-fransig wie Griechenland und kräftig-kernig wie ein Neuseeländer. Ein kleines Bäuchlein schien sich anzudeuten, aber die langen Haare standen ihm gut und waren nur an den Schläfen leicht silbergräulich.

»Bist du verheiratet?«, fragte Olli dann im Kreuzherreneck, wo zum frisch-würzigen Schlösser natürlich ein Salmiakki, ein finnischer Kräuterschnaps, dazugehörte.

»Ne«, konnte und musste ich verneinen.

»Das hab ich mir gedacht«, lachte Olli.

»Wieso das denn?«

»So ein bisschen Nerd warst du damals schon.«

»Als wir Abi gemacht haben, gab es noch keine Nerds«, behauptete ich.

Das Leben war schließlich dazu da, sich zu verändern. Hm, wo wir jetzt schon ein gutes Stündchen aufeinanderhingen, fiel mir ein, dass mich der holzklotzige Olli Kulmbach mit seiner großspurigen Art bei aller Coolness damals bereits sehr stark ans Neandertal erinnert hatte. Kam der nicht sogar ursprünglich von da?

Olli beugte sich zu mir rüber. »Lass mich raten: Eine feste Freundin hast du zurzeit auch nicht. Du wohnst alleine.«

»Hast du eine Schwester, mit der du mich verkuppeln möchtest?«, fragte ich und freute mich, dass es in Ollis Augen überrascht geflackert hatte. Ja, ja, mein Steinzeitkumpel, Spider Jansen war zwar noch nie in Neuseeland, hatte sich in den letzten zehn Jahren aber durchaus weiterentwickelt.

»Seit wann hat denn die Zwiebel zu?«, wollte Olli eine halbe Stunde später wissen.

Wir standen schräg gegenüber vor dem Nasebands, ein leckeres Schlüssel in den Fingern.

»Zwei Jahre bestimmt schon«, musste ich raten.

»Schade, da bin ich immer gerne gewesen. Gute Musik, gutes Bier. Draußen hing ein Zigarettenautomat, da hatte ich meine erste Schlägerei.«

»Das waren wilde Zeiten damals«, stimmte ich zu.

»Für dich ja weniger. Du warst ja eher ein Braver. Trotzdem ...« Olli musterte mich von oben bis unten. »Du hast dich ganz brauchbar gemacht. Bist jetzt keine Kante geworden, aber hast ne gute Körperspannung, drahtig. Was machst du eigentlich beruflich?«

»Ich hab nach dem Abi ...«

»Hast du den Hintern gesehen?«, brüllte Olli und nickte heftig einer Dunkelhaarigen hinterher, die ihr tatsächlich recht ansehnliches Gesäß in eine enge schwarze Kunstlederleggins gedrängt hatte. »Hammer, Hammer, Hammer!«

Mehrere Frauen vom Nebentisch drehten pikiert ihre Köpfe zu uns rüber, mein alter Schulkamerad wurde langsam peinlich.

»Düsseldorf hat definitiv seine guten Seiten. Was für ein Arsch!«, jauchzte Olli.

Das dachten im gleichen Moment – ihren Blicken nach zu urteilen – offensichtlich die besagten Frauen ebenfalls, wobei sie es sicher ganz anders meinten, als mein Schulkumpel.

Mein Magen hatte zwischenzeitlich besorgt angeregt, es bei einer Biersorte zu belassen, aber die übrige Körperschaft hatte vehement abgelehnt. Warum sich auf eine gerstensaftbraune Köstlichkeit beschränken, wo man in der Düsseldorfer Altstadt doch alle im Angebot hatte. Die Leber behauptete steif und fest, dass sie mit der Artenvielfalt super klarkäme. Komm, laufen lassen! Die Zunge: ich mach sowieso gleich Feierabend. Und der Darm meinte, er freue sich schon auf morgen Vormittag.

Um den Abend allerdings ein wenig zu beschleunigen, schlug ich nach dem Knoten, dem Tube und dem Kürzer vor, zwei kleine Killepitsch zwischenzuschieben. Durch den blutroten Kräuterlikör auf hohe Taktung gebracht, schwankten wir dann rüber ins Uerige, denn ohne ein leckeres Dröppke von der Rheinstraße, wäre das ja gar kein richtiger Altstadtbummel gewesen.

***

Bis hierhin ließ sich der gestrige Abend problemlos rekonstruieren. Ich reckte mich leise in die Höhe. Wenn mir jetzt allerdings die nackte Schönheit immer noch nichts sagte, konnte es natürlich sein, dass ich Olli mit zu mir nach Hause geschleppt und der wiederum die mir bis dato Unbekannte ins Bett drapiert hatte.

Konnte sein ... Also nachgucken!

Kumpel Olli vermutete ich am ehesten in meinem Gästezimmer. Auf dem Weg dorthin wunderte ich mich im Flur über eine umgestoßene Blumenvase, deren feuchter Inhalt sich über das gute Holzparkett ergossen hatte.

»Schlecht das!« Ich bog ab in die Küche, um mir einen Aufnehmer zu schnappen und stutzte. »Verdammt!«

Was war das? Auf dem Küchentisch lag ... eine Knarre. Eine Pistole. Ich ging näher ran, brachte meine Nase ganz nah dran an die Waffe. Eine dunkelgraue Pistole mit Schalldämpfer. Sah echt aus. »Was ...?«

Der Fund drückte in meinem Körper den größten Teil der restlichen Promille zur Seite. Mit spitzem Finger tippte ich ihn an. Waffen konnte ich nicht leiden. Welche mit Schalldämpfer schon gar nicht. Ich hob sie auf, riss den Schlitten nach hinten. Eine Patrone flog mir entgegen und landete klimpernd unterm Küchenschrank.

»Oha.«

Geladene Waffen konnte ich noch viel weniger leiden! Nachdenklich legte ich die Pistole zurück auf den Tisch und schritt nunmehr entschlossen Richtung Gästezimmer. Zeit, meinem weltgereisten Schul-Assi ein paar scharfe Fragen zu stellen.

Ich hatte die Klinke schon in der Hand ... Und hielt inne. Was war das da unten für ein Fleck, vor mir auf dem Parkett? Rotbraun, verschmiert. In Schlieren verschwand der Placken unter der Tür zum Gästezimmer. Ich ging in die Knie. War das eine Wischspur?

Ich spürte eine Gänsehaut auf meinem nackten Oberkörper. Das sah nicht gut aus, das sah ... ganz und gar nicht gut aus. Was lief hier gerade für ein Film ab?

In diesem Moment klingelte es an der Wohnungstür. Das Bimmeln war geeignet, meinen Puls in den alarmroten Bereich zu jagen. Ich taumelte durch den Flur, um zu öffnen.

»Guten Morgen, Herr Jansen!«, schnaufte eine sichtlich angespannte Frau Pogrebnyak aus der ersten Etage.

»Guten Morgen ...«

»Hat mein Mann mit Ihnen gesprochen?«

»Äh ... nein.«

»Dann wird er das ganz sicher noch nach der Arbeit tun.« Sie stemmte resolut ihre Hände in die Hüfte. »Wegen heute Nacht – schon mal ein paar Takte von mir vorab, Herr Jansen.«

»Ich ...«

»Mir ist es vollkommen gleich, ob und welche weißrussischen Schlampen Sie sich ins Bett holen. Ob es eine ist oder ob es mehrere sind. Sie sollten nur wissen, mein Mann und ich, wir erziehen unsere Kinder zweisprachig.«

»Das ist gut, aber ...«

»Ihre ordinäre, vulgäre Ausdrucksweise ist durch nichts zu rechtfertigen. Und dann auch noch mitten in der Nacht. Mit Ihrem Radau haben Sie unsere Kinder geweckt und die mussten das mitanhören und haben ja auch alles verstanden. Das lässt doch tief blicken, Herr Jansen!«

Ich öffnete den Mund.

»Sehr tief!«

Ich schloss ihn wieder. Mir wollte nichts Gescheites über die Lippen kommen.

»Ihre perversen Details dürfen Sie zukünftig sehr gerne für sich behalten. Sie sollten sich schämen! Mein Mann wird sich bei Ihnen melden und ich sage gleich, er ist auf 180!«

»Ähm …«, mir war gerade doch etwas eingefallen, aber da hatte die erboste Frau Pogrebnyak sich schon umgedreht und schnaufte die Stufen runter.

Behutsam schloss ich die Tür. »Das wird ja immer besser.«

Gut. Immerhin hatte es ganz hinten in meinem Gehirn bei weißrussische Schlampen geklingelt …

***

Denn nach dem Uerige waren Olli und ich noch auf die Bolker gewechselt und hatten uns im Auberge und im Engel die rockige Dröhnung auf die Ohren gegeben. Ich bin nicht sicher, ob ich anschließend das Schweinebrötchen besonders lange im Magen behalten habe. Ich fürchte nicht.

Jedenfalls – genau – danach war Platz für zwei, drei Schumacher und dann, im Spiegel, machte Olli mich auf zwei schlanke, sehr blonde Schönheiten am anderen Ende des Tresens aufmerksam. »Alter, sehen die nicht super aus?«

»Sehr professionell sehen die aus«, glaubte ich im alkoholtrunkenen Halbdämmer die beiden im gewerblich-horizontalen Bereich einordnen zu müssen.

»Nix da, die sind klasse. Guck, Spider, die gucken rüber!«

Olli winkte. Ich winkte auch, allerdings ab. Was die blonden Grazien der Nacht jedoch nicht davon abhielt, zu uns rüberzustöckeln.

»Ich bin Nadia«, sagte Nadia.

»Ich bin auch Nadia«, sagte die andere Nadia.

Zufälle gibt's, dachte ich und fragte mich, ob das rote, eng um den langen, schlanken Hals geschlungene Tuch bei einer der beiden Nadias nicht furchtbar unbequem sein musste.

***

Frau mit rotem Halstuch? Eine der beiden Nadias hatte es also in mein Bett geschafft. Wie konnte das passieren? Wieder versagte an der entscheidenden Stelle meine Erinnerung.

»Olli«, knurrte sich eine Erklärung über meine Lippen, dahinter musste Schulfreund Olli stecken, wer sonst?

Fleck auf dem Boden her oder hin, ich riss die Tür zum Gästezimmer auf.

Es raubte mir die Luft. Im Bett: Die langen, blonden Haare ergossen sich blutverschmiert über Kissen und Laken. Wie in einem schrecklichen Tunnel wurde mein Blick auf das Gesicht getrichtert, in dem sich jemand ausgetobt und jedes Leben herausgeschlagen hatte. Blutspritzer auf dem Bettzeug, an den Wänden, überall!

Ich taumelte zurück. Das war ... wie in einem Horrorfilm. Ich schnappte nach Luft, würgte. Verdammt, ich hatte Nadia gefunden, auf dem Rücken liegend, die Beine verdreht. Eine der Nadias. Grob kämpfte sich die Übelkeit meine Speiseröhre nach oben.

Von Olli keine Spur, aber – mein Gott – was hatte dieser offensichtlich vollkommen durchgeknallte Typ angestellt? Das sah ja aus wie auf einem Schlachtfeld!

»Nadia.«

Ich taumelte durch den Flur zurück in mein Schlafzimmer. Hätte die andere Nadia nicht von Nachbarin Pogrebnyaks Gekeife wach werden müssen? Hatte ich erwähnt, dass das rote Tuch um ihren Hals sehr, sehr eng ...? Sie lag unverändert in meinem Bett, ich umrundete es und beugte mich auf der anderen Seite über die Schlafende, schluckte und ...

Mein Herzschlag stolperte. Das war keine Schlafende! Das Weiße in den Augen der Frau war blutig gesprenkelt, der Blick starr und leer gen Schlafzimmerwand gerichtet. Eine lange, blaue Zunge ...

Vorsichtig legte ich die Fingerspitzen meiner Rechten über dem Tuch an ihren Hals. Da, wo ein weißrussisches Herz einen Puls hätte pumpen sollen, pumpte nichts mehr! Entsetzt zuckte meine Hand zurück. Jetzt wäre eine erklärende Erinnerung aus dem großen, dunklen Nichts hilfreich gewesen!

»Bad«, stieß ich gallig hervor.

Ich drückte mir die Faust vor den Mund und wankte ins Badezimmer. Wie im Wahn drehte ich am Waschbecken den Wasserhahn auf und schaufelte mir kaltes Wasser ins Gesicht. Das tat gut, das tat so was von gut.

Ich klammerte mich mit beiden Händen fest an die Keramik, atmete tief durch, Tropfen rannen mir über Stirn und Wangen. Das Karussell in meinem Kopf drehte sich ein klein wenig langsamer, das Rauschen in den Ohren wurde leiser. Mein feucht-roter Blick fand im Spiegel ein kalkweißes Gesicht. Der Typ sah mich entsetzt fragend an. Was zum groben Henker war hier passiert?

Ich wischte mir Wassertropfen aus den Augenwinkeln, presste die Fäuste in meine Schläfen, schloss die Augen. Mühsam konnte ich die aufkommende Übelkeit unterdrücken.

Augen auf!

Der Spiegel. Mein Hals! Vorsichtig berührte ich die gerötete Stelle. Ich stutzte. War das ein Knutschfleck?

»Carmen?«

Ja, sicher: Carmen ... Der Knutschfleck. Das bedeutete ...

***

Genüsslich schnurrte sich Carmen über meinen schweißwarmen, nackten Oberkörper. »Schön, dass du mich noch nach Hause gebracht hast.«

»Ich hoffe, nicht nur das Nachhausebringen war angenehm«, brummte ich bärig zurück.

Carmen kniff mir frech in die Seite. »Nö, war okay. Allerdings riechst du wie eine Altstadtkneipe sonntagmorgens um fünf.«

»Ich habe mehr Biersorten im Angebot.«

Carmen rutschte ein Stück höher und hauchte mir ins Ohr. »Und dann überlässt du deinem Schulkumpel, den du zehn Jahre lang nicht gesehen hast, einfach so deinen Haustürschlüssel? Hast du keine Sorge, dass der in deiner Bude irgendwas anstellt?«

»Die beiden Blondinen werden ihn beschäftigen«, blieb ich ganz beruhigt. »Ich hab ihm gesagt, dass ich mit zu dir gehe und ihm bis mittags sturmfrei gebe.«

Carmens freche, kleine Zähnchen fanden meinen Hals. »Oh, da muss ich euch zwei enttäuschen. Ich werfe dich nämlich gleich raus. Ich habe meine Mutter zum Brunchen eingeladen. Deine Anwesenheit würde sie verunsichern.«

»Oha«, runzelte ich die Stirn. »Das kommt ungelegen.«

»Du kannst mich ja heiraten«, surrte Carmen und ich spürte ihre Lippen auf meiner Haut. »Das würde einiges vereinfachen.«

Oh. Vorsichtig jetzt, ganz dünnes Eis! Andererseits würde ich zu gerne liegen bleiben, auf Olli und seine Grazien hatte ich gerade mal überhaupt keine Lust.

Ich versuchte es mit einem Sachargument. »Hoffentlich wird Olli überhaupt wach, wenn ich klingle.«

»Du hast doch den Notfallschlüssel hinterm Namensschild versteckt. Nimm dir noch ein, zwei frische Heimwegbierchen ausm Kühlschrank und dann geht's ab nach Hause.«

Schmatz und flopp!

»Sag mal, hast du mir da gerade einen Knutschfleck an den Hals geflanscht?«

***

Ich guckte noch mal genauer hin, in den Spiegel. Ja, hatte sie. Dabei wusste sie doch, wie sehr ich Knutschflecke hasste. Okay, mahnte ich mich, der Flatschen war im Moment eines meiner kleineren Probleme. Die deutlich größeren hatte der irre Olli mir blond und tot ins Gäste- und Schlafzimmer gelegt.

Mein Blick wanderte fröstelnd meinem Spiegelbild über die Schulter ... und blieb an der Duschtasse hängen. Der Vorhang hing schief. Was lugte da unten raus? War das ein Schuh?

Ich fuhr herum. Ein Schuh, ein Männerschuh. Mit Fuß drin!

»Olli ...«

Eiskalt schoss es mir durch den Kopf. Um Himmels willen. Ein Männer-Schuh. Das änderte alles!

Wenn nicht Olli für dieses grässliche Massaker verantwortlich war, sondern er stattdessen dort leblos in der Duschtasse lag, dann blieb als Verursacher dieses ganzen tödlichen Dramas nur einer übrig.

Herrgott, was hatte ... ich ... angerichtet? Das war nicht mein erster Filmriss und ja, da waren ein paar Storys dabei, die wirklich ... Aber, das hier?

Benommen torkelte ich nach vorne, ergriff den Duschvorhang und riss ihn mit einem Ruck zur Seite. Ich schwankte krachend gegen die Duschumrahmung.

Hatte ich mich über die Pistole in der Küche gewundert, über das Ding mit dem Schalldämpfer? Hier hatte die Knarre ganze Arbeit geleistet. Sie hatte ein fransiges Loch in die Stirn und jedes Leben aus dem Mann gestanzt, der zusammengesunken in der Duschtasse lag.

Ich schluckte. Jemand würde auf der Arbeit Karel Pogrebnyak vermissen ...

Erleichterung und Wut balgten sich gleichzeitig durch meinen Körper. Nicht ich hatte hier wie ein Berserker gewütet, sondern doch mein Schulkumpel Olli!

Ich musste die Polizei informieren. Jetzt. Sofort. Mein Handy lag im Flur auf der Kommode. Hin! Äh, ... was war das für eine große Tragetasche, die dort mitten auf dem Boden stand? War die eben schon da?

Die Erklärung zur Tasche trat im selben Moment aus der Küche dazu.

»Mensch, Spider«, knurrte Olli Kulmbach. »Was machst du denn schon hier?«

In seiner rechten Hand hielt er die Pistole, die vorhin noch auf dem Küchentisch gelegen hatte.

Ich wies mit fragendem Blick auf meinen Nachbarn, deutete taumelnd und unbestimmt grob Richtung Gäste- und Schlafzimmer. »Was ist passiert?«

Olli nickte zur Tragetasche. »Ich war gerade im Baumarkt, was einkaufen, um dann ein bisschen sauber zu machen. Und hier muss einiges entsorgt werden.«

Ich ...

Olli wirkte wirklich niedergeschlagen. »Aber jetzt habe ich wohl einen Müllsack zu wenig gekauft.«

Ich schluckte.

Denn Olli richtete nunmehr den unangenehmen, vorderen Teil seiner Waffe auf mich. »Alter, du hast doch gesagt, dass du bei deiner Schnalle aus dem Weißen Bären bleibst und erst gegen Mittag nach Hause kommst? Wie zur Hölle bist du ohne Haustürschlüssel in die Wohnung gekommen?«

Ich ertastete in meiner Jeans den Reserveschlüssel.

»Finger aus der Hose!«, kommandierte Olli scharf.

Tat ich. Und hielt ihm den Notfallschlüssel entgegen. »Du wolltest doch wissen, wie ich in die Wohnung gekommen bin. Olli, was zum Teufel, war hier los?«

»Die Party ist ein wenig ausgeartet«, schniefte Olli. »Is mir, ehrlich gesagt, schon häufiger passiert.«

Ich machte einen kleinen, unauffälligen Schritt auf ihn zu, leicht nach links versetzt, weg von der Dusche samt Inhalt. »Und was hat mein Nachbar damit zu tun?«

»Als ich vorhin die Haustür aufgemacht habe, stand der draußen im Treppenhaus direkt vor mir. Und guckte an mir vorbei in die Wohnung rein. Da lag eine der Nadias noch im Flur auf dem Fußboden. Der hat natürlich sofort gesehen, was Sache ist. Da musste ich reagieren.« Olli zuckte mit den Schultern. »Falscher Ort, falsche Zeit.«

»Ich kann es nicht fassen. Du hast die beiden Frauen und meinen Nachbarn getötet.«

Olli legte den Kopf schräg. »Ich hab deine dusselige, tollpatschige Art immer gemocht, Spider. War ja auch ein schöner Abend, gestern. Eigentlich. Aber jetzt muss ich mich ein bisschen beeilen, ich will ja noch aufräumen. Da hast du sicher Verständnis für. Die Arbeit wird ja nicht weniger.«

Der Pistolenlauf mit Aufsatz fand sein Ziel, es sollte wieder eine Stirn werden. Meine diesmal. Olli krümmte ohne weiter zu zögern den Zeigefinger. Und drückte ab.

Ich spürte den Schlag, spürte, wie die Kugel meine Stirn durchschlug, sich die Patrone heiß durch meinen Schädel bohrte und am Hinterkopf, einen großen, blutigen Krater reißend, wieder austrat.

Nein. Spürte ich nicht.

Klick, machte die Waffe. Was auch sonst? Denn ich hatte ihr vorhin in der Küche die Patronen entnommen. Ich hatte doch gesagt, dass ich geladene Pistolen überhaupt nicht leiden kann.

Olli blickte verwundert, drückte noch mal ab. Meine Linke verschwand in der Jeans. Wieder klickte es. Und noch mal. Klick. Klick.

Ich zog langsam die Patronen aus der Hose und ließ sie durch meine Finger hindurch auf den Boden kullern.

Er verstand. Aber zu spät.

Ich tänzelte einen Schritt nach vorn und trat ihm mit Vollspann die Besinnung aus dem Hirn. Roundhouse-Kick. Wie mit der Axt gefällt stürzte Olli, an der linken Schläfe getroffen, zur Seite weg. Dort würde er liegen bleiben, bis die Polizisten einträfen.

Genauer: Meine Kollegen.

Ich schüttelte den Kopf. Olli hatte mich gestern vorm Nasebands ja gefragt, was ich beruflich mache, aber meine Antwort nicht abgewartet. Ich hätte ihm natürlich gesagt, dass ich nach dem Abi bei der Polizei angefangen hatte und seit drei Jahren Einsatztrainer beim SEK war.

Klaus Stickelbroeck
stammt aus und lebt in Kerken am Niederrhein. Seit mehr als dreißig Jahren arbeitet er als Polizeibeamter in Düsseldorf. Er versieht seinen Dienst in der Altstadtwache und kennt sich entsprechend gut an der »längsten Theke der Welt« aus. Erstmals 2007 ging er als Krimiautor mit seinem Privatdetektiv Hartmann an den Start, der sich schlagfertig und turbulent durch Düsseldorf ermittelt. Privat sehr gerne und mörderisch in seinen Kurzkrimis verschlägt es ihn immer wieder ins benachbarte Ruhrgebiet.
Mehr Informationen gibt es hier: www.klausstickelbroeck.de

Meike Messal

Das beste Bier der Welt

Die Frau zitterte. Ihr Gesicht war bleich, die Augen riesengroß. Angst schrie aus ihrem gesamten Körper. Angst vor dem nächsten Eimer gefüllt mit Bier, der ihr mit voller Wucht ins Gesicht geschüttet würde. Der ihr die Luft nehmen würde, so wie die unzähligen zuvor. Lange konnte sie das nicht mehr durchhalten. Die Abstände zum Luftschnappen verringerten sich, er ließ ihr kaum noch eine Pause.

Mit letzter Kraft richtete sie sich auf und sah ihren Peiniger an, der schon einen weiteren Eimer in der Hand hielt. Bier tropfte aus ihren Haaren, über ihre Stirn, floss an ihrem nackten Körper hinunter.

Ihr Blick schien sich direkt in Bertrams zu bohren, ihn zu fixieren, ein stummer Schrei. Plötzlich aber stöhnte sie heiser und qualvoll, ein fast unmenschlicher Laut. Dann sackte sie zusammen, und wie ein Luftballon, aus dem jegliche Luft entwichen war, sank sie auf den harten Boden.

***

Bertram schloss sorgfältig die Kellertür ab, wog den Schlüssel einen Moment gedankenverloren in der Hand, dann atmete er tief durch. Verdammt, er hatte sich das leichter vorgestellt. Gab es denn so wenige Frauen, die Bier so liebten wie er? Die sich mit voller Hingabe einem Leben widmen wollten, in dem dieses himmlische Getränk der Mittelpunkt war? Wütend schüttelte er den Kopf. Nur weil so manche Dame dem Gerstensaft zusprach, hieß das wohl noch lange nicht, dass sie sich auch vorstellen konnten, davon zu leben. Dazu logen und betrogen sie, dass selbst die Bierkrüge blass wurden.

Er hatte sich extra bei Singles.de angemeldet, hier tummelten sich schließlich viele Liebeshungrige im Netz. Was für eine wunderbare Aussicht, endlich die Richtige zu finden, hübsch natürlich, mit den Rundungen an den passenden Stellen – und eine Bierliebhaberin. Mehr verlangte er doch gar nicht.

Zuerst war er voller Elan gestartet. Aber jedes Mal, wenn er von seiner Leidenschaft zu sprechen begann, zogen sich die meisten Frauen zurück.

Oder lag es an seinen Fotos, die er zeitgleich mit freigab? Nein, das konnte nicht sein. Gut, eine Schönheit war er vielleicht nicht unbedingt. Sehr groß, dafür allerdings auch ziemlich breit. Aber das weibliche Geschlecht achtete doch auf die inneren Werte. Sagten sie jedenfalls. Und da war er schließlich nicht zu verachten. Er trat ein für die Sachen, die ihm wichtig waren. Und für den Traum seines Lebens: eine eigene Bierkneipe. Nicht irgendeine, natürlich. Nein, er hatte da etwas ganz Besonderes vor. Und dafür brauchte er die passende Frau.

Die Letzte war nicht die Richtige, das hatte er schnell herausgefunden. Die war scheinbar interessiert gewesen und hatte sich dazu auch noch mit Bier ausgekannt. Hatte sie behauptet. Eine boshafte, unglaubliche Lüge, das war ihm schon nach ein paar Minuten klargeworden. In der Kneipe, in der sie sich trafen, konnte sie nicht einmal ein Pils von einem Weizen unterscheiden. Sie wusste ebenso wenig, wie Bier hergestellt wurde.

Wenn sie wenigstens gut ausgesehen hätte. Doch sogar da versagte sie. So eine brauchte er wirklich nicht!

Er hätte sie ziehen lassen können. Aber das Problem war, dass sie ihn angelogen hatte. Über ihre Bierkenntnisse und über ihr Aussehen ebenfalls. Das konnte er nicht dulden. Er hatte schließlich Großes vor, da durfte so ein dahergelaufenes Weibsbild nicht einfach seine kostbare Zeit in Anspruch nehmen, für nix und wieder nix. Ha, der würde er es schon zeigen. Und dann würde er sich die Nächste suchen. Eine, die hoffentlich besser war als sie.

***

Ihre Haut war merkwürdig durchsichtig und fahl. Unbeweglich lag sie da, und nur am leichten Flattern ihres rechten Augenlides war zu erkennen, dass sie lebte. Inzwischen war der Boden um sie herum mit einer riesigen Lache Bier bedeckt. Ihr Gesicht lag seitlich darin, die Flüssigkeit berührte ihren Mund, stand nur wenige Zentimeter vor ihrer Nase. Noch konnte sie atmen. Noch.

***

Heidrun.

Lächelnd blickte Bertram auf seinen Laptop. Sie würde die Richtige sein, das spürte er. Bereits der Name sagte alles. Jeder Bierliebhaber kannte schließlich die Wikinger, die geglaubt hatten, dass nach dem Tod auf sie in Walhalla eine Ziege wartete, aus deren Euter das beste Bier floss: Bier für immer und ewig. Diese Ziege hieß Heidrun, genau wie die Frau im Dirndl, die ihn von seinem Computer aus anlächelte.

Behutsam strich Bertram über den Bildschirm. Warum war er nicht schon vorher auf diese Seite aufmerksam geworden? Es gab Singlebörsen für jeden: für Bauern, Veganer, Waldliebhaber und Reiter. Und auch eine für die Freunde des Bieres! Das hatte er nicht gewusst. Wie heutzutage üblich hatte die Homepage einen englischen Namen: Beerlovers.de! Zuerst hatte er geglaubt, dass sich dort nur Männer tummelten. Aber nein. Hier waren sie versteckt, die Damen mit der richtigen Oberweite und den großen Bierkrügen in der Hand.

Er musste Heidrun unbedingt treffen. Gebannt starrte er den Computer an. Vor einer halben Stunde hatte er ihr geschrieben. Würde sie antworten? Würde er mit ihr schaffen, was ihm bisher versagt geblieben war?

Bertram rieb sich die Hände. Noch einmal schnell in den Keller, dann würde er für Heidrun bereit sein. Und sie für ihn. Das hoffte er zumindest. Für sich. Aber vor allem für sie.

***

Sie war tot.

Inzwischen schwamm sie fast im Bier, ihre langen Haare schimmerten in dem matten Licht und schaukelten leicht hin und her.

Bertram wischte sich über das Gesicht. Ein schöner Anblick war das nicht. Aber sie hatte bekommen, was sie verdient hatte. Warum hatte sie auch lügen und betrügen müssen? Hatte sie denn nicht gewusst, dass das nicht ungestraft bleiben konnte. Dass sie nicht ungeschoren davonkam.

Seufzend wandte Bertram sich ab.

***

Sie hatten kein besonderes Kennzeichen ausgemacht.

Zu Beginn seiner Dates hatte Bertram geglaubt, dass dies auch nicht nötig sei, schließlich hatte er mit den Frauen vorher bereits Fotos ausgetauscht, da sollte man sich in einer Kneipe wohl erkennen. Je häufiger er sich jedoch verabredete, desto mehr schien es ihm, dass die Bilder mit der Realität ungefähr so viel gemein hatten wie Hopfen mit Weinreben. Es war ihm unbegreiflich, wieso man seine Figur schmaler und die Falten kleiner schummelte, wenn man doch irgendwann sein wahres Ich zeigen musste. Nein, da schickte er schon lieber Fotos von sich, wie er leibte und lebte, obwohl er dann von der ein oder anderen Dame nichts weiter hörte. Sollten die sich zum Kuckuck scheren, jemanden, der nur auf Äußerlichkeiten achtete, konnte er sowieso nicht gebrauchen.

Während er seinen Blick durch die Kneipe schweifen ließ, hoffte er wieder inständig, dass Heidrun nicht zu dem Schlag Weibsbilder gehörte, die logen und betrogen. Aber mit ihr hatte er ein wirklich gutes Bauchgefühl, ein großes, großes Bauchgefühl.

Bestimmt war sie noch nicht da, Frauen kamen ja chronisch immer ein paar Minuten zu spät. Er wollte gerade zu einem freien Tisch hinüberschlendern, als er in der hinteren Ecke eine Frau wahrnahm, die ihn anlächelte und dabei fragend die Augenbrauen hochzog.

Einen Moment stockte er. Verdammt, wenn das Heidrun war, dann sah sie nicht schlechter, sondern besser aus als ihre Fotovariante. Zögernd lächelte er zurück und ging auf sie zu. »Heidrun?«, fragte er ein wenig atemlos.

Sie stand auf und gab ihm die Hand. »Ja. Schön dich zu treffen, Bertram!« Ihr Händedruck war fest und energisch, eine Frau, die anpacken konnte, das spürte er sofort.

Als er sich auf den Stuhl sinken ließ, blieb sein Blick auf dem großen Weizenglas vor ihr haften, das fast ausgetrunken war. »Es tut mir leid, wartest du schon lange?«

Heidrun winkte lachend ab. »Gerade erst gekommen.« Sie gab der Bedienung ein Zeichen, »Ich nehm noch so eins«, sagte sie und deutete auf ihr Glas. »Und was für dich, Bertram?«

»Äh, das Gleiche.«

Nachdem die Kellnerin verschwunden war, strahlte Bertram Heidrun an. »Du scheinst Bier ja wirklich zu lieben«, stellte er zufrieden fest.

Heidrun nahm einen weiteren Schluck und wischte sich dann mit dem Handrücken über den Mund. »Kannste wohl sagen«, antwortete sie.

Bertram lehnte sich vor und atmete tief ein. »Weißt du«, sagte er, »mein größter Traum ist nicht nur eine aufrichtige Partnerschaft in einer Beziehung, sondern auch eine gemeinsame geschäftliche Basis.«

»Wie meinst du das?« Fragend blickte Heidrun ihn an.

Nun beugte Bertram sich so weit zu ihr hinüber, dass sie fast zusammenstießen. »Ich möchte das perfekte Bier brauen«, murmelte er leise. Er deutete auf ihr Weizenglas. »Das ist nicht von schlechten Eltern, ich weiß«, fuhr er fort. »Aber mir schwebt noch etwas anderes vor.«

»Was denn?«

»Hast du schon mal was von Hammurapi gehört?« Für einen kurzen Moment hielt Bertram die Luft an. Wenn sie jetzt ja sagen würde, dann wäre sie nicht nur perfekt, dann wäre sie …

»Nein, wer ist das?« Heidruns Stimme holte ihn zurück. Nun egal, immerhin war sie interessiert und hörte zu.

»Er war König von Babylon und hat das erste Bierbraugesetz überhaupt erlassen«, berichtete Bertram so stolz, als hätte er selbst diese Regel erfunden. »Und das vor 3800 Jahren! Doch jetzt kommt das Beste: Weißt du, wer die ersten Brauer waren?«

Heidrun schüttelte den Kopf.

»Das waren *Frauen*!« Bertrams Stimme hüpfte vor Begeisterung. »Ich weiß, es ist kaum zu fassen, aber Frauen waren die ersten wirklichen Bierkenner.«

Lachend schlug Heidrun auf den Tisch. »Ich habe es immer geahnt«, dröhnte sie.

Eifrig nickte Bertram. »Es gab schon damals ganz bestimmte Regeln, nach denen das Bier gebraut werden musste«, fuhr er fort. »Praktisch ein Reinheitsgebot.« Er blickte sich in der Kneipe um. Dann fixierte er Heidrun mit ernstem Blick. »Und genau das möchte ich machen«, sagte er. »Eine Bierkneipe, deren Hauptgetränk auf den Gesetzen und Rezepten Hammurapis beruht. Meinetwegen soll auch jeder sein Weizen und sein Pils bekommen. Die Attraktion wird allerdings mein Bier sein. BB soll es heißen, wie ich, Bertram Bonifatius. Nach uralter Tradition und unter strengster Einhaltung der originalen Hammurapi Regeln gebraut. Das beste Bier der Welt.«

Er stieß hörbar die Luft aus. Von seinem Traum zu erzählen versetzte ihn immer in ein höchstes Maß an Erregung, aber diesmal war es besonders wichtig, denn Heidrun saß vor ihm,

Heidrun, die Königin der Bier-Ziegen – mit ihr konnte es endlich etwas werden, das spürte er so stark und mächtig wie das Bier, das durch seinen Körper floss.

Die Dame seiner Träume tippte mit den Fingern an ihre Lippen und schaukelte mit dem Kopf. Bertram hielt den Atem an. »Hört sich gar nicht so dumm an«, sagte sie schließlich, und Bertram wollte am liebsten aufspringen, auf dem Tisch tanzen.

»Aber wozu brauchst du dafür unbedingt eine Frau? Warum hast du die Kneipe nicht schon längst eröffnet?« Heidruns Augenbrauen waren nun gerunzelt und Bertrams hüpfendes Herz stoppte abrupt. Verstand sie denn auch nicht?

»Das ist doch ganz klar«, raunte er. »Ich will es alles richtig machen, nach den alten Regeln. Und bei Hammurapi war es so, dass die Frauen das Bier gebraut haben. Nur die Frauen, verstehst du? Sie sind die wahren Kenner des Gerstensaftes, sie haben magische Hände. So muss es sein, sonst wird es nicht das beste Bier der Welt.«

Heidrun streckte alle zehn Finger aus und betrachtet sie amüsiert. »Ich weiß nicht, ob die gerade magisch sind«, antwortete sie, »aber probieren kann man's ja mal ...«

Bertram lächelte nicht. Mit zusammengekniffenen Augen schaute er auf ihre Hände hinab. »Es ist wichtig«, sagte er, und plötzlich war seine Stimme laut, »dass alles genau richtig gemacht wird. Kein Gepansche, kein Gesöff – nur wirkliches, wahres Bier.«

Heidrun grinste noch immer, ihre Finger tippelten auf dem Tisch.

Bertram legte seine große Hand auf ihre. »Ich meine es ernst«, wiederholte er eindringlich, »das Bier muss perfekt gebraut werden. Weißt du, was mit den Frauen passiert ist, die die Regeln nicht eingehalten haben? Die betrogen, panschten, nicht sorgfältig genug brauten?«

Heidrun schüttelte den Kopf.

»Die wurden getötet«, zischte Bertram. »Getötet mit ihrem eigenen Gesöff. Immer wieder und wieder, schneller und schneller schüttete man es über sie, bis sie daran erstickten.«

Da fiel das Lächeln aus Heidruns Gesicht.

***

Bertram blickte gedankenverloren aus seinem offenen Wohnzimmerfenster. Es war ein wunderschöner Abend, die Luft roch leicht nach Rauch. Bestimmt grillten seine Nachbarn wieder. Ob er sich bald mit Heidrun zu ihnen gesellen würde?

Sie hatte ziemlich geschockt geschaut, als er ihr von den drastischen Strafen erzählt hatte. Dann aber hatte sie gelacht und gesagt, wie gut es sei, dass sie nicht mehr zu Hammurapis Zeiten lebten.

Langsam ging Bertram zur Kellertür, öffnete sie und kletterte die steile Stiege hinunter. Hier war es dunkel und still. Er musste kein Licht machen, er kannte den Raum in- und auswendig, wusste, wo die Regale mit den Bierkästen standen, die wahre Schätze enthielten. Craft Bier, das es nur an wenigen Orten gab, Bier aus allen Ländern dieser Welt ... Seine Finger glitten über das kühle Glas, vorsichtig, sanft, als liebkosten sie den Körper einer Frau.

Schließlich entschied er sich für ein Bier, nahm es behutsam und stieg damit nach oben in das Licht. Die Abendsonne schien auf seine Couchgarnitur. Bertram schlenderte in die

Küche, öffnete die Flasche und zog das passende Glas – handgespült, natürlich – aus dem großen Schrank. Bedächtig goss er ein, wartete ruhig, bis die Schaumkrone sich legte, goss wieder nach. Schließlich trank er mit geschlossenen Augen den ersten Schluck und genoss das Gefühl des kühlen Gerstensaftes, der seine Kehle hinunterrann.

Bald würde *sein* Bier diese Flaschen füllen.

Zurück im Wohnzimmer zog er die Vorhänge zu, schaltete den Fernseher ein und ließ sich auf das Sofa sinken. Er hatte die Doku über Hammurapi noch nicht zu Ende geschaut. Mit einem Klick auf der Fernbedienung flammte das grausame Bild wieder auf: Die Frau lag tot in der riesigen Bierlache, der Mann mit dem Eimer in der Hand stand regungslos vor ihr.

»Hättest du doch nur nicht gepanscht«, flüsterte Bertram, als der Mann auf dem Bildschirm sich schließlich bewegte, die Frau über seine Schulter warf und aus dem Gewölbe trug. Noch immer konnte Bertram ihren Blick spüren, er musste sich klar machen, dass es nur eine Schauspielerin war. Eine verdammt gute, er hatte ihr all das Leiden abgenommen.

Hhm, trotzdem hatte Heidrun natürlich Recht. Das war ja noch lange kein Grund, jemanden zu töten.

Bertram lächelte. Diese Heidrun brachte das Beste in ihm zutage. Er verspürte gar keine Wut mehr. Als er die anderen Frauen getroffen hatte und sie ihn hatten abblitzen lassen, hatte er ihnen wehtun wollen. Es hatte ihm Genugtuung bereitet, sofort nach den Treffen auf ihr Profil zu gehen und auf den Klozieher zu drücken. Damit hatte er sie symbolisch von seiner Seite gespült, ein letzter, drastischer Schritt für verletzte Seelen.

Aber bei Heidrun würde er das nicht brauchen.

»BB«, flüsterte er. Ja, das sollte auf all seinen Flaschen stehen.

Langsam, beinahe würdevoll erhob er sich, schob den Vorhang zur Seite und hielt das fast leere Glas hoch in die Sonne.

»Prost«, murmelte er.

Und dann, in einem plötzlichen Überschwang, beschloss er, den Namen zu ändern. Wenn Heidrun das Bier braute, sollte sie auch Erwähnung finden, sie und er, im Einklang.

Er atmet tief ein.

»BH«, sagte er und ein glückseliges Lächeln legte sich auf seine Lippen.

Meike Messal
geboren 1975 in Minden, lebt mit ihrem Mann und ihren beiden Kindern in ihrer Heimat Ostwestfalen-Lippe. Hier spielen ihre beiden Krimis *Nachtfahrt ins Grauen* und *Atemlose Stille.* Außerdem sind von ihr zahlreiche Kurzgeschichten erschienen. Sie ist zudem als Herausgeberin aktiv und gibt Anthologien mit bekannten Kolleginnen und Kollegen heraus. Messal liebt die Rolling Stones, Gedichte und (obwohl sie Deutschlehrerin ist) gute Krimis. Besonders Nächte, in denen der Mond groß und rund am Himmel steht, eigenen sich für ihre Morde, die sie mit großer Leidenschaft ausführt (nur rein literarisch, versteht sich). Messal ist Mitglied bei den mörderischen Schwestern e.V. und im Syndikat, dem Verein für deutschsprachige Kriminalliteratur.
Mehr Informationen zur Autorin unter: www.messal.com

Joachim H. Peters

Fuchs und Hunde

Detective Inspector James Browning fuhr sich seufzend mit den Fingern durch die Haare. Eine Geste, mit der er immer seine Verzweiflung zum Ausdruck brachte.

DI Browning war sich zwar sicher, den Fall bereits gelöst zu haben, aber er konnte es nicht beweisen. Sein Chef hatte ihm deutlich zu verstehen gegeben, dass sie keine Aussicht hatten, den Verdächtigen vor Gericht zu bringen, wenn es Browning nicht gelang, dem Kronanwalt die tote Miss O'Rourke zu präsentieren. »Es ist ganz einfach, Browning«, hatte ihm Chiefinspector Willoby die Situation erklärt. »Keine Leiche, keine Anklage!«

Dabei war Browning davon überzeugt, dass Patrick O'Rourke, den seine Freunde Paddy nannten, seine Frau auf dem Gewissen hatte. Von Anfang an hatte er diesen Verdacht gehabt. Genaugenommen sogar, bereits kurz nachdem eine Nachbarin Ethel O'Rourke als vermisst gemeldet hatte. Sie habe sie schon seit über drei Wochen nicht mehr gesehen, hatte die aufgelöste Frau auf der Polizeistation von Kirkwall verkündet. Atemlos hatte sie hinzugefügt, dass sie ziemlich sicher sei, dass Ethel etwas Schlimmes zugestoßen war. Sie habe da so einen seltsamen Traum gehabt und genau wie ihre Großmutter habe sie das zweite Gesicht. Der zuständige Constable hatte sich dazu nicht geäußert, sondern lediglich die Fakten notiert. Anschließend war die Vermisstenmeldung zuständigkeitshalber an Detective Inspector Browning gegangen.

Dass man sich mal länger nicht sah, war in der recht einsamen Gegend hier eigentlich nichts Ungewöhnliches, besonders im Winter. Auf Mainland, der Hauptinsel der Orkneys, lebten verteilt auf 523 Quadratkilometern ohnehin nur knapp 17.000 Menschen und davon mit etwa 7000 die meisten in Kirkwall, dem Hauptort der Insel. Aber Ethel war eine Person, die offensichtlich ohne den Kontakt und vor allem ohne den Tratsch mit ihren Freundinnen nicht leben konnte. Ihre besorgte Nachbarin erinnerte sich an keinen Tag, an dem sie nicht im Dorfladen aufgetaucht wäre. Selbst wenn der Schnee richtig hoch lag und der Fußweg von ihrer kleinen Farm zum Geschäft sehr anstrengend war, hatte Ethel ihn nicht gescheut. Für sie hätte es den Weltuntergang bedeutet, den neuesten Klatsch nicht sofort zu erfahren.

Browning hatte sie ebenfalls ab und zu beim Einkaufen seiner geliebten Ingwerbonbons getroffen. Ethel war ihm gleich aufgefallen, als sie sich zum ersten Mal in dem Laden begegnet waren, weil sie ihre Stimme gesenkt und ihn neugierig betrachtet hatte, als er eingetreten war. Das typische Verhalten eines tratschenden Weibes, wie der Detective Inspector fand. Auch später änderte sie ihr Verhalten nicht, vermutlich war es der Respekt vor der Polizei.

Ethel lästerte gern und lange über das Benehmen anderer Männer und das schlechte Aussehen ihrer Frauen. Über die schreckliche Farbe ihrer Haare, ihre unpassende Kleidung, ihre schlechte Figur. Dabei hatte Ethel nun wirklich kein Recht, sich darüber auszulassen, denn sie sah genauso aus, wenn nicht schlimmer. Sie war dick und ehrliche oder böse

Zungen nannten sie sogar fett. Sie trug stets bunt zusammengewürfelte Kleidungsstücke, die aussahen, als hätte sie sie aus der Altkleidersammlung gestohlen. Ihr Haar war strähnig, meist ungewaschen und ungeschnitten und ihre schmutzigen abgekauten Fingernägel hätten einer Maniküre eiskalte Schauer über den Rücken laufen lassen.

Ihr Mann war genau das Gegenteil. Paddy O'Rourke war zwar klein und von schmächtiger Natur, aber sehr drahtig. Sein Gesicht war von Wind und Wetter gegerbt und von der Sonne Schottlands bis in seine tiefen Falten hinein gebräunt. Er hatte sein ganzes Leben als Torfstecher in einem Moor gearbeitet, doch als sich der Abbau von Torf, den Paddy viele Jahre als Brennmaterial gestochen hatte, nicht mehr rentierte, hatte man ihm seinen letzten Lohn und seine Papiere gegeben, ihm seine schwielige Hand geschüttelt und ihn nach Hause geschickt.

Doch Paddy war nicht nach Hause gegangen, sondern, wie immer zuerst ins Pub. Das »Fox and Hounds« war für ihn seit jeher so etwas wie eine zweite Heimat gewesen. Der ein oder andere im Dorf hatte Paddys Begeisterung für den Pub sowohl mit seiner Vorliebe für ein gutes Ale als auch mit dem Aussehen seiner Frau begründet und nicht nur damit. Denn nicht selten hatte man Paddy mit einem Veilchen oder einem ausgeschlagenen Zahn herumlaufen sehen. Fragte man ihn nach dem Grund dafür, nuschelte er immer etwas von unglücklichen Zusammenstößen mit Stalltüren, Schrankecken oder Ästen im Wald. Doch hinter vorgehaltener Hand redeten die anderen von Besenstielen, Bratpfannen und auch mal von Ethels kräftiger Faust.

Nüchtern mied Paddy dieses Thema, aber wenn die Polizeistunde kam, die Türen des »Fox and Hounds« für die Normalsterblichen verschlossen wurden und nur noch ein elitärer Kreis an Zechern zugelassen war, konnte es sein, dass Paddy sich bestimmte Dinge von der Seele redete. Dann sprach er davon, wie Ethel ihn malträtierte und wie sehr er darunter litt. Dabei hatte er sich oft in Rage geredet und nicht nur einmal damit gedroht, dass er seinem Hausdrachen am liebsten den fetten ungewaschenen Hals umdrehen würde. Doch da auch Männer klatschen und tratschen, wussten irgendwann alle im Dorf von Paddys Los. Manch einer seiner Zechkumpane hatte die Geschichte sicherlich bei sich zu Hause als versteckte Warnung erzählt, wenn die bessere Hälfte mal wieder über längere Pub-Besuche meckerte. Dass bis zu Ethels Verschwinden jeder geschworen hätte, Paddy wäre nicht in der Lage, diese Drohung wahrzumachen, änderte sich schlagartig, als sie plötzlich weg war und Paddy eisern dazu schwieg.

Das beste Verhältnis hatte Paddy zu William McLintock, dem Wirt des »Fox & Hounds«. Sie hatten sich schon in der Schule gut verstanden, hatten fleißig voneinander abgeschrieben, was allerdings bei keinem von beiden zu einer Verbesserung der schulischen Leistungen geführt hatte. Danach waren sie zusammen beim Militär gewesen und hatten sich sogar Betten und die darin liegenden Freundinnen geteilt. Jeder kannte den anderen so gut, dass es nicht viele Worte brauchte, um zu wissen, was mit dem Gegenüber los war.

Wenn Paddy, wie der sprichwörtliche geprügelte Hund ins Pub geschlichen kam, stellte ihm William nicht nur kommentarlos ein Pint Lager Ale hin, sondern ungefragt gleich ein zweites. Je nach der Art, wie Paddy das erste Ale herunterkippte, konnte William gut erkennen, wie hoch die Wellen im Hause O'Rourke diesmal geschlagen hatten.

Als Paddy ihm vor drei Wochen beim Tieferlegen seines Bierkellers geholfen und sie durchgeschwitzt nebeneinandergestanden und geschaufelt hatten, war es mal wieder aus ihm herausgeplatzt. »Womit habe ausgerechnet ich dieses Weib verdient?«, fragte er William. Diese Schimäre, die so abstoßend war, dass er lieber eine Vogelscheuche neben sich im Bett liegen gehabt hätte. »Die ist zwar genauso hässlich, aber wenigstens dünn«, hatte er resigniert gestöhnt. Doch so sehr Paddy auch jammerte, William konnte ihm nicht helfen, denn der alte Torfstecher wollte von einer Scheidung nichts hören.

»Dann wirst du wohl bis zum Ende deiner Tage mit dieser Last leben müssen«, hatte William ihm prophezeit und war nach oben gegangen, da es Zeit wurde, das Pub zu öffnen.

Nachdem sie gemeinsam den Kellerboden betoniert hatten, war William von Paddy zu einem kleinen Festessen eingeladen worden und sie hatten ordentlich einen gehoben. Als William ihn gefragt hatte, wie Ethel sich verhalten würde, wenn er gleich nach Hause käme, hatte Paddy müde abgewinkt und sich nur noch mit seinem Bier beschäftigt. William ahnte, dass Paddy sich bereits auf das nächtliche Donnerwetter vorbereitete, das nach so einem Abend wieder einmal unweigerlich folgen würde. Ethel hasste Ale, Pubs und besonders Wirte.

Das alles wusste auch Detective Inspector Browning. Wenige Tage nach Ethels Verschwinden hatte er mit William gesprochen. Der hatte Paddy jedoch keinen Mord zugetraut. »Es wäre gut gewesen, wenn er ihr mal eine ordentliche Abreibung verpasst hätte, aber das hat er sich schon nicht getraut.« Außerdem sei nicht auszuschließen, dass Ethel einfach nur weggefahren sei, schlug William als mögliche Lösung vor.

Vielleicht habe sie von Paddy die Nase genauso voll gehabt, wie er von ihr?

Doch Browning hatte abgewinkt. Dafür gab es keine Anhaltspunkte, denn ihre Kleider und ihre Koffer waren noch da. Alle Anfragen bei Verwandten und Bekannten waren ebenso negativ verlaufen, wie die in den umliegenden Krankenhäusern. Keine Spur von Ethel. »Außerdem«, erklärte Browning dem Wirt, »wohin sollte sie denn gegangen sein? Sie hat es in all den Jahren nie weiter als bis in eines der Nachbardörfer geschafft. Und da hätten wir sie längst gefunden.«

Nein, Detective Inspector Browning war sich sicher, dass Paddy seine wiederholt angekündigte Drohung endlich wahr gemacht hatte. Also machte sich der DI an die Arbeit. Er suchte Paddy zu Hause auf und fühlte ihm auf den Zahn, doch der zuckte bei allen Fragen nach dem Aufenthaltsort seiner Frau nur mit den Schultern. Sie sei alt genug und könne gehen, wohin sie wolle. Von ihm aus sogar dahin, wo der Pfeffer wachse und er habe nichts dagegen, wenn sie dortbliebe.

Aber Browning traute dem ehemaligen Torfstecher nicht, der seinen Lebensunterhalt mit Gelegenheitsjobs verdiente. Er lud ihn noch einmal aufs Revier vor, um ihn einzuschüchtern, und setzte ihm dort mächtig zu, doch Paddy ließ sich nicht aus der Ruhe bringen, sondern zuckte bei jeder Frage immer nur mit den Schultern. Es war nicht möglich, ihn festzuhalten, solange Browning ihm nichts nachweisen konnte, doch sein Gefühl sagte ihm, dass er Recht hatte.

Also begann er, ihn überwachen zu lassen. Tagsüber arbeitete Paddy mal hier und mal dort. Er kümmerte sich um die alten Steinmauern bei der Witwe McCadoon, mähte Rasen bei Pfarrer Bertram oder half Bauer McBright beim Zusammentreiben und Melken des Viehs. Er saß zwar jeden Abend im »Fox & Hounds«, mied jedoch die Gesellschaft der anderen.

Das störte die allerdings nicht, denn auch sie hatten seit Ethels Verschwinden kein großes Verlangen mehr, sich mit ihm zu unterhalten. Einen Mord anzudrohen war die eine Sache, ihn auszuführen eine andere. So hockte Paddy oft stundenlang stumm bei unzähligen Pints Ale vor dem Kamin und starrte in die Flammen. Lediglich William konnte ihm beim Servieren gelegentlich einen Satz entlocken.

Detective Inspector Browning krempelte die Ärmel auf und Paddys kleines Anwesen, das etwas außerhalb von Kirkwall lag, komplett um. Sie durchsuchten das Haus. Sie rissen alle Böden auf. Sie gruben den Garten um und die nähere Umgebung. Fehlanzeige.

Nachdem Browning eines Nachts aus dem Schlaf aufgeschreckt war, weil er von einer Leiche im Moor geträumt hatte, ließ er am nächsten Tag Paddys alte Arbeitsstellen von Leichenspürhunden absuchen, aber Ethel kam nicht zum Vorschein. Es war zum Mäusemelken. Irgendwo musste die verdammte Leiche doch sein! Browning sah noch eine Möglichkeit: Paddy festnehmen, ihn einsperren und so auf Entzug setzen, leider machte ihm sein Chef einen Strich durch die Rechnung. Keine Leiche, kein Haftbefehl.

Also ließ er Paddy weiter beobachten. Der Mann war stets alleine bis auf seinen alten Collie, der ihn auf seinen Spaziergängen begleitete. Browning hatte den Hund schon öfter gesehen und sich gewundert, warum Paddy ihn ständig an der Leine führte. Das war hier auf den Inseln nun ganz und gar nicht üblich. Aber selbst auf seinem Anwesen kettete Paddy ihn an eine Laufleine.

Eines Tages kam Browning eine zündende Idee. Er vermutete, dass Paddy den Hund nicht laufen ließ, weil der wusste, wo der alte Mann sein ungeliebtes Weib vergraben hatte. Sicherlich hätte er an der Stelle sofort zu scharren und buddeln angefangen und ihn dadurch verraten.

Also schmiedete Browning mit Hilfe seines Freundes, dem Farmer Bert Warren einen neuen Plan. Warren lud Paddy ein, mit ihm zusammen auf die andere Seite der Insel, nach Stromness zu fahren, und ihm dort beim Aufladen von Kraftfutter für seine Kälber zu helfen. Die Aussicht auf etwas Abwechslung und ein bisschen Trinkgeld für den Pub ließen Paddy zusagen.

Kaum waren die beiden in Warrens klapprigem Landrover außer Sichtweite, begaben sich Browning und seine Männer, bewaffnet mit Spitzhacken und Schaufeln auf Paddys Anwesen. Der alte Collie bellte sie zwar an, machte aber keine Anstalten, sie zu beißen. Vermutlich war er ebenfalls froh über etwas Abwechslung. Und selbst wenn er die Zähne gefletscht hätte, Browning kannte keine Angst vor Hunden, mochten sie auch noch so groß sein.

Er ging auf den Collie zu, kraulte ihn mit der einen Hand hinter den Ohren, während er mit der anderen den Karabinerhaken der Kette vom Halsband löste. Anfangs sprang der Hund an ihm hoch, doch als er merkte, dass er frei war, nutzte er die Gelegenheit und sauste aus dem Tor.

Browning und seine Männer hatten Mühe, ihm zu folgen, und waren froh, als er nach einem Kilometer, unweit einer alten Steinmauer plötzlich stehenblieb und dort zu scharren anfing. Atemlos erreichten sie den Hund, der bereits einen Fuß tief gegraben hatte und dessen Schnauze schon braun von

Erde war. Browning fasste ihn am Halsband und zog ihn beherzt zurück. Die weiteren Grabungsarbeiten übernahmen nun seine Männer mit Schaufeln und Hacken.

Und siehe da, sie wurden schnell fündig. Was sie zutage förderten, war zwar nur eine alte Strickjacke, aber was den Fund so makaber machte, war die Tatsache, dass sich darin ein Knochen befand. Browning grinste nur solange zufrieden, bis einer der Männer, im Hauptberuf Rinderfarmer, ihm erklärte, dass der von einer Kuh stammte. Der verdammte Köter musste ihn samt Jacke hierhergeschleppt und verbuddelt haben.

Verärgert schleifte Browning den Hund zu Paddys Hof zurück und kettete ihn dort wieder an, aber nicht ohne vorher jeden einzelnen der Männer zu absolutem Stillschweigen zu verdonnern. Was für ein Reinfall, hatte er doch bereits Ethels Leiche vor sich und Paddy im Gefängnis gesehen.

Wochenlang brütete Browning weiter darüber nach, wie er Paddy überführen könnte, dem er Ethels Verschwinden anlastete. Eine andere Erklärung gab es für ihn nicht. Er war überzeugt, dass es keine Entführung war, denn es gab keine Lösegeldforderung. Außerdem war er sicher, dass der oder die Entführer Ethel garantiert bei Tageslicht wieder hätten laufen lassen.

Sicher handelte es sich um keinen Mord durch einen Touristen, der vielleicht nur kurz auf der Insel geweilt hatte. Etwa ein Passagier von einem der Kreuzfahrtschiffe, die hier ab und zu anlegten. Niemand von denen hätte sich bis auf einen Meter an Ethel herangetraut und sie selbst dann vermutlich auch nur mit einer Kneifzange angefasst. Außerdem: Welches Motiv sollte solch ein Täter gehabt haben?

Nein, für ihn stand fest: Paddy hatte sich seines Quälgeistes entledigt. Er konnte ihn in gewisser Weise ja sogar verstehen, aber Mord blieb Mord. Immer wieder beobachtete er den alten Mann und hörte sich weiter in dem Dorf um. Schließlich war er sicher, die Lösung gefunden zu haben. Ein Nachbar hatte ihm zugetragen, dass Paddy sich ab und zu mal das Boot von John McBean auslieh, um zum Fischen hinauszufahren.

Also suchte Browning McBean auf und erfuhr, dass Paddy damit auch in den Tagen nach Ethels Verschwinden unterwegs gewesen war. Brownings Augen begannen zu leuchten, als McBean ihm zusätzlich erzählte, dass Paddy damals einen verdammt großen Sack mit aufs Boot geschleppt hatte. Und völlig aus dem Häuschen war er, als er von McBean hörte, dass Paddy immer zu einer ganz bestimmten Stelle fuhr, weil die Fische dort angeblich so gut bissen. Er ließ sie sich von dem Fischer genau beschreiben und drei Tage später war er mit einem großen Schlauchboot und zwei Marinetauchern vor Ort.

Sie fanden zwar einen Sack, aber der enthielt nichts als leere Bierflaschen und ein Stück altes Eisen. Noch mehr als dieser erneute Fehlschlag wurmte Browning das leicht zynische Lächeln Paddys, der ausgerechnet zu dem Zeitpunkt am Steg stand, als sie von ihrer misslungenen Aktion zurückkehrten. Garantiert hatte McBean das Maul nicht halten können.

Browning fluchte innerlich, doch so sehr er sich bemühte, er kam nicht dahinter, wo sich die Leiche befand.

Wochen gingen ins Land, dann Monate und Ethel blieb verschwunden. Die Zeitungen schrieben schon lange nicht mehr über den Fall und auch im Dorf geriet sie langsam, aber sicher, in Vergessenheit. Das lag vermutlich zum Teil daran, dass sie niemand vermisste, nicht mal Paddy.

Der saß immer noch jeden Abend im Pub und starrte in die Flammen. Ab und zu tauchte auch Browning dort auf. Der DI setzte sich an die Theke und beobachtete ihn stundenlang. Doch selbst die Anwesenheit des Inspectors beeindruckte Paddy nicht sonderlich, und sie sprachen nie ein Wort zusammen, bis ... ja, bis Browning nach Edinburgh versetzt wurde, wo er herstammte.

An seinem letzten Abend ging Browning auf Paddy zu und blieb vor ihm stehen. Der alte Torfstecher blickte mit Ale-getränkten Augen zu ihm auf und wieder umspielte ein leichtes zynisches Lächeln seine Mundwinkel.

»Tja, Paddy, ich muss die Orkneys nun verlassen und denke, wir werden uns nicht wiedersehen. Ich weiß, dass du Ethel umgebracht hast, und du weißt, dass ich es weiß. Ich kann nun nichts mehr tun, als den Fall meinem Nachfolger ans Herz zu legen, aber du wirst mit dieser schweren Sünde leben müssen.« Er sah den alten Mann dabei aufmerksam an. Dessen Lächeln war verschwunden. Browning hatte den Eindruck, als wolle er etwas sagen und wartete geduldig.

Nach etlichen, quälend lang erscheinenden Sekunden schluckte Paddy und räusperte sich dann. »Tja, wenn Sie meinen, dann wird das wohl so sein.« Und damit widmete Paddy sich wieder seinem Ale.

Browning seufzte ergeben und musste sich eingestehen, dass er diesen Kampf verloren hatte. Der Kerl war so hart, wie die Steine, aus denen der Ring von Brodgar bestand, diesem vorchristlichen Steinkreis zwischen dem Loch Stenness und dem Loch Harray.

Nach dieser letzten Niederlage verließ Browning das »Fox & Hounds« gesenkten Hauptes und litt bei seinem Abschied von der Insel wie jeder andere Kriminalbeamte, der einen ungelösten Fall zurücklassen musste.

***

Die Jahreszeiten kamen und gingen und eines Abends war der Pub, entgegen der üblichen Gewohnheit bereits vor der Polizeistunde leer. Lediglich der Torfstecher saß vor dem Kamin und nuckelte an seinem achten Pint. William schloss die Tür ab und setzte sich zu Paddy.

»Na, mein Freund, wie geht es dir?«, fragte er voller Mitleid.

Der alte Mann seufzte.

»Fehlt dir Ethel nicht?«, wollte William wissen. Egal, wie schlimm manche Sache gewesen war, irgendwann verlor sie ihren Schrecken und es konnte gut sein, dass man sich die alten Zeiten und vielleicht auch die Alte zurückwünschte. Einsamkeit tat keinem Menschen gut. Und Paddys war noch größer geworden, seit sein Hund vor einigen Wochen gestorben war. Aber Ethel blieb verschwunden, und selbst er hatte keine Idee, wo sie sich aufhalten oder was ihr wohl widerfahren war, wenn Paddy sie nicht doch …

Der alte Torfstecher sah ihn aus glasigen Augen an. »Nein, sie fehlt mir nicht. Ich bin ihr ja täglich nah.«

William horchte auf. Was hatte Paddy da gesagt? Er war ihr täglich nah? Hatte er sie etwa in der Nähe seines Hauses verscharrt? Den Wirt überkamen wieder einmal Zweifel an Paddys Unschuld, vor allem weil der plötzlich so seltsam lächelte.

Paddy wischte sich das Bier aus dem Schnäuzer und sah den Freund mit schief gelegtem Kopf an. »Du denkst sicher gerade, dass ich sie umgebracht und ihre Leiche bei mir im Garten versteckt habe, oder?« Er ließ ihm jedoch keine Möglichkeit zum Antworten. »Unterschätze mir DI Browning nicht«, mahnte Paddy, »der hat im Haus und drum herum jeden Stein umgedreht und nichts gefunden.«

William nickte nachdenklich. Dann rutschte er näher an Paddy heran. »Nun komm, alter Bursche, wir sind seit Ewigkeiten Freunde. Mir kannst du es doch verraten, ich verspreche auch, es für mich zu behalten. Großes Ehrenwort!« Er boxte Paddy verschwörerisch gegen den Oberarm und hob drei Finger zum Schwur. »Nun sag schon: Hast du Ethel umgebracht? Ich könnte es dir nicht mal verübeln.«

Paddy nahm einen Schluck von seinem Ale und blickte seinen Freund mit einem spitzbübischen Lächeln an. »Was bekomme ich dafür, wenn ich es dir verrate?«

William dachte eine Weile nach, bis ihm eine Idee kam. »Wie wäre es damit? Du brauchst zeit deines Lebens an jedem Tag, den du hier bist, dein erstes und dein letztes Bier nicht zu bezahlen. Und heute gar keins.«

Paddy überlegte kurz und kratzte sich dabei am stoppeligen Kinn. Dann grinste er William an. »Einverstanden, alter Freund. Unter der Voraussetzung, dass du es wirklich niemandem verrätst. Also los, her mit dem ersten Freibier!«

William stand auf, da er ein neues Fass anschlagen musste. Gerade als er in den Bierkeller hinabsteigen wollte, rief ihm Paddy etwas hinterher.

»Ach William, wenn du schon mal unten bist, dann grüß doch Ethel schön von mir!«

Joachim H. Peters

Baujahr 1958, schrieb 2008 seinen ersten Kriminalroman, seither sind fünfzehn Bücher und diverse Kurzgeschichten von ihm erschienen. Der Kriminalbeamte steht aber auch als Schauspieler, Kabarettist, Leser oder Moderator auf der Bühne. Der gebürtige Gladbecker lebt und arbeitet seit 2004 in seiner Wahlheimat Lippe.

Mehr Informationen zum Autor unter:

www.koslowski-krimis.de

Maren Graf

Bierbauchblues

Christopher

Seit sieben Minuten steht das Bier vor ihm auf der Theke. Der Pilskragen ist schon halb durchgeweicht. Christopher schaut auf die Uhr über dem Spirituosenregal seiner Stammkneipe. Dann auf die zusammengefallene Schaumkrone. Mit einem Schnaufen greift er nach dem Glas und prostet sich selbst zu.

»Na wat is? Lässt Andreas sich heute wieder 'n büschen Zeit?« Der Wirt trocknet ein Weizenglas ab und kontrolliert den Glanz im schummrigen Licht seiner Barbeleuchtung.

Christopher gibt nur ein Brummen von sich.

Wie jeden Dienstag dringt Jazz und Blues aus den Boxen neben ihm. »How blue can you get« legt seine schweren Töne über die alte Einrichtung der Kneipe und die fast leeren Tische. Viel ist im »Kiek ut« unterhalb der Woche nicht los. Nur die üblichen Verdächtigen sitzen am Ecktisch und spielen Skat.

Ihre beinahe wortlose Verständigung hat etwas tief Vertrautes. Alteingeschworenes. Ab und zu nickt der eine, murmelt der andere und hebt ein weiterer die Hand, um die nächste Runde Getränke zu ordern.

Christopher betrachtet die Gruppe einen Augenblick und erinnert sich an frühere Tage, in denen er und seine Blues-Band ähnlich eng zusammengerückt waren. An genau dieser Bar hatten sie gemeinsam ihr Bier getrunken. In eben jener Ecke dort vorne hatten sie ihr Equipment aufgebaut und ihre ersten Auftritte gehabt. Aber das war lange her. Das Leben hatte sie nach und nach auseinandergefummelt. Geblieben war ihm nur Andreas. Und selbst der kam mittlerweile ständig zu spät.

»Der is bestimmt noch bei seine Herzdame«, schmunzelt der Wirt.

Bei seiner Herzdame. Was für ein dämlicher Begriff. Sie ist seine neue Schnalle. Die erste nach der Scheidung vor zwei Jahren. Und Christopher hat sofort erkannt, dass sie so eine alternative Bio-Sport-Tante ist, die sein bester Freund sich da geangelt hat. Dürr wie eine Porreestange und laut wie ein Standmixer auf voller Stufe. Bei der Herstellung von Crushed Ice.

Allein die Tatsache, dass sich die beiden im Fitnessstudio kennengelernt haben, in dem sich Andreas seit einigen Monaten aufführt wie ein junger Spund, sagt schon alles. Christopher kann sich nur zu gut vorstellen, wie sein Kumpel da von Gerät zu Gerät gockelt und den Frauen hinterherguckt. Wenn er nicht gerade seinen eigenen neuen Body im Spiegel bestaunt.

Er versucht, das Bild mit einem großen Schluck Bier zu verjagen, und stellt das Glas lautstark ab.

Eines steht fest: Diese Nina muss sich ganz schnell wieder vom Acker machen. Bevor ihre Gehirnwäsche den letzten Rest Selbstbestimmung aus Andreas herausgespült hat.

Andreas

Der Kneipengeruch aus abgestandener Luft, altem Holz und Alkohol steigt Andreas sofort in die Nase. Der rote Samtvorhang klebt sich ihm beim Eintreten an den Leib und versucht regelrecht, die Frische von draußen von ihm abzustreifen.

»Moin«, grüßt Andreas in die Runde und lässt seinen Blick durch die Kneipe schweifen. Sein bester Freund sitzt auf seinem Stammplatz an der Bar und starrt in sein Bier. Sein Bauch quetscht sich zwischen ihn und die Theke. Auf seinem Gesicht hat sich der Groll über die Verspätung breitgemacht und seine Augenbrauen so weit zusammengezogen, dass sie einen dicken mürrischen Balken bilden.

»Sorry, Alter.« Andreas wirft seine Jacke über einen der Barhocker. »War mit Nina eine Runde laufen. Büschen am Kai längs. Tat richtig gut.«

Christopher nickt seinem Pils entgegen.

»Was kann ich dir bringen?«, fragt der Wirt.

»Ein Wasser bitte«, sagt Andreas.

»Musst du dich noch waschen oder seid ihr weiter auf Diät?« In Christophers Stimme liegt der altbewährte Sarkasmus, den er neuerdings für spitze Kommentare zum Thema »gesunder Lifestyle« nutzt. Es passt ihm nicht, dass er sein Pils seit einem Vierteljahr alleine trinken muss. Weil es ihm schonungslos vor Augen führt, dass er selbst ebenfalls auf seinen Körper achten müsste. Gerade Christopher hätte eine Ernährungsumstellung mehr als nötig.

»Wir machen keine Diät. Wir haben einfach mal alles aus der Küche geschmissen, was Mist ist. Nina kocht nach Paleo. Gemüse, Eier, richtig gutes Fleisch. Würde dir auch schmecken.«

»Was du nich sagst«, meint Christopher. Der alte Couchpotato hat seit Jahren nicht vernünftig gegessen. Stattdessen besteht er jeden Sonntag auf seinen Braten mit deftiger Soße und verteufelt alles außerhalb seiner Komfortzone. Bloß keine Veränderung. Bloß nichts Neues. »Und diese Öko-Bio-Phase wollt ihr jetzt noch länger durchziehen?«

Andreas überhört seine Bemerkung und hebt sein Wasser, als es vor ihm landet. Christopher prostet zurück.

Wenn der sich nicht langsam zusammenreißt, sitzt er demnächst ganz allein hier, denkt Andreas. Er ist es wirklich leid. Das Rumgemuffel ist eine Sache. Aber die ständigen Angriffe auf seine Freundin gehen Andreas echt auf die Nerven. Bester Freund hin oder her, das muss endlich aufhören. Christopher hatte ihm bereits eine Frau vergrault. Das würde er nicht noch einmal zulassen!

Sie schweigen eine Weile und lauschen der Stimme von Son House.

»Du, sag mal«, fängt Andreas neu an. »Wir wollten euch diesen Sonntag mal zum Essen einladen. Nina würde Marion gerne kennenlernen.«

Er kann sich zwar kaum vorstellen, dass sie mit Christophers Frau irgendetwas gemeinsam hat. Aber vielleicht tut Marion ein frischer Kontakt auch gut, damit sie mal aus dem Haus kommt. Anstatt dass sie jeden Tag das Bier für ihren Mann aus dem Vorrat holt und mit ihm das Fernsehprogramm ab halb sieben erträgt.

»Meinetwegen«, sagt Christopher.

Na super, denkt Andreas. Begeisterung klingt anders. Das wird mit Sicherheit ein grandioser Abend. Um das zu ertragen, könnte er tatsächlich mal wieder ein Pils gebrauchen. Oder besser gleich 'nen Korn.

Christopher

»Hi! Da seid ihr ja! Kommt rein. Kommt rein.« Nina reißt die Haustür auf und grinst wie aus der Yogurette-Werbung. Sie wirft sich erst Christopher, dann Marion an den Hals und zerrt sie regelrecht in den Flur. Was auch immer sie heute Morgen in ihren Smoothie gemischt hat – ein bisschen weniger hätte sicher gereicht.

Christopher lässt die Schuhe an und marschiert hinter den Frauen her in den Raum, der noch ansatzweise an das erinnert, was mal Andreas' Wohnzimmer gewesen ist. Himmel, Arsch und Zwirn! Die dünne Version von Tine Wittler hatte zugeschlagen. Es hätte Christopher nicht gewundert, wenn sein Kumpel in irgendeiner Ecke mitverdekoriert worden wäre. Doch der kommt ihm lächelnd entgegen und hält ihm ein Bio-Bier vor die Nase. Das Gebräu schwimmt trübe in der Flasche und stinkt nach abgestandenem Fördewasser.

»Wow«, staunt Marion und schaut sich in der Wohnung um. »Das habt ihr euch aber schön eingerichtet.«

»Ja, nicht wahr?«, quietscht Nina.

Marion grabbelt mit ihren Fingern alle möglichen Dekodinger an und tapert im ganzen Raum herum. Wie toll die neuen Gardinen zum Teppich passen. Was ein paar Pflanzen ausmachen. Die Asymmetrie der selbstgebauten Kommode. Und wenn man noch das Piano vor die breite Fensterfront stellen würde!

Schnatternd wandern die beiden mit Andreas in die Küche und feiern vermutlich die Anordnung von Salzstreuer und Gewürzdosen. Christopher nippt an dem geschmacklosen Gesöff in seiner Hand und verzieht das Gesicht. Schmeckt, wie es aussieht und riecht. Kurzerhand kippt er den Inhalt in das Grünzeug neben sich und lässt seinen Blick währenddessen über das Bücherregal gleiten. Zwischen tausend Frauenkrimis und Weiberzeitschriften klemmt das alte Bild von ihm und Andreas bei ihrem allerersten Auftritt in ihrer Stammkneipe. Zusammen mit dem Rest der Blues-Band stehen sie vor der

Theke. Guido mit dem Saxophon. Manfred, der damals am Piano gespielt hat, Andreas mit seiner Gitarre und Christopher mit dem riesigen Kontrabass.

Mann, ist das lange her. Was waren sie jung gewesen! Und frei.

Jetzt steckt das Foto in einem kitschigen Rahmen und Andreas' Gitarre ist an der Wand erhängt worden.

Die Blues-CDs sind farblich sortiert. Mittendrin das signierte Album von B.B. King! Verdammte Scheiße. Christopher greift nach der Hülle und nimmt sie an sich. Der King neben Annett Louisan. Das ist Mord. Nur über meine Leiche, denkt er und steckt das Album unter seinen Wollpulli in den Bund seiner Hose.

Mitten in der Bewegung wird er aus dem Bücherregal angesprüht. Pffft. Pffft. Als Vase getarnt ballert ihm eines dieser bescheuerten Raumparfüms seinen Gestank entgegen. So eine Kacke. Schlimmer kann es kaum mehr werden. Aber da hört er aus der Küche, wie Nina Marion zum Joggen überredet.

Nix da.

Christopher wedelt hektisch die Duftwolke von sich und rennt zu ihnen rüber. So weit kommt es noch, dass sich Ninas Fitness-Krallen sogar in seine Frau schlagen. Da legt sie sich mit dem Falschen an!

Marion

Marion nimmt auf einem der bequemen Schalenstühle Platz. Auch das Esszimmer der ehemaligen Singlebude hat diese Nina richtig aufgepeppt. Frische Farben, ein paar neue Möbel, freche Details. Allein wie gekonnt sie Andreas' Erinnerungsstücke und seine Musikleidenschaft in Szene gesetzt hat.

»Christopher hat erzählt, du bist Pilates-Lehrerin«, sagt Marion und füllt sich von den Süßkartoffeln auf. Genau genommen hat er gesagt, sie sei eine Pilates-Vetschi-Trulla. Veggi mit »TSCH«. Aber das behält Marion natürlich für sich. Christopher kann ziemlich ätzend sein, wenn ihm was nicht passt. Und im Moment geht ihm so einiges gegen den Strich. Dass sein bester Kumpel jetzt eine neue Freundin hat und deshalb weniger Zeit für ihn. Dass Andreas sein Leben in Schwung gebracht hat. Und vor allem, dass er im Gegensatz zu Christopher so abgenommen hat. Richtig gut sieht er mittlerweile aus.

Nina lächelt Marion an. »Ja, stimmt! Ich gebe Basiskurse für Beginner, Power Pilates, Funktional Fitness and Mobility und meinen absoluten Lieblingskurs: Shine brighter with Pilates!« Sie strahlt über das ganze, perfekte Gesicht. »Tagsüber bin ich aber auch noch als Personaltrainerin und Coach unterwegs«, ergänzt sie. »Nächste Woche bin ich sogar bei Christopher in der Firma eingeladen!«

Nina zwinkert verschwörerisch. Christopher verschluckt sich an seinem Stück Fleisch und würgt. Der Bissen bleibt genau zwischen Doppelkinn und Kragen stecken und verwandelt sein Gesicht innerhalb weniger Sekunden in eine knallrote Grimasse. Marion hört, wie das Japsen versucht, durch seine Kehle zu gelangen. Für einen Moment dringt kein bissiger Kommentar aus seinem Mund. Kein genervtes Brummen. Stattdessen fasst sich ihr Mann an den Hals und reißt die Augen auf.

Nina erhebt sich und verpasst ihm einen kräftigen Schlag zwischen die breiten Schulterblätter. Das war's. Marion beobachtet, wie Christophers übliche Farblosigkeit zurückkehrt.

»Da werde ich euch Bürostuhl-Herren mal zeigen, wie ihr euch im Schreibtisch-Alltag fit haltet«, freut sich Nina und setzt sich wieder an den Tisch.

»Na, das kann unser Christopher sicher gut gebrauchen«, lacht Andreas. Er schiebt Marion höflich den Fleischteller zu und schenkt ihr ein Lächeln.

»Wir nehmen euch gerne mal mit zum Laufen oder ihr kommt mit in Ninas Montagskurs«, sagt er.

»Ich glaube nicht, dass das was für uns ist«, winkt Marion ab und nimmt sich ein Stück von dem köstlichen Fleisch.

»So ein Blödsinn«, erwidert Andreas. »Du bist doch supersportlich. Ich wette, du machst auf der Matte eine bessere Figur als die meisten anderen Damen dort.«

»Ach was.« Marion streicht sich eine Haarsträhne hinter das Ohr, an dem sie die schönen Stecker trägt, die ihr Andreas und seine Ex vor drei Jahren zum Geburtstag geschenkt haben. Er bemerkt sie und lächelt unmerklich. Er hatte die Steine darin damals extra passend zu ihrer blauen Augenfarbe ausgewählt.

Vielleicht würde sie doch mit zu diesem Kurs gehen? Warum eigentlich nicht? Womöglich kann sie Christopher auch dazu bewegen. Sie will ihn schon lange zum Sport schicken. Andreas trainiert seit sechs, sieben Monaten und sieht mittlerweile mindestens zehn Jahre jünger aus. Der kleine Bierbauch ist fast vollkommen verschwunden. Sein ganzer Körper wirkt richtig dynamisch.

Wenn sie ihren eigenen Mann so ansieht ... Der hängt völlig unförmig in seinem Stuhl und verdaut seine spontane Nahtoderfahrung mit einem großen Bissen Steak. Zwischendurch funkelt er Nina an, als würde er ihren Kopf am liebsten in die Salatschüssel stecken. Wahrscheinlich überlegt er schon den ganzen Abend, wie er die neue Freundin seines Kumpels loswerden kann. Als wäre *er* in der Lage, einen guten Plan zu schmieden! Marion schnaubt innerlich. Von subtiler Taktik hat ihr Ehemann keine Ahnung. Wenn der Nina loswerden will, wird er wohl die Axt nehmen müssen. Es sei denn ... Marion würde sich der Sache selbst annehmen und seinem Anliegen ein wenig unter die Arme greifen ...

Andreas

Dass es zwischen seinem besten Freund und seiner Frau in letzter Zeit nicht ganz rund läuft, hatte Andreas bereits vor ein paar Wochen bemerkt. Spätestens an Christophers Geburtstag, zu dem Marion nicht das obligatorische Tiramisu serviert hatte, sondern eine fettreduzierte Quarkspeise, die ihr Mann demonstrativ an den Hund verfüttert hatte.

Vierzehn Tage später war Marion zufällig in seinem Büro aufgetaucht, weil sie gerade etwas in der Gegend zu tun hatte. Bei einem gemeinsamen Mittagessen hatte sie darüber geklagt, dass sich ihr Gatte gegen jede Form der Diät sträube. Schon da hatte Andreas den Eindruck gehabt, dass sie auf Christophers bequeme Marotten nicht mehr allzu gut zu sprechen war.

Jetzt wendet Marion sich von ihrem Ehemann ab und Andreas zu. »Bist du denn morgen auch in Ninas Kurs?«, fragt sie ihn und rutscht auf ihrem Stuhl hin und her und versucht offensichtlich, ihre Beine unter der Tischplatte zu überschlagen.

Andreas nickt.

»Schön«, sagt Marion und schiebt sich langsam ein Stück Fleisch in den Mund. Sie schlägt die Augen nieder und hält den Kopf schief. »Dann komme ich vielleicht doch mit.«

»Prima«, freut sich auch Nina. Sie legt Andreas die Hand auf den Arm und lässt sie eine ganze Weile dort liegen. »Andi und ich genießen diesen Kurs immer sehr zusammen. Nicht wahr, Schatz? Umso besser, wenn noch ein paar Freunde mit dabei sind.«

»Ich komm nich mit«, meldet sich Christopher mit vollem Mund.

Marion nippt mit spitzen Lippen an ihrem Wein, als wolle sie sagen: »Das war klar.«

Einen Augenblick sagt niemand etwas. Dann springt Nina auf. »Christopher, noch Soße? Ich habe sie extra ohne Butter gemacht. Du achtest ja sicherlich auf dein Cholesterin.«

Sein bester Freund schaut pikiert auf seinen Teller und lässt die Gabel sinken. »Ach deshalb.«

Nina hält in ihrer Bewegung inne und guckt irritiert. Dann stellt sie die Soße langsam wieder auf den Tisch und flüchtet in die Küche.

»Sach mal«, fragt Christopher und nickt ihr hinterher. »Is das zwischen euch eigentlich von Dauer?«

»Christopher!« Marion faucht ihm regelrecht ins Gesicht.

Andreas reicht es auch. Er verlässt das Wohnzimmer und folgt Nina.

Sie steht am Waschbecken und spült ein paar Töpfe aus.

»Soll ich ihn rausschmeißen?«, fragt Andreas und legt ihr von hinten die Hände auf die Schulter.

»Schon gut«, sagt sie. »Er meint es nicht so.«

»Doch. Tut er.« Andreas greift nach der nassen Pfanne und trocknet sie ab. Er führt sie mit Schwung durch die Küche wie einen Baseballschläger. »Ich kann ihm auch einfach eins über den Schädel geben, wenn du magst.«

Jetzt lacht sie endlich wieder.

Sein Freund ist ein echtes Arschloch. Lange guckt er sich dessen Minderwertigkeitsattacken nicht mehr an. Dann würde er die Reißleine ziehen. Und zwar kräftig.

Christopher

Es hätte ein netter Abend werden können. Wenn diese blöde Gans ihn nicht permanent mit ihren dämlichen Lebensweisheiten genervt hätte. »Dann zeig ich euch Büro-Herren mal, wie ihr euch fit haltet.« – »In der Soße ist nur Wasser.« – »Shine brighter with Pilates.«

Zu allem Überfluss hatte Marion ihn anschließend dazu verdonnert, mit zu dieser bescheuerten Turnstunde zu kommen.

»Damit du mal wieder was für deine Gesundheit tust.«

Von wegen. Es sind gerade mal zwölf Minuten vergangen und ihm tut schon alles weh.

Nina thront vorne in der Figur der Meerjungfrau und animiert den Kurs dazu, aus der Übung heraus zu strahlen. Drei Damen in der ersten Reihe fangen fast an, mit den Flossen zu wedeln. Andreas zu seiner Linken schwingt imaginär seinen Dreizack. Und Marion neben ihm streckt die Brüste raus und hofft krampfhaft, dass auch ihre Anmut im großen Spiegel erstrahlt.

Das Einzige, was bei Christopher strahlt, ist der Schmerz in seinem Rücken in Richtung Oberschenkel. Verdammte Scheiße! Was macht er hier eigentlich? Anstatt in diesem blöden Studio beim Trockenschwimmen auf einer Matte zu krepieren, hätte er auch mit einem kühlen Pils auf dem Sofa sitzen und das Koch-Duell gucken können.

»Den Kopf hoch, Christopher«, ruft Nina von vorn. »Die Schultern zurück!«

Er versucht seinen Körper irgendwie zu verbiegen, während er sich im Geiste ausmalt, wie er Nina den Hals umdreht. Noch eine einzige Verbesserungsansage in seine Richtung und er rollt sie in ihre Matte ein und wirft sie aus dem Fenster.

»Die nächste Übung ist für die Fortgeschritteneren unter euch. Die anderen schauen besser erst einmal zu«, verkündet Nina und gibt Christopher ein unmissverständliches Zeichen. Seine Matten-Einroll-Fenster-Rauswurf-Lösung rückt in greifbare Nähe. Denn während zwanzig Frauen und Andreas ihre Ärsche gen Pilates-Himmel recken, kommt Nina auf Christopher zu.

»Ich glaube, du brauchst ein wenig Unterstützung«, sagt sie und entblößt ihre Colgate-Zahnreihe. »Die Übung ist unglaublich gut für deine Mobilität.«

Für deine nicht, geht es Christopher durch den Kopf. Aber noch bevor er ihrem Griff ausweichen kann, hat Nina schon seine Beine hochgezogen und sein Becken zum Oberkörper gedrückt. Irgendetwas knackt. Christopher jault auf, kippt zur Seite und landet wie ein gefällter Baum unsanft auf dem Boden. Seine Würde scheppert hinterher.

»Hoppla«, kichert Nina.

Andreas lacht und klopft seinem Freund auf die schmerzende Schulter.

»Das muss aber noch besser werden, mein Lieber.«

Mein Lieber. Ich werde deine Freundin umbringen, denkt Christopher. Zumindest gleich nachdem er wieder Herr seiner Lage ist. Dann wird ihr das hyperaktive Lachen im Halse stecken bleiben.

Marion

Fünf ganze Tage lang hatte Marion sich sein Gejammer anhören müssen. Leidend hatte ihr Mann auf der Couch gelegen und seine Schmach in Form von Bier und Chips in sich hineingefressen. Sie hätte ihn ins offene Messer laufen lassen, mault er. Sein bester Freund ihn im Stich gelassen, beschwert er sich. Und diese Fitness-Furie hätte ihn absichtlich erniedrigt und gedemütigt, schnauzt er.

Und jetzt steht er da an seinem Kontrabass in seinem alten Keller-Proberaum und suhlt sich in seinem Blues. Umgeben von all dem ganzen Zeug, das eigentlich niemand braucht und das er hütet wie den letzten Maibock des Jahres.

Ginge es nach Marion, würde sie in dem Kabuff mal ordentlich ausmisten. Die mit Molton behängten Wände streichen, den ollen Teppich rausschmeißen und vor allem diese vergilbten Poster entsorgen. Aber das ist für ihren Mann ja ein rotes Tuch. Er glaubt wahrscheinlich, dass die Blues Brothers und Cab Calloway ihm höchstpersönlich zuhören, wenn er seinen Walking Bass spielt. Und B.B. King! Wie konnte sie den vergessen!

Seit Sonntag hatte das signierte Album, das er aus Andreas' Wohnung entwendet hatte, einen Ehrenplatz auf seinem Regal. Damit war er definitiv zu weit gegangen. Als Andreas es bemerkt und Christopher nach der Pilates-Stunde zur Rede gestellt hatte, hatte der alles abgestritten. Nina habe das Album sicherlich in ihren grünen Smoothie gemixt, um ihm ein bisschen Geschmack zu geben.

Für einen Moment hatte Marion gedacht, Andreas würde ihrem Mann einen saftigen Kinnhaken verpassen. Doch der hatte sich nur abgewendet und gesagt, dass ihm das noch leidtun werde.

Tut es Christopher aber nicht.

Er steht in seinem Kellerraum und zupft schmollend die tiefen Töne seines Kontrabasses. Neben ihm auf dem Boden liegt der monströse Koffer wie ein riesiger Sarg, aus dem er immer wieder das alte Instrument exhumiert. Sein dicker Bierbauch schmiegt sich an den ebenso wuchtigen Holzkörper, als könne er ihm Trost spenden. Während alle anderen sich gegen ihn verschworen haben. Sein Selbstmitleid trieft aus den Bässen, die er spielt.

Marion kann es nicht mehr hören. Sie muss dieses Trauerspiel beenden. Sofort. Egal ob subtil oder brutal.

Sie geht nach oben und tippt eine Nachricht an Nina in ihr Handy. Einen zweiten Text schreibt sie an Andreas.

Es ist Dienstagabend. Männerabend in der Kneipe. Und genau dorthin wird sie ihren Mann jetzt auch schicken. Während sie dieses Problem aus der Welt schafft.

Nina

Nina marschiert die breite Promenade am Hafen entlang. Die Dämmerung hat bereits eingesetzt und verwandelt das Wasser in eine dunkle Brühe, die gemächlich gegen die Bootsstege schwappt. In einiger Entfernung rauschen die Wellen leise auf den schmalen Sandstreifen. Dort wo im Hochsommer drei, vier dicke Rentner ihre Handtücher auslegen.

Nina muss an Christopher denken. Wie er gestern wie eine gestrandete Roulade auf der Matte gelegen hatte. Die grenzenlose Wut in seinen Augen hätte sie an Ort und Stelle tot umfallen lassen sollen. Aber dagegen war Nina immun.

Auch die giftigen Blicke seiner Ehefrau hatten ihr nichts anhaben können. Es war eine Genugtuung gewesen, zu sehen, wie Marion vergeblich versucht hatte, ihren ausgeführten Pilates-Übungen einen Funken Eleganz einzuhauchen. Ihr Lächeln, das sie Andreas immer wieder über die Köpfe der anderen Kursteilnehmer hinweg zugeworfen hatte, war dabei immer mehr zu einer verkrampften Grimasse geworden.

Nina zieht das Handy von Marion aus ihrer Jackentasche und wählt den Notruf. Wie praktisch, dass man dafür keine PIN eingeben muss. Als hätte man diese Funktion eigens für ihre Zwecke installiert.

»Hallo. Hier spricht eine Nachbarin von Christopher Lose«, sagt sie und verleiht ihrer Stimme eine gute Portion Panik. »Hier stimmt etwas nicht. Ich habe laute Schreie gehört und ein paar Schläge und bin rübergegangen und ins Haus. Die Tür stand offen. Aber die Frau ist nicht mehr hier. Nur ihr Handy lag auf dem Boden. Bitte kommen Sie schnell!«

Sie stottert noch etwas von Ehe-Drama und dass ihr Nachbar eben weggegangen sei. Vermutlich in seine Stammkneipe. Wie jeden Dienstagabend.

Nina muss schmunzeln. Dann beendet sie das Gespräch und wirft Marions Handy über die Kaimauer ins Wasser. Mit einem dumpfen »Plopp« versinkt es im Meer. Auf Nimmerwiedersehen. Sie biegt in die nächste Querstraße ein. Lässt das Gluckern und Rauschen der Wellen hinter sich und auch den Geruch von Salz und Seetang.

Als sie mit Schwung die Tür zum »Kiek ut« aufzieht, dringt ihr stattdessen alter Biermuff in die Nase. Christopher sitzt mit Andreas und seinem Pils an der Bar. Sein gerade noch entspannter Gesichtsausdruck weicht blankem Entsetzen. Dass sie jetzt sogar in seiner Stammkneipe auftaucht. An seinem Männertag. Das muss ihn schier wahnsinnig machen.

Aber sie will natürlich dabei sein, wenn er sein letztes Bier in Freiheit trinkt. Und ihm vielleicht noch ein paar Tipps für die nächsten Jahre geben. Bevor sie Marion gleich im Kontrabasskoffer seines Kellers finden. Sportlich zusammengefaltet in adretter Pose.

Marion hatte am Montag selbst groß verkündet, sie werde sich ab sofort dem Pilates verschreiben. Jetzt hat sie ein ganz persönliches Flexibility Workout bekommen. Dass sie dabei auf Anhieb in den Koffer passt, hat Nina ihr gar nicht zugetraut. Vor allem ohne jegliches Training! Sie hat beinahe eine gewisse Anmut ausgestrahlt. Vor dem Hintergrund des blutroten Samtbezuges, mit ihrem neuen Kleid und den kitschigen Ohrsteckern. Einen kurzen Moment hat Nina überlegt, sie ihr abzunehmen. Aber tot kann sie sich ihrem Andreas damit eh nicht mehr an den Hals werfen. Soll sie die Stecker behalten.

Christopher gönnt sie noch ein paar letzte spitze Bemerkungen über ihr Erscheinen und ihr geschmackloses Mineralwasser, das sie bestellt. In wenigen Minuten wird sie seine nervigen Attacken ebenfalls los sein. Die Polizei muss ja jeden Augenblick hier sein.

Nina schenkt dem besten Freund ihres Mannes ein strahlendes Lächeln. Im Grunde kann Christopher ihr sogar dankbar sein. Immerhin hat auch er gleich endlich wieder seine geliebte Ruhe.

Und Nina ihren Andreas ganz für sich alleine.

Ohne Bier. Ohne Bauch. Und ohne Blues.

Maren Graf
wurde in Schleswig geboren und verbrachte ihre Kindheit an der Ostsee rund um Kiel. Seit 2011 unterrichtet sie Deutsch und Philosophie an einem Gymnasium und lebt mit ihrem Mann und drei Söhnen in Paderborn. Neben ihrer Lehrtätigkeit schreibt sie vorwiegend Kurzgeschichten und Krimis. Ihr Debütroman „Todschreiber“ erschien 2016. Im Jahr 2018 folgte die Herausgabe der Krimi-Anthologie „Padermorde“. Mehr Informationen zur Autorin unter: www.maren-graf.de

Jörg Czyborra

Pils bis zum Abriss

Die Straße hatte schon bessere Zeiten erlebt. Früher wurde hier Leder gegerbt und verarbeitet. Die Fabriken lagen direkt am Flussufer. Wasser war wichtig und Umweltschutz wurde, wenn überhaupt, kleingeschrieben. Heute gähnen große Fenster mit zerbrochenen Scheiben in eine absehbare Zukunft. Abriss, plattmachen, Neues bauen.

Auch an das schmale, dunkle Haus neben der ehemaligen Lederfabrik Schulte hatte sich ein Neubau angeschlichen. Dessen Bewohner straften die kleine Kneipe im Erdgeschoss mit Nichtbeachtung. Von den vier Neonröhren der Leuchtreklame über der Tür brannte nur noch eine und selbst die flackerte in unregelmäßigem Rhythmus. Der Schriftzug »Bei Walli« war im Dunklen nicht mehr zu lesen.

Öffnete man die schwere Holztür zum Gastraum, schlug einem der typische Geruch vieler Kneipen entgegen. Die wenigen Lampen tauchten die Szene in nikotingelbes Dämmerlicht. Zwei Tische bildeten das spärliche Mobiliar, gepaart mit einer wilden Mischung zusammengewürfelter Stühle, deren Standfestigkeit mit Bierdeckeln unter zu kurz geratenen Beinen hergestellt wurde. An einer Wand hing ein Spielautomat, drei Sonnen, die nie wieder leuchten würden. Daneben baumelte das gekappte Stromkabel.

Ebenso tot war auch der antike Zigarettenautomat, der auf dem Gang zu den Toiletten stand. »Außer Betrieb« klebte als handgeschriebener Zettel über dem Münzeinwurf. In den kleinen Sichtfenstern wurden Zigarettenmarken beworben, deren Produktion bereits vor Jahren eingestellt worden war.

An diesem Abend war nicht viel los. Wie eigentlich immer, schoss es Thea, der Wirtin durch den Kopf. Sie polierte Gläser, die gar nicht poliert werden mussten. Drei Männer saßen an einem Tisch und spielten Skat. Während des Spiels herrschte konzentrierte Ruhe. Doch nach dem letzten Stich wurde sofort heftig diskutiert.

»Sach mal, dat musse doch merken, dat der keinen Karo auf der Kralle hat! Wie kannste denn da dein Ass aufspielen?«, echauffierte sich einer, den Thea heimlich Gandalf, den Grauen, nannte.

Kojak – wegen der Glatze – gab patzig zurück: »Wennze dein Pik gezogen hättest, wäre ich mein Karo-Ass losgeworden. Aber so?«

Der dritte im Bunde, für Thea der Obelix in der Runde, notierte auf einem Zettel vergnügt seine Punkte und strich sich über seinen gewaltigen Bauch. »Komm Thea, tu uns noch mal drei Pils und dann zahlen, bitte.«

Gandalf feixte: »Jau, sonst kommze zu spät zu der Mama und es gibbet Schimpfe!«

In das allgemeine Gelächter hinein betrat ein Mann den Gastraum und setzte sich auf einen der vier Barhocker am Tresen. Thea und die drei Senioren taxierten kurz den Fremden und kamen alle zu derselben Einschätzung: Kenn ich nicht, ist nicht von hier, hat sich wohl verlaufen.

Thea stellte gerade das erste der drei Gläser für die Skatrunde auf ein Tablett und fragte den neuen Gast geschäftsmäßig: »Was soll's denn sein?«

»Ein Pils«, krächzte der Mann. Grad so, als habe er seine Stimme lange nicht mehr genutzt. Und dann noch einmal, jetzt fester: »Ein Pils, bitte.«

»Sofort.« Thea nahm das nun mit drei Gläsern bestückte Tablett, servierte und rechnete gleich ab. Als alle gezahlt hatten, waren die Gläser auch schon wieder leer und die drei alten Männer erhoben sich müde und gingen gemeinsam hinaus.

Thea zapfte hinter der Theke das Pilsglas voll und stellte es vor dem Gast ab. »Neu in der Stadt oder auf der Durchreise?« Sie fragte ohne echtes Interesse, aber als gute Wirtin war sie es gewohnt, die Gäste bei Laune und Gespräche in Gang zu halten.

»Von beidem wohl ein bisschen.« Das Lächeln, das mit dieser Antwort kam, war leicht schief.

Ein Geheimniskrämer also – na gut, dann brauche ich ja auch keine Konversation betreiben. Thea polierte wieder Gläser.

»Sie sind nicht die Walli, oder?«

Die Frage überraschte sie. »Nein, sehe ich so aus wie eine Walli?«

Der Mann sah sie aufmerksam an. Natürlich bemerkte er das, was Thea immer »eine stärkere Figur« nannte. Mit den Oberarmen hätte sie auch Ringerin sein können. Ich habe halt einen kräftigen Knochenbau, raunte sie ihrer Personenwaage mitunter zu. Der Gast schaute für ihr Empfinden eine Sekunde zu lange auf ihr ausladendes Dekolleté. Thea straffte sich und ihr Blick signalisierte unmissverständlich: »Nur gucken, nicht anfassen!«

Beschwichtigend hob der Gast sein leeres Glas. »Bekomme ich noch eins?«

Thea schenkte ein, stellte das Pils vor ihn hin. »Ich bin die Thea«. Sie nahm sich die Zeit, ihn genauer zu betrachten. Mitte sechzig schätzte sie, körperlich fit, der Anzug etwas zerschlissen, leicht gebräunter Teint.

»Kannst Hajo zu mir sagen.« Durch das Bier geölt war die Stimme geschmeidiger und klang sonor.

»Und? Was treibt dich hierher, Hajo?« Innerlich wappnete sich Thea schon auf das, was so häufig kam. Ausführliche Erklärungen über die Frau, die den Gatten nicht versteht, oder der Chef, der die Qualitäten seines besten Mannes einfach nicht sah. Thea hatte eine Eigenschaft entwickelt, die sie »selektives Zuhören« nannte. Außer einem »So, so«, »Ach wirklich?« oder anderen zustimmenden Grunzgeräuschen reagierte sie nur auf wenige Schlüsselworte wie »Noch 'n Bier«.

»Ist 'ne lange Geschichte.« Hajo sprach mehr zu seinem Bierglas.

»Ich liebe lange Geschichten«, hakte Thea nach und schenkte ihm ein Lächeln wie aus einem Modekatalog.

»Ich weiß gar nicht, wo ich anfangen soll.«

»Am Anfang wäre vielleicht ganz hilfreich. Noch ein Pils?«

Hajo nickte. Thea lächelte.

»Weißt du, ich war früher schon mal in dieser Gegend.« Wieder stockte er.

»Ah ja?«

»Ist jetzt mehr als dreißig Jahre her. Da war hier richtig viel los. Und die Leute, die haben noch ehrliche Arbeit gemacht.«

Oha. Thea sagte es nicht, dachte sich ihren Teil und hob ihre Altersschätzung um fünf Jahre an.

»Na ja«, grinste Hajo nun sein Bierglas an »aber es gab ja auch ein paar schlimme Jungs.«

Thea lächelte erwartungsvoll: »So wie dich?«

Hajos Grinsen wurde breiter: »Ja, so wie ich.«

Thea schmunzelte und widerstand der Versuchung zu fragen, welcher Oma er damals das Butterbrot geklaut hatte. Doch sie schwieg, denn etwas in seinem schiefen Grinsen wollte ihr partout nicht gefallen.

Hajo wechselte das Thema. »Und du? Wie wird so ein hübsches Mädchen wie du Wirtin in so einer toten Bude?«

»Ach weißt du, ich hab früher öfter ausgeholfen, als es hier viel zu tun gab. Die Wirtin, die Walli eben, die hätte hier gern alles aufgemöbelt, renoviert ... tja, war wohl nix. Die Leute blieben weg, immer weniger Geld in der Kasse und die Bank wollte ihr keinen Kredit geben. Und dann passierte auch noch das Unglück.«

Hajo wedelte mit seinem leeren Glas, Thea zapfte an. »Was denn für ein Unglück?«, fragte Hajo, etwas zu mitleidig.

»Die Treppe zum Bierkeller wurde ihr zum Verhängnis. Die alte Holztreppe ist aber auch richtig gefährlich. Ein falscher Schritt und – plumps – lag sie unten.« Thea stellte das volle Bierglas vor Hajo ab. »Ich hab sie erst Stunden später, bei meinem Dienstbeginn, gefunden. Krankenwagen, Krankenhaus, Oberschenkelhalsbruch!«

»Schöner Mist.« Hajos Mitleid wirkte nun fast echt. »Und du?«

»Ich habe einfach weitergemacht. Die Walli hat ja sonst nichts.«

Thea gönnte sich einen langen Blick durch den Gastraum. »Ist ja sowieso bald vorbei. Die Bank hat das Haus übernommen. In vier Wochen muss ich raus sein. C'est la vie!« Melancholie lag jetzt in Theas Stimme.

Beide schwiegen einen Augenblick.

Plötzlich frage Hajo: »Sag mal, darf ich eine rauchen?«

Thea fand ihr Lächeln wieder. »Ne, eigentlich nicht, aber ich schließe mal die Tür ab, dann ist das hier total privat.« Sie schloss die Eingangstür, löschte die funzelige Außenbeleuchtung und stellte einen großen Aschenbecher auf den Tresen.

Hajo hatte sich bereits eine filterlose Zigarette angezündet. Er bot Thea eine davon an.

»Nein danke, die sind mir zu stark. Ich bleibe bei meinen mit Filter.« Thea zapfte sich auch ein Bier und sah Hajo herausfordernd an. »Na, du schlimmer Junge. Dann erzähl mal, was hast du ausgefressen, obwohl es der liebe Gott verboten hat.«

Hajo blickte sie misstrauisch an.

Aber Thea schenkte ihm ein Lächeln wie aus der Zahnpastawerbung und gab sich weiterhin vertraulich. »Nun komm schon. Du weißt doch, eine Wirtin ist wie ein Priester, immer dem Beichtgeheimnis verpflichtet.«

Hajo lachte.

»Na gut. Wie gesagt, es ist mehr als dreißig Jahre her und sowieso längst verjährt.« Er steckte sich die nächste Zigarette an. »Das war zu D-Mark-Zeiten. Damals wie heute wurden die Leute vor Feiertagen verrückt. Wenn sie an zwei aufeinander folgenden Tagen nicht einkaufen konnten, wurde vorher gehamstert auf Teufel komm raus.« Hajo nahm einen Schluck Bier. »In der Nähe gab es einen Supermarkt, das war so ein richtiger Konsumtempel.«

»Ich erinnere mich«, stimmte Thea zu. »Aber der ist seit Ewigkeiten dicht. Danach war eine Zeit lang ein Spielsalon drin, der ist auch schon wieder weg.«

Hajo nickte und fuhr fort. »Noch nicht in Mode gekommen waren damals Geldtransporte. Die Tageseinnahme wurde jeden Abend brav in Geldbomben verpackt und von der Hauptkassiererin zum Nachttresor der Bank gebracht.« Hajo sprach erneut seinem Bierglas zu. Er versank immer mehr in der Vergangenheit. »Das haben wir ausgenutzt, der Bruno und ich.«

»Moment mal«, unterbrach Thea, »wer ist denn jetzt dieser Bruno?«

Wieder dieses schiefe Grinsen. »Bruno war mein Partner. So allein hätte ich das Ding gar nicht durchziehen können.«

Thea war plötzlich hellwach und hörte aufmerksam zu.

»Es war so einfach: Direkt hinterm Supermarkt haben wir der Kassiererin einen alten Sack über den Kopf gestülpt und ich habe ihr mit einem Knüppel eins aufs Dach gegeben.«

»Ihr habt sie doch wohl nicht umgebracht?«, fragte Thea leise.

»Nein, nein. Wo denkst du hin? Eine Gehirnerschütterung, das war's. Konnte man nachher in der Zeitung nachlesen.«

Unaufgefordert hatte Thea ihm ein neues Pils gezapft. »Wie ging es dann weiter?«, wollte sie wissen.

»Der Bruno hatte hier was am Laufen. In der Kneipe, mit der Wirtin.«

Ungläubig stammelte Thea: »Mit der Walli?«

»Ich denke schon.« Das Grinsen in Hajos Gesicht war nun irgendwie schmierig. »Jedenfalls sind wir mit der Beute hergekommen und haben uns nach oben ins kleine Zimmer verzogen. Das Geld musste doch geteilt werden.«

»Und die Walli?«

»Die hatte normal die Leute weiter bedient, irgendwann den Laden abgeschlossen und ist dann zu uns hochgekommen.«

Hajo trank und nahm einen tiefen Zug aus der Zigarette.

»Ja, und weiter?«

Hajo schaute belustigt zu Thea. »Ja, was wohl? Ich wurde nach unten geschickt. Durfte mir selbst das Bier zapfen. Die beiden sind oben geblieben.«

Obwohl Thea schon ahnte, was kommen würde, fragte sie nach: »Was haben die zwei denn gemacht?«

Hajo lachte laut auf. »Na, was glaubst du, Mädchen? Den Geräuschen nach haben sie ein neues Flöz in den Berg getrieben. Mann, hat das Bett geknarrt.«

Thea war still geworden. »Ich brauch jetzt 'nen Schnaps. Du auch?« Sie wartete die Antwort gar nicht mehr ab.

Hajo machte es sichtlich Spaß, die ganze Geschichte zu erzählen. »Irgendwann kam Bruno runter. Es war mitten in der Nacht. Er gab mir ein Zeichen, ihm ein Bier zu zapfen, während er die Bodenluke zum Bierkeller öffnete und hinabstieg.«

Hajo fing Theas fragenden Blick auf.

»Keine Ahnung, was er da wollte. War auch nur kurz weg. Dann kam er wieder hoch. Aber diese blöde Treppe! Er rutsche ab und verstauchte sich tierisch den Knöchel. Ich dachte nur: So ein Mist. Auf der Flucht und einen Fußlahmen anne Backe.«

Thea goss noch einen Schnaps ein und ließ die Flasche gleich auf dem Tresen stehen. »Wie seid ihr denn weggekommen?«

»Na, zu Fuß. Der Bruno hat natürlich fürchterlich geflucht und stark gehumpelt. Wir sind runter zum Fluss. Zwischen zwei Lagerhallen gab es ein paar Stufen zum Wasser. Dort lag immer ein Ruderboot, mit dem wir flussaufwärts fahren wollten.« Die Feuerzeugflamme, mit der Hajo sich eine weitere Zigarette anzündete, warf einen gespenstischen Schatten auf sein Gesicht. »Und dann passierte das Unglück! Die Treppe war verdammt schmal und Bruno stützte sich so schwer auf mich. Ehrlich, ich konnte nichts machen, ich knickte plötzlich ein wenig ein, Bruno verlor den Halt und donnerte die Stufen runter. Erst kurz vor dem Wasser blieb er liegen.«

Hajo kippte den Schnaps in sich, als wolle er etwas wegspülen. »Ich bin sofort zu ihm hin, aber ... da war nichts mehr zu machen. Das Gesicht völlig entstellt. Kein Puls. Mir wird jetzt noch schlecht, wenn ich daran denke.«

Thea fand, dass all das nicht aufrichtig klang. Vor allem nicht mit diesem Grinsen, das seine Mundwinkel umspielte.

»Weißt du, Thea, eigentlich bin ich ja auch schon tot.« Er lachte wie über einen guten Witz.

»Du siehst doch sehr lebendig aus.« Thea war bemüht, Ihrer Stimme eine Leichtigkeit zu verleihen, die sie gar nicht empfand.

»Ach, Thea. Bruno, der war ja nun mal tot, dem war nicht zu helfen und da kam ich auf die glorreiche Idee, unsere Jacken zu tauschen. In seiner vermutete ich seinen Anteil der Beute und mit der konnte er ja nun nichts mehr anfangen. Also schnappte ich mir seine Lederjacke, meine Windjacke ließ ich liegen. Alles in Windeseile, weil ich meinte, Stimmen gehört zu haben. Da habe ich mich lieber schnell aus dem Staub gemacht. Und überhaupt nicht an die Papiere in den Jacken gedacht.«

Hajo nippte kurz an seinem Pils. Dann fuhr er fort: »Erst am nächsten Morgen habe ich bemerkt, dass ich Brunos

Ausweis und Führerschein hatte. Die waren damals ja aus Papier, keine Karten wie heute. Mit ein wenig Geschick ließen sich die Fotos leicht vertauschen. Das Dumme war nur, dass Bruno seinen Anteil an der Beute gar nicht eingesteckt hatte. Zwei Tage später las ich in der Zeitung von meinem tragischen Tod.«

»Ich glaub's ja nicht.« Theas Fassungslosigkeit war nicht gespielt. »Und seitdem lebst du als Bruno?«

Hajo nickte stumm. Wieder mit diesem schmierigen Grinsen im Gesicht.

Thea blies den Rauch ihrer Zigarette in den Raum und hing einen Moment ihren Gedanken nach.

»Warum?«, fragte sie dann in die Stille. »Warum bist du jetzt zurückgekommen?«

Das Grinsen in Hajos Gesicht verstärkte sich. »Lange Jahre konnte ich im Süden Europas gut leben. Die nehmen es mit den Papieren nicht so genau. Nun ist die Kohle aufgebraucht, obwohl ich nicht damit geprasst habe. Und Rente kann ich wohl kaum beantragen.«

Thea nickte. »Aber warum erst jetzt? Wieso nicht schon viel früher? Es war schließlich abzusehen, dass du irgendwann ohne Geld dastehen würdest.«

Hajo blickte wieder auf sein Bierglas. Seine Antwort kam leise, er sah plötzlich nachdenklich aus: »Ging ja nicht eher, wegen Walli. Ich war doch tot, verstehst du? Sie hätte mich erkannt! Und dann … wäre sie möglicherweise zur Polizei gerannt. Nein, das konnte ich nicht riskieren.« Er steckte sich erneut eine dieser starken filterlosen Zigaretten an. Das schiefe Grinsen kehrte zurück. Er blies Thea den Rauch direkt ins Gesicht.

»Also?« Sie wusste, was er nun wollte.

»Ich gehe jetzt mal in den Bierkeller. Denn ich vermute, die Beute liegt da immer noch.«

Thea fragte mehr sich selbst: »Und wenn Walli das Geld schon längst ausgegeben hat?«

»Mädchen«, lachte Hajo, »dann sähe es hier ja wohl etwas anders aus!« Mit diesen Worten erhob er sich und kam ans Ende der Theke. Die Bodenluke war nicht gesichert und mit Leichtigkeit hob er sie auf. Vorsichtig tastete er sich die berüchtigte Treppe zum Bierkeller hinunter. Er wusste, worauf er zu achten hatte. Er würde sich nichts brechen.

Thea konnte zwar nichts erkennen, doch sie hörte, wie Hajo Fässer rückte und das alte Eichenregal beiseiteschob. Als er wieder in ihr Blickfeld geriet, sah sie gerade noch, wie er eine Plastiktüte unter seinem Jackett verstaute. Dann begann er die Stufen hinaufzusteigen.

Oben erwartete ihn Thea.

Er achtete besonders auf die morschen Stufen, die man nur an den äußeren Bereichen belasten durfte. Er war auf der vierten angelangt, da hörte er über sich ein schabendes-rollendes Geräusch. Er blickte auf, und das Letzte, was er sah, war ein 30-Liter-Bierfass, das ihn schwer am Kopf traf und nach unten riss. Den Aufprall, bei dem er sich das Genick brach, spürte er schon nicht mehr.

Thea wartete ab, bis das Bierfass zur Ruhe gekommen war. Vorsichtig stieg sie zu dem leblosen Körper hinunter. Sie nahm die Plastiktüte an sich, warf einen kurzen Blick hinein, nickte und starrte dann noch einmal auf Hajo. In den weit aufgerissenen Augen des Toten meinte sie eine letzte Frage zu lesen: Warum?

Thea wischte sich eine Träne fort. »Walli hat all die Jahre auf ihren Bruno gewartet und ich hätte so gerne meinen Vater kennengelernt!«

Jörg Czyborra
geboren 1956 im Kohlenpott (Mülheim a. d. Ruhr), von Hause aus Kaufmann. Seit es ihn vor langen Jahren ins Ostwestfälische verschlug, ist er im Buchladen seiner Frau sozusagen Assistent der Geschäftsleitung.
In seiner Freizeit beschäftigt er sich mit literarischem Kabarett und bringt als Liedermacher Texte von Kästner, Tucholsky, Ringelnatz und anderen in neuem Gewand zu Gehör.
Mehr Informationen zum Autor unter: www.jörg-czyborra.de

Harry Michael Liedtke

Das Rezept des Straterich

Harald Albrecht zog missmutig an seiner Zigarette. Sogar der Tabak war klamm und schmeckte modrig. Obwohl er Menthol rauchte. Aber kein Wunder! Er stand hier seit einer Stunde wartend in der Kälte im strömenden Regen rum. Auf einem Friedhof! In Bielefeld! Was könnte schlimmer sein?

Na, er lebte im Ruhrgebiet – in Gelsenkirchen, um genau zu sein –, da fiel ihm bestimmt was ein. Seine Heimatstadt wartete mit ein paar noch viel finstereren Ecken auf. Allein schon die Kneipen in Gelsenkirchen waren von einer gruftigen Düsternis, die jeden Friedhof ausstach. Erst recht, wenn Schalke 04 mal wieder einen auf den Sack gekriegt hatte. Dann konnten die Leichenbittermienen der Gäste locker mit den Gesichtern der Untoten aus »The Walking Dead« mithalten. Trotzdem wäre Harald im Moment viel lieber in der maroden Hinterhofkneipe seines Kumpels Lars gewesen als hier. Im »PapperlaPub« war es wenigstens trocken! Harald seufzte.

Hinter ihm raschelte es. Aha, es tat sich endlich was. Harald sah sich nicht um. Er wusste, was kommen würde. Und tatsächlich, eine wispernde Stimme unterbrach die Stille: »Schlafende und Tote sind nur Gemälde.«

Harald dachte nicht daran, ebenfalls zu flüstern, und raunzte: »Die Eulen sind nicht das, was sie scheinen.«

»Was? Äh ... wie ... also ... Das ist nicht die ...«

Harald packte zu und zerrte eine kleine männliche Person aus dem Gebüsch.

»Kerl, Mensch, geh mir nicht auf den Sack! Ich steh hier seit 'ner halben Ewigkeit. Im Regen! Ich hab schon befürchtet, mich am falschen Grab zu befinden. Punkt Mitternacht war ausgemacht. An der Gruft der Familie Uscher. Allein. Jetzt sag schnell, welche Informationen du für mich hast, verflucht! Mein Kontaktmann meinte, du könntest helfen.«

»Erst die Parole – die richtige!«, kam es trotzig zurück.

Harald stieß ein grollendes Grunzen aus. Doch er fügte sich, auch wenn er es für unsinnig hielt, Losungsworte vorab über Dritte abzumachen.

»Ein Bierzapf ist ein gutes Gewerbe.«

Das Männchen kicherte.

»So ist's recht«, bestätigte er befriedigt. »Es muss alles seine Ordnung haben.«

Und wieder grunzte Harald grummelig: »Also? Falls du es nicht bemerkt hast, es ist ganz schön nass hier.«

»Ach, nur ein bisschen auffrischende Feuchtigkeit.«

Der schmächtige Geselle sog genießerisch die kühle Nachtluft ein.

Harald nieste.

»Hätten wir uns nicht in einer gemütlichen Kneipe treffen können?«, insistierte er.

»Wieso? Ist doch schön ruhig hier. Keine Zeugen.« Dann kam der kleine Mann zum Punkt: »Wie ich hörte, geht es um einen Entführungsfall?«

»Und um einen Mord!«

Der Kleine zog eine Augenbraue in die Höhe: »Einen Mord?«

»Ja. Also, bei dem Entführten handelt es sich um einen bekannten Historiker aus Dortmund: Dieter Ostwald. Spezialgebiet: Brauereikultur in Deutschland. Die Tote ist seine Haushälterin. Sie hat wohl die Einbrecher überrascht, als sie Dienstagnacht Ostwald verschleppt haben. Ein Schlag auf den Kopf. War sofort hinüber.«

»Bedauerlich. Die arme Frau.«

»Seither ist Ostwald verschwunden. Aber nicht spurlos. In seinem verwüsteten Büro hat die Polizei etliche aufgeschlagene Folianten gesichtet und eine wüste, durcheinandergeworfene Zettelwirtschaft. Auf den Notizen waren zwei Begriffe markiert: Straterich und Sonnenglanzmohn. Joachim Prass, unser gemeinsamer Freund bei der Polizei meinte, Sie könnten damit was anfangen. Darum hat er auch den Kontakt hergestellt.«

»Jaja, unser Jochen ... immer hilfsbereit«, kicherte der Kleine.

»Nun, wahrscheinlich war ihm die Verdachtslage etwas zu schwammig, um selbst der Sache nachzugehen. Er vermutet, dass die Entführung irgendwie mit Bier zu tun hat. Wie gesagt, Ostwald ist dafür ja Experte. Über den Sonnenglanzmohn ist nicht viel bekannt – außer, dass die alten Germanen diese geheimnisvolle Pflanze zum Brauen verwendet haben. Was es aber für ein Kraut genau ist, weiß keine Sau. Und Straterich war ein ebenso mysteriöser, wenn auch ziemlich berühmter Druide oder Schamane, der den Römern gegen 12 vor Christus mit seinen Zauberkünsten eine Menge Probleme gemacht haben soll. Eigentlich müsste Jochen sich um ein Kidnapping im Ruhrgebiet ja keine Gedanken machen. Aber vor einem knappen halben Jahr ist im Zuständigkeitsbereich seines Präsidiums das Rezept des Straterich geklaut worden. Da dieser Name ja nun nicht so häufig und im Entführungsfall aufgetaucht ist, meint Jochen nun, es könnte da einen Zusammenhang zu dem Kidnapping geben. Allerdings ist das ja wie gesagt nur ein vager Verdacht, da will er sich selbst nicht zu weit aus dem Fenster lehnen.«

Harald fuhr sich mit der Hand über den Kopf. »Nun ja, er ist ja stets darauf bedacht, nicht zu viele Pferde scheu zu machen, wenn es um Prominente geht. Da möchte man als Kommissar nicht zu sehr in der Öffentlichkeit stehen für den peinlichen Fall, dass man auf einer völlig falschen Fährte ist. Dann hat er mitbekommen, dass mich der Ehemann der verstorbenen Haushälterin aufgesucht hat, um als Privatdetektiv zusätzlich zur Polizei im Todesfall zu ermitteln, und er hat mich auf diesen Zusammenhang aufmerksam gemacht. Als mich obendrein eine große Privatbrauerei aus Essen bat, den Entführten zu finden und nach Möglichkeit heil zurückzubringen, habe ich den Fall übernommen. Ich gebe zu, dass mich als passionierten Biertrinker der Fall sehr reizt. Da ist einiges im Fass; an der Sache ist so manches nicht koscher. Ostwald hat wohl für die Essener Brauerei an einem geheimen Projekt gearbeitet. Mehr war aus denen jedoch nicht rauszukriegen.« Harald zwinkerte dem Informanten verschmitzt zu. »Ich wittere Verstöße gegen das Reinheitsgebot, wenn Sie verstehen, was ich meine.«

»Hm ... hm hm ...« Der kleine Mann kratzte sich am Kopf. »Das Rezept des Straterich ...«

»Wissen Sie was darüber?«

»Jaaaa ...«, dehnte der Informant. »Könnte sein ...«

»Raus mit der Sprache!«

»Nun, bei dem Rezept des Straterich handelt es sich genau gesagt um eine Brauanleitung für ein Bier.«

»Weiß ich.«

»Um ein Starkbier.«

»Auch das ist mir bekannt.«

»Aber kein normales Starkbier, sondern um eine Art ... ähm ... Zaubertrank.«

»Was Sie nicht sagen.«

»Jawohl! Der Biertrunk soll übermenschliche Kräfte verleihen. Wie der bedeutende römische Senator und Historiker Cornelius Tacitus dereinst schon sagte ...«

Harald nieste erneut. Und stöhnte. Das hier schien ein längerer Vortrag zu werden. Ein erster Blitz zuckte vom Himmel. Der Regen prasselte stärker hernieder. Fast freundschaftlich packte er den schmalbrüstigen Singvogel am Nacken, hakte ihn unter und schleifte ihn sanft mit zu seinem Auto, das er am Eingangstor des Friedhofs geparkt hatte und in dem Honk auf ihn wartete.

Eine knappe halbe Stunde später saßen die drei Männer in einer gemütlichen Blues-Bar in der Bielefelder Altstadt. Harald zischte bereits sein zweites Pils, während Honk als Softdrink-Fetischist genüsslich an einer Cola nuckelte. Der Informant hielt sich an einem stillen Wasser fest. Harald zuckte mit den Achseln. Jedem das seine!

Honk hatte er spontan mit in die Kneipe genommen; er hatte es nicht übers Herz gebracht, seinen Assistenten wieder im Auto warten zu lassen. Nun ja, was hieß Assistent? Honk war eher sein Mann fürs Grobe. Mit über zwei Metern Körpergröße, bulliger Figur, einem Boris-Karloff-Gesicht und einer gewissen geistigen Schlichtheit war er für Detektivarbeit zwar nur bedingt geeignet, aber er hatte seine Qualitäten. Honk war bärenstark, verschwiegen und treu. Er gab nie Widerworte – ohnehin sprach er nur höchst selten –, eignete sich prima zum Einschüchtern, erledigte zuverlässig seine Aufträge, war ein exzellenter Fahrer und konnte gut mit Schusswaffen umgehen.

Honk hieß übrigens tatsächlich Honk. Henry Honk. Also Hank Honk! Manche Eltern sollte man hinsichtlich der Vornamenswahl für ihre Sprösslinge echt verdreschen. Als wäre der Nachname nicht schon schlimm genug ... Honk war gebürtiger US-Amerikaner, Ex-Soldat, früher mal irgendwo in Nordfriesland stationiert gewesen und nach seinem Ausscheiden aus der Army in good old Germany hängengeblieben. Ihn zu reizen, konnte böse enden. Das war auch seinem damaligen Sergeanten schmerzlich klar geworden, der es wohl seinerzeit mit dem Drill und den Kraftausdrücken übertrieben und dies mit einem Großteil seines Gebisses bezahlt hatte. Daher war Honks militärischer Abschied recht unehrenhaft ausgefallen. Aber eigentlich war Honk friedlich wie ein Lämmchen. Harald hatte ihm mal aus der Patsche geholfen und ihn eben nicht wegen Waffenschieberei an die Polente verpfiffen, sondern stattdessen fest eingestellt. Seither war er mit einem Bodyguard gesegnet, vor dem selbst der Teufel Reißaus nahm.

Behaglich strich sich der Privatschnüffler aus Gelsenkirchen erst über seine beachtliche Plauze und dann über sein kurz geschorenes rötliches Haar. Nach einem weiteren tiefen Schluck wandte er sich dem kleinen Informanten zu, der unruhig auf seinem Barhocker herumrutschte.

»Wo waren wir stehen geblieben?«, fragte er rein rhetorisch.

»Bei Tacitus.«

»Ah, ja.«

»Der römische Gelehrte hat so einiges Interessantes über die alten Germanen zu Papier gebracht. So schrieb er beispielsweise, dass sie alles ertragen und aushalten könnten – etwa Hunger und Kälte –, nur eben keinen Durst! Ihr Mittel gegen trockene Kehlen sei ein vergorenes Gebräu aus Gerste oder Weizen gewesen und sie hätten Unmengen davon in sich hineingeschüttet.«

»Sympathisches Völkchen, die Germanen.«

»Das fanden die Römer nicht. Gerade der Stamm des Straterich hat dem Imperium etliche herbe Schlappen beigebracht. Leider ist über diese wilden Schlachten heute nicht mehr allzu viel bekannt. Nun ja, wenn es selbst über die legendäre Varusschlacht kaum historisch verbürgte Informationen gibt, dann verwundert es kaum, dass die anderen Scharmützel vom Dunkel der Geschichte verschluckt worden sind.«

»Und was hat das alles mit unserem Fall zu tun?«

»Vor einigen Jahren fand man bei Ausgrabungen in der Gegend um Detmold eine gut erhaltene Sammlung von Pergamenten, die dem Germanen-Mythos neue Nahrung gaben.«

»Das Rezept des Straterich!«

»Unter anderem. Die Schriften erzählen von einer großen Schlacht im Sumpfland in der Straterichs Germanenstamm und den zahlenmäßig schier übermächtigen Legionen des Generals Stauderus gegenüberstanden. Im Gegensatz zur Varusschlacht sollen die Römer aber nicht in einen Hinterhalt gelockt, sondern im offenen Gefecht niedergemacht worden sein. Eigentlich nicht zu glauben. Allerdings geht man davon aus, dass die Germanen damals gedopt gewesen seien. Mit einem ganz speziellen Starkbier, das die Wildlinge in gewaltige Raserei versetzt habe. Übermenschliche Kräfte soll ein jeder besessen haben, schwerste Wunden haben sie wie Mückenstiche abgetan und selbst nach tagelangem Herumwüten im Kampfgewühl habe man ihnen keine Müdigkeit angemerkt.«

»Eine schöne Geschichte. Aber eben doch bloß ein Märchen. Das ganze Bohei mit Entführung und Totschlag wegen so einer Räuberpistole ...« Obwohl vieles an der Story gut passte zu seinem schrulligen Fall, zweifelte Harald. »Ich meine, wer glaubt denn heutzutage noch an Zaubertränke und Magie? Völliger Quatsch.«

»Warten Sie es ab. Sie wissen, dass die Pergamente gestohlen worden sind?«

»Ja. Vor etwa einem halben Jahr.«

»Korrekt. Bei einem nächtlichen Einbruch ins Lippische Landesmuseum. Von den Dieben keine Spur! Müssen echte Profis gewesen sein. Sämtliche Alarmanlagen hatte man fachmännisch deaktiviert. Und wissen Sie, wer der eigentliche Eigentümer der Pergamente ist? Derjenige, der sie dem Museum gestiftet hat?«

»Sie werden es mir bestimmt sagen.«

Der kleine Mann lächelte: »Phil Euler!«

»Ah, der Bierbaron aus Ostwestfalen!«

»Genau, Phil Euler, der Bierbaron. Hier geht es ergo nicht unbedingt um Zaubertränke, sondern ums Prestige. Wenn ihm einer seiner Konkurrenten das Rezept geklaut haben sollte, wäre das eine Schmach sondergleichen. Abgesehen davon sind die alten Schriften nicht bloß von historischem Belang. Auch rein materiell dürften sie sehr, sehr wertvoll sein. Ein Liebhaber würde auf dem Schwarzmarkt einiges dafür bezahlen.«

Harald pfiff leise durch die Zähne: »Das könnte in der Tat ein Motiv sein.« Er rieb sich sein unrasiertes Kinn. »Hat der Bierbaron versucht, aus dem Rezept Kapital zu schlagen?«

»Wie meinen Sie das?«

»Phil Euler ist ja selbst Bierhersteller. Ihm gehören mehrere Großbrauereien, soviel ich weiß. In der Bierbranche kommt niemand an ihm vorbei. Sein Spitzname Bierbaron spricht schließlich Bände. Er wird doch bestimmt das Rezept nachgebraut haben.«

»Er hat es zumindest versucht. Das hat er in einigen Interviews verlauten lassen. Es fehlte aber eine Zutat. Die ließ sich partout nicht entschlüsseln.«

»Wenn ich raten darf: der Sonnenglanzmohn.«

Der kleine Informant verbiss sich ein Bingo!

Die nächsten drei Tage hatte Harald mit klassischer Detektivarbeit verbracht: Überwachung! Neben Honk und seinem Informanten, der übrigens auf den schönen Namen Andreas hörte, waren noch einige freie Mitarbeiter bei der Observierung mit von der Partie gewesen. Es hatte so seine Vorteile, einen Kommissar in der Hinterhand zu haben, der fachkundiges Personal über den kurzen Dienstweg abstellen konnte. Auch aus Andreas' Bekanntenkreis waren ein paar zuverlässige Leute ins Team gerückt. Insgesamt hatten sich mehr als dreißig Personen auf die Lauer gelegt – überall dort, wo sich der Bierbaron gemeinhin aufzuhalten pflegte: ungefähr ein Dutzend Wohnobjekte und Firmensitze von Detmold bis Bielefeld. Die Order war simpel: sofortige Meldung, wenn sich irgendwo irgendwas tat! Über Andreas war Harald auch an einige Gelände- und Gebäudepläne gelangt. Sollte man gezwungen sein, plötzlich einzugreifen, war es von Vorteil, nicht lange suchen zu müssen, um sich Zugang zu verschaffen oder die Umgebung auszukundschaften. Weiß der Teufel, wie der Kleine darangekommen war.

Harald und Honk hatten sich an den beiden vielversprechendsten Objekten positioniert, die dem Bierbaron gehörten. Während der füllige Detektiv dessen abgelegene Villa in Detmold-Hiddesen beobachtete, hatte sein grobschlächtiger Gehilfe die Brauerei in Bielefeld ins Visier genommen. Am heutigen Sonntagvormittag erstattete er endlich Meldung: Zwei Männer hatten einen älteren Herrn, der gemäß dem polizeilichen Suchfoto und der Beschreibung nur Dieter Ostwald sein konnte, in einen Lieferwagen verfrachtet – mitsamt einiger Kisten Bier. Honk hatte Bilder geschossen und rübergesimst. Ostwald war deutlich zu erkennen, die Biermarke nicht. Neutrale Flaschen ohne Etikett. Zehn Minuten später kam Honks nächste Meldung. Fahrtrichtung des Transporters: Detmold. Harald rüstete sich zur Tat.

Und wirklich: Nach etwa einer Dreiviertelstunde bog ein grauer Lieferwagen auf die Auffahrt zur Villa ein. Nachdem Ostwald und die Bierkästen hineingeschafft worden waren, entschloss sich Harald zu handeln. Zuvor beorderte er noch schnell Andreas zu dem Prachtbau. Der Informant sollte mit seinem Auto in der Nähe warten. Harald hielt es für angebracht, einen weiteren Fluchtwagen samt Fahrer in petto zu haben. Man konnte ja nie wissen. Honk war inzwischen ebenfalls eingetroffen. Gemeinsam enterten sie – natürlich über Schleichwege und durch ein ungesichertes Kellerfenster – das Gebäude. Drinnen teilten sie sich auf. Harald schlug den Weg zu Eulers Privatgemächern im Erdgeschoss ein, Honk sollte erst den Keller und dann die oberen Etagen absuchen. Ungeachtet ihrer beträchtlichen Körperfülle bewegten sich die beiden Detektive schattenhaft wie Ninjas. Gelernt ist eben gelernt. In verschiedene Richtungen schlichen sie voran – ständig auf der Hut vor etwaigen Wächtern.

Harald hatte Glück. Niemand kreuzte seinen Weg. Vorsichtig betrat er das Vorzimmer zu Eulers Büro. Darin hielt sich weder eine Sekretärin noch irgendjemand sonst auf. Noch einmal Glück gehabt. Die Verbindungstür zum Büro stand offen. Gesprächsfetzen drangen an sein Ohr. Harald schlich sich heran und lugte in den verschwenderisch eingerichteten Raum. Er erblickte Euler, der lässig hinter seinem Schreibtisch saß, und Dieter Ostwald, der geknebelt vor dem Bierbaron zwischen zwei durchtrainiert wirkenden Schergen stand. Und die Bierkästen aus dem Lieferwagen. Harald hörte den Bierbaron mit hämischer Stimme sagen: »Herr Doktor Ostwald, ich glaube, wir haben zu unserem Umtrunk einen weiteren Gast.«

Dann traf den Privatdetektiv ein harter Schlag im Nacken.

Nach einer kurzen Zeit der Bewusstlosigkeit schlug Harald die Augen auf und starrte ins sonnengebräunte Gesicht des Bierbarons, in dem ein triumphierendes Grinsen prangte.

»Und?«, fragte Euler. »Mit wem habe ich das Vergnügen?«

»Ähm, also, ich komme von der Grillparty draußen im Mufflonkamp. Uns ist das Bier ausgegangen. Ich wollte nur fragen, ob ich bei Ihnen ein paar Kisten kaufen kann. Man sagte mir, Sie säßen direkt an der Quelle.«

Euler kicherte humorlos. Harald bekam von einem der insgesamt vier versammelten Schergen zur Strafe für seine Frechheit einen Klaps auf den Hinterkopf.

»Ich kann mir denken, weshalb Sie hier sind«, schnarrte Euler. Er zeigte auf Ostwald. »Richtig?«

»Ja, stimmt«, gab Harald unumwunden zu. Es war zwecklos zu leugnen. Indes, die Hoffnung hatte er noch nicht aufgegeben. Sie hatte vier Buchstaben: Honk! Seine Ein-Mann-Armee war bislang nicht entdeckt worden. Wäre das geschehen, hätte es in der Villa ordentlich gescheppert. »Was soll der ganze Spuk eigentlich, Euler? Menschenraub, Körperverletzung, Mord ...«

»Totschlag!«

»Von mir aus: Totschlag. Sie glauben doch wohl nicht, dass Sie damit durchkommen? Und das alles nur wegen eines geklauten vorsintflutlichen Rezepts? Was steckt dahinter?«

»Ah, ich merke, Sie sind bereits einigermaßen im Bilde. Dann kann ich es ja ruhig sagen. Sie werden eh keine Gelegenheit haben, etwas weiterzuerzählen. Es geht sehr wohl um ein geklautes vorsintflutliches Rezept. Und ich denke schon, dass ich mit allem durchkommen werde.«

»Wie jetzt? Nun doch noch Mord?«, hakte Harald – hellhörig geworden – nach.

»Tja nun, es ist nun mal eine Riesensumme Geld im Spiel.«

»Humbug. So viel kann der Fetzen Papier ja gar nicht wert sein.«

»Doch, glauben Sie es ruhig.« Euler lächelte verschmitzt ob Haralds skeptischen Blicks. »Denken Sie mal nach. Aber Sie sollten sich damit beeilen.« Er gab seinen Handlangern einen Wink. »Schafft sie fort. Ihr wisst, wohin.«

Jetzt wurde es Harald doch recht blümerant zumute. Wo zum Henker blieb nur Honk? Honk!

Es war wie im Film. Honk krachte mit Schmackes durch das gläserne Oberlicht des Büros! Harald fühlte sich an die legendäre Szene erinnert, in welcher der Beißer aus einem Flugzeug James Bond hinterherspringt und dem Agenten Ihrer Majestät durch die Lüfte greifvogelartig nachjagt. Honk musste von oben alles mitangesehen haben und hatte sich nicht lange mit ausgeklügelten Befreiungsplänen aufgehalten, sondern kam einfach mit Anlauf und Brachialgewalt durch die Scheibe gerumst. Mit voller Wucht landete er auf dem Bierbaron, riss ihn zu Boden und begrub ihn unter sich. Ein umherfliegender großer Teil des Oberlichts spaltete einem der Schergen den Schädel.

Harald nutzte geistesgegenwärtig die Gunst der Sekunde und die allgemeine Verwirrung. Mit grimmiger Freude trat er dem Handlanger, der ihm am nächsten stand in die Weichteile, so dass der Kerl stöhnend zusammensackte. Der Detektiv entwand ihm dessen Faustfeuerwaffe – eine Browning HP – und verpasste ihm mit dem Kolbengriff einen Hieb. Bewusstlos brach der Strolch zusammen. Ostwald ließ den günstigen Moment seinerseits nicht ungenutzt und flüchtete aus dem Büro. Für sein Alter war der Historiker verdammt flink. Während Honk den dritten Mann mit einer Links-rechts-links-Kombination ins Reich der Träume schickte, nahm Harald den vierten aufs Korn. Anlegen und zielen waren eins. Harald traf den Burschen ins Knie, so dass auch der zu Boden ging. Euler hatte sich mittlerweile wieder aufgerappelt und jagte hinter Ostwald her. Harald schnappte sich noch die Pistole des Verwundeten sowie die des Toten. Vorerst drohte von Eulers Gefolgsleuten keine Gefahr mehr. Doch wo waren Ostwald und Euler abgeblieben?

»Hinterher«, bellte Harald und sprang mit weiten Sätzen zur Tür.

Praktisch veranlagt, wie er war, griff sich Honk einen der Bierkästen und folgte seinem Boss. Allerdings kamen sie sich in ihrer Hast in die Quere. Für zwei klotzige Typen und einen Kasten Bier war der Einlass schlicht und einfach zu eng. Jäh steckten sie im Türrahmen fest und verloren so wertvolle Sekunden. Nichts mehr mit schattengleichen Ninjas! Fluchend zwängten sie sich durch. Am Ausgang des Vorzimmers achteten sie darauf, dass ihnen dieses Missgeschick nicht noch einmal widerfuhr. Harald hörte ein Scheppern und hechtete in die Richtung, aus der das Geräusch erklungen war. Als er und Honk die Eingangshalle erreichten, erblickten sie Ostwald und Euler. Der Bierbaron hatte den Wissenschaftler eingefangen, hielt ihn im Schwitzkasten und zerrte ihn mit sich die Treppe hoch in den ersten Stock.

»Stehen bleiben«, brüllte Euler. Honk und Harald dachten nicht daran. Erst als der Bierbaron Ostwald einen spitzen Brieföffner hervorholte und Ostwald an die Kehle drückte, gehorchten sie dem Befehl. Das silberne Ding glitzerte gefährlich. Missmutig starrten Harald und Honk hoch zur Balustrade, wo sich Euler mit Ostwald aufgebaut hatte. »Noch einen Schritt weiter und ich steche zu!«, schrie Euler mit überschnappender Stimme.

»Gaaanz cool«, knurrte Harald. »Machen Sie keinen Unsinn. Geben Sie einfach auf.«

»Ha! Den Teufel werde ich tun«, kam es zurück.

»Sie schulden mir noch eine Antwort, Euler«, versuchte Harald, Zeit zu gewinnen, obwohl ihm dämmerte, dass dies nicht der Weisheit letzter Schluss war. Jeden Moment konnten weitere Handlanger Eulers hier auftauchen. Egal, seine Neugier wollte befriedigt werden. »Also, wie ist das nun mit der Brauanleitung?«

Euler kicherte: »Immer noch nicht dahintergekommen? Sie enttäuschen mich. Dabei ist es doch so klar wie filtriertes Bier. Das entschlüsselte Rezept ist Millionen wert.«

»Biere gibt es in Hülle und Fülle und in allen möglichen Sorten. Was soll an dem Straterich-Bräu denn so besonders sein? Es ist ein Starkbier – nicht mehr und nicht weniger.«

»Sie vergessen, dass es übermenschliche Kräfte verleiht.«

Harald verdrehte die Augen: »Quark! Eine Sage, ein Märchen. Eine nette kleine Legende. Das können Sie doch nicht für bare Münze nehmen.«

»Meine Marketingabteilung sieht das völlig anders. Mitunter sind Gerüchte viel wirkungsvoller als die härtesten Fakten. Die Marktanalysen haben höhere Absatzchancen ergeben, als die Genussmittelindustrie jemals für ein Produkt ermittelt hat. Und ich bin nicht der Einzige, der diese lukrative Marktlücke erkannt hat. Wieso, denken Sie, haben meine Konkurrenten, die das Rezept unbedingt haben wollen, es gar dreist geraubt?«

Harald begriff: »Sie konnten natürlich nicht zulassen, dass Ihnen jemand zuvorkommt.«

»So ist es.«

»Und Ostwald wurde von Ihrem Mitbewerber angeheuert, um das letzte Geheimnis zu enträtseln?«

»Exakt! Sie sehen also, die Zeit drängte. Ich musste handeln.«

»Und was ist jetzt der Clou? Was hat der alte Straterich zusammengebraut, was andere Biere nicht haben? Was soll den

Sud denn nun zu solch einem gigantischen Verkaufsschlager machen?«

»Überlegen Sie mal: Von wem wird Bier hauptsächlich gekauft?«

»Ähm ... von Männern?«

»Ganz richtig. Von Männern! Und worauf sind Männer neben Bier besonders erpicht? Wissen Sie, man kann übermenschliche Kräfte so oder so interpretieren.«

Harald dämmerte etwas: »Sie meinen ...«

»Genau! Manneskraft! Stellen Sie sich vor, was los sein wird, wenn man lanciert, dass Straterichs Gebräu die Standfestigkeit erhöht. Ein Bier als Potenzmittel, da wird ein Männertraum wahr. Ich werde mich vor Käufern nicht retten können.«

Harald deutete auf den Kasten Bier, den Honk noch immer in der Hand hielt: »Haben Sie das Wundermittel schon mal ausprobiert? Hat es denn wirklich einen stimulierenden Effekt?«

»Vielleicht ja, vielleicht nein.«

»Also doch fauler Zauber!«

»Völlig egal. Die Menschen glauben, was sie glauben wollen.«

»Und die bislang geheime Zutat? Was hat es mit dem Sonnenglanzmohn auf sich?«

»Das würden Sie wohl gern wissen, was?« Euler kicherte wieder. »Aber das werde ich natürlich nicht preisgeben.«

»Orangenlimonade!«, rief Ostwald, der sich während der Flucht seines Knebels entledigt hatte, plötzlich dazwischen.

»Äh, wie meinen?«, fragte Harald nach – im Glauben, sich verhört zu haben.

»Der Begriff Mohn ist irreführend, müssen Sie wissen«, holte der Historiker aus. »Es handelt sich vielmehr um eine Beerenart. Nur gibt es die Pflanze seit Jahrhunderten nicht mehr, aber wir haben herausgefunden, wozu sie taugt. Ihr Saft wurde zur Verdünnung beigemischt und er lässt sich einfach durch handelsübliche Limonade ersetzen.«

»Ich glaub's ja nicht. Es wurde also schon damals gepanscht.«

»Zwangsweise! Ohne die Beimischung würde das Bier nämlich …«

»Halt die Schnauze!«, herrschte Euler den Historiker an. »Noch ein Wort und …«

In seiner Erregung nahm der Bierbaron den silbernen Brieföffner ein wenig herunter. Die Spitze entfernte sich etwas vom Hals des alten Wissenschaftlers. Darauf hatte Honk nur gewartet. Jetzt oder nie! Er hatte eine Flasche Bier aus dem Kasten gehangelt und nun schleuderte er die Pulle auf Euler. Sie traf den Bierbaron genau am Kopf, gleichzeitig duckte sich Ostwald weg und machte instinktiv einen Buckel. Der Bierbaron schwankte, taumelte erst zwei Schritte nach hinten, dann einen zur Seite und torkelte nach vorn, um den Wissenschaftler erneut zu packen. Aber er griff ins Leere. Schlimmer noch, durch seinen Schwung wurde er in die Höhe gehoben, als sich Ostwald wieder aufrichtete und ihn mit dem Rücken förmlich aushebelte. In hohem Bogen stürzte Euler über das Geländer der antiken Holztreppe mehrere Meter in die Tiefe. Vielleicht hätte er den Aufprall überlebt, wenn er nicht in eines der Bierfässer geknallt wäre, die zur Dekoration in der Halle am Fuße der Treppe aufgestellt waren. Das Splittern hörte sich noch ekliger an als der dumpfe Aufschlag. Harald verzog angewidert das Gesicht, als hätte er ein Weizen Light ohne Bröckchen getrunken. Er erkannte sofort, dass man sich den Krankenwagen sparen konnte. Eine abgebrochene Daube ragte aus Eulers Brust. Einen Vampir hätte man nicht formvollendeter pfählen können. Das zersplitterte Längsholz hatte sich direkt durch das Herz des Bierbarons gebohrt. Ein spektakulärer Tod.

»Los! Raus hier!«, zischte Harald dem Historiker und Honk zu.

Er hörte Motorengeräusche. Wer immer da nahte, kam bestimmt nicht, um Glückwünsche auszurichten. Sie hasteten nach draußen. Nicht zu ihren eigenen Autos, die standen – vor neugierigen Blicken verborgen – zu weit weg, sondern zu dem mit Andreas vereinbarten Treffpunkt. Mit quietschenden Reifen brausten sie davon.

Am späten Nachmittag durften Harald, Honk und Andreas das Polizeirevier bereits wieder verlassen. Sie hatten den Vorfall pflichtgemäß gemeldet und auch sonst alle Formalitäten hinter sich gebracht. Ihr Bericht war zwar von den Beamten mit Stirnrunzeln aufgenommen worden, aber ein Anruf von Kommissar Prass beim Polizeipräsidenten hatte sie schnell geglättet. Unter Auflagen waren sie nun also wieder auf freiem Fuß. Der Kasten Bier, den Honk hatte mitgehen lassen, war zwar konfisziert worden, allerdings hatte Harald ein paar Flaschen stibitzt. Wäre ja noch schöner gewesen: das ganze Brimborium durchgestanden mit Blut, Schweiß und Hyänen und dann ohne Corpus Delicti dastehen. So nicht!

Jetzt saß das Trio in Andreas' Gartenlaube in Bielefeld und freute sich des Lebens. Sie warteten auf Dieter Ostwald, der zum Durchchecken erst mal ins Klinikum Lippe Detmold eingeliefert worden war. Doch dem alten Historiker ging es gut. So gut, dass er sich auf eigenes Risiko aus dem Krankenhaus gleich wieder entlassen hatte. Bis auf eine kleine Schramme am Hals war er ungeschoren davongekommen. Die Zeit bis zu seiner Ankunft hatten die drei anderen genutzt, um das Bier kaltzustellen. Als Ostwald schließlich eintraf, konnte die Verkostung beginnen.

»Nun denn«, meinte Harald, »es ist so weit. Jetzt wollen wir mal probieren, ob das Potenzbier die ganze Aufregung wert ist. Zumindest geschmacklich. Und zisch – und klack – und weg!«

Jeder nahm einen tiefen Schluck aus seiner Flasche. Harald schnalzte mit der Zunge. Das Gebräu schmeckte besser, als er gedacht hatte – Limo hin oder her. Auch Ostwald und Andreas schien der Trunk zu munden. Nur Honk verzog missbilligend das Gesicht.

»Was ist, Honk?«, fragte Harald. »Schmeckt es dir nicht?«

Der Hüne schnaufte tief durch. Keuchend und mit tränenden Augen meinte er: »Auhauaha, viel zu stark. Meine Fresse! Also, wenn ihr mich fragt, man hätte mehr Orangenlimonade reinmischen sollen. Viel, viel mehr!«

Harry Michael Liedtke

lebt in Gladbeck. Im Hauptberuf arbeitet der gelernte Industriekaufmann als Lektor und Korrekturleser sowie als freier Journalist, nebenher betätigt er sich als Setzer, Drucker, Filmkritiker und Sphäronaut.

Seit ein paar Jahren wirkt Harry Michael Liedtke auch als Autor. Er hat einen Erzählband und eine beim Berliner Planet

Awards ausgezeichnete Kurzgeschichtensammlung veröffentlicht und ist in zahlreichen Anthologien vertreten.

Er ist fernerhin Organisator und Veranstalter von Kulturevents, vornehmlich im Bereich der Kleinkunst. Zahllose Lesungen, Liedermacherabende, Kabarettdarbietungen oder Theaterstücke wurden mittlerweile von ihm ausgerichtet.

Des Weiteren ist er Mitgründer des Kulturfördervereins »Leuchtfeder e.V.« und sein Vorsitzender.

Sein Lebensmotto: Namen sind was für Grabsteine. Und Buchrücken!

Mehr Informationen zum Autor: www.harry-liedtke.com

Christian Jaschinski

Das letzte Hemd hat keine Flaschen

»Doyle, du verlogenes Arschloch. Was hast du dir dabei gedacht?«

Mein Mandant, der Versicherungsmakler Volker Rachow, war auf seinen kurzen stämmigen Beinen wie eine Dampflok durch das Büro meiner Assistentin Sonja Born geschnauft. Deren energisches »Hallo ... Was? ... Halt. Sie können hier doch nicht einfach ...« hatte ihn nicht davon abgehalten, die Zwischentür zu meinem Arbeitsbereich derart brutal aufzustoßen, dass sie gegen die Wand knallte. Die Sicherheitsscheibe hatte keine Chance und zersprang sicherheitshalber in 1001 feine Sicherheitsglasteile, die umgehend auf den Parkettboden meiner Detektei regneten. Ungebremst walzte der Dicke bis zu meinem antiquarischen Kirschholzschreibtisch, schob mir diesen mit Schwung bis vor den Bauchnabel und kam erst zum Stehen, als ich auf meinem Stuhl zwischen Schreibtisch und Wand klemmte. Leicht nach vorn gebeugt, platzierte er nun seine klodeckelgroßen Pranken neben dem blank polierten Messingfuß meiner antiken Banker-Leuchte und starrte mich hasserfüllt an. Rauchwölkchen stiegen aus seinen Ohren gen Zimmerdecke auf. Während er mich anschrie, verteilte sich ein feiner Speichelsprühregen mit Knoblauch-Biernote im Raum. Es war, nun sagen wir einmal vorsichtig, höchst unangenehm.

»Hören Sie«, hob ich an. Aber Volker Rachow ließ mich nicht zu Wort kommen.

»Du solltest meine Frau beschatten, damit ich weiß, wann sie mit wem vögelt, und dann baust du so eine dermaßene Scheiße. Dafür bezahl ich dich nicht. Musste nicht denken. Den Vorschuss holt sich mein Anwalt wieder. Du kriegst keinen Cent von mir.«

Was immer der Wüterich für eine Kindheit gehabt hatte, ich fand nicht, dass es ihm das Recht gab, sich als Erwachsener derart schlecht zu benehmen.

»Mein lieber Herr Rachow …«, versuchte ich es beschwichtigend.

»Ich bin weder lieb noch dein, du drittklassiger Schnüffler. Was steckst du deine nervige Nase auch in Dinge, die dich nichts angehen? Wirst schon sehen, was du von deiner stümperhaften Arbeit hast. Das ist noch nicht zu Ende. Ich mache dich fertig. Kein Bein wirst du mehr an die Erde kriegen. Keinen noch so verschissenen Auftrag mehr an Land ziehen. In dieser Stadt nicht. In Ostwestfalen-Lippe nicht. Und in NRW schon überhaupt nicht! Du wirst dir wünschen, mir nie begegnet zu sein.«

Diese Drohung war lächerlich – jedoch fand ich es klüger, dies unter Deeskalationsgesichtspunkten vorsichtshalber unerwähnt zu lassen.

***

Üblicherweise hielt ich mich an die alte Volksweisheit »Kein Bier vor vier«, aber auch Volksweisheiten haben ihre Schwächen. Denn mit einem hatte Volker Rachow Recht: Ich wünschte, er hätte die Räume meiner Detektei im Ükernviertel nie betreten. Alles andere war Unsinn. So viel Macht hatte kein Mensch, als dass der untadelige Ruf eines Hieronymus C. Doyle durch einen Auftraggeber in den Schmutz gezogen werden könnte. Egal, wie perfide sein Netzwerk geflochten war.

Nachdem der dicke Mann mein Büro verwüstet und hernach endlich gegangen war, hatte mich meine Assistentin Sonja Born fortgeschickt. »Geh einfach, ich kümmere mich.« Meinen halbherzigen Widerspruch hatte sie mit einem lapidaren »Du kannst hier eh grad nichts tun« fortgewischt.

Also verließ ich meine Meisterdetektei und ging hinüber in die Eckkneipe, die sich, wie der Name schon sagt, gleich um die Ecke befand. Gleichzeitig war die *AbsorBier-Bar* meine Stammkneipe.

Es war durchaus ungewöhnlich für mich, bereits am Vormittag zu trinken. Aber nur, weil man etwas selten tat, war es ja nicht weniger sinnvoll. Dennoch schaute mich der Barkeeper etwas irritiert an, als ich seine heiligen alkoholischen Hallen betrat.

Jim Flagranti stand hinter dem Tresen und polierte – einem Klischee nicht unähnlich – gedankenverloren die messingfarbene Zapfgarnitur. Ich grüßte mit einem Nicken und bestieg wortlos einen der lederbezogenen Barhocker aus dunklem Teakholz. Er sah mich an. Ich sah ihn an.

»Weizen?«, fragte Jim.

Ich trank normalerweise gerne Weizenbier. Als guter Stammkneipen-Barkeeper kannte Jim die Vorlieben seiner Stammgäste. Außerdem war es heute für Anfang Mai und die späte Vormittagsstunde bereits außergewöhnlich warm, sodass die Frage auch unter isotonischen Gesichtspunkten durchaus Sinn ergab. Dennoch schüttelte ich den Kopf.

»Ale?« Jim Flagranti war erfahren genug, um zu ahnen, dass ich etwas Stärkeres brauchte, wenn ich um diese Uhrzeit hier auftauchte.

»Kein Bier vor vier«, erwiderte ich. Und hätte ihn außerdem gern gebeten, die Musik auszumachen oder zumindest ein wenig leiser. Jim liebte Jazz. Ich kam normalerweise auch ganz gut mit dieser Musikrichtung zurecht, aber heute Morgen waren es mir einfach zu viele Töne pro Zeiteinheit, die Till Brönner aus seiner Trompete pustete. Aus Höflichkeitsgründen verkniff ich mir die Bitte.

Jim nickte verständnisvoll. »Scheißtag.«

»Unsere Jobs ähneln sich, weißt du?«

»Die Menschen?«, wollte Jim wissen.

»Die Menschen«, bestätigte ich.

»Trotzdem müssen wir Vertrauen haben.«

»Das ist nicht einfach.«

»Zu viele Enttäuschungen?«

Ich nickte.

Jim nahm konzentriert ein großes Kristallglas. Dann goss er sorgfältig die fünfzehn Jahre alte bernsteinfarbene Flüssigkeit hinein.

»Welcher Tag ist heute?«, fragte Jim.

Ich sah ihn an. Er machte eine ermunternde Bewegung, also spielte ich mit. »Dienstag. Fünfter Mai.«

»Sicher?«, fragte Jim.

»Worauf willst du hinaus?«

Er schob das dicke Glas auf einer Serviette über den Tresen zu mir hinüber, bis der Single Malt genau zwanzig Zentimeter von mir entfernt stand. »Nun. Du glaubst, dass heute der fünfte Mai ist, weil du darauf vertraust, dass irgendwann irgendjemand den ersten Januar im Jahr Null richtig bestimmt hat. Was aber, wenn der sich um einen Tag oder zwei, eventuell sogar um 327 Jahre vertan hat?«

»Dann wäre heute immer noch heute, aber vielleicht nicht Dienstag und wohl auch nicht der fünfte Mai.«

»Siehst du. Manchmal ist es einfacher, Vertrauen zu haben.«

»Möglicherweise.« Doch nicht in meinem Job.

***

In aller Frühe des übernächsten Tages hatte ich den drallen Versicherungsmenschen erneut vor mir. Allerdings war seine schnaubende Wut verraucht und er im Gegenteil ganz still. Sein Gesicht war auch nicht mehr rot, sondern sehr, sehr blass. Die Senkrechte hatte er – so wie es aussah unfreiwillig – gegen die Waagerechte getauscht. Er lag am Boden. Tot. Sein gewaltiger Bierbauch schien ihn unter sich zu begraben.

Zudem trug Volker Rachow weder Papiere noch sonst irgendwelche Identifikationsinformationen bei sich – außer meiner Visitenkarte. Also hatte man mich angerufen und nachdrücklich zum Waldpark Haxtergrund beordert. Wie hätte ich da nein sagen können?

»Nix anfassen, Meister. Chefin kommt gleich zu Ihnen«, brummte mich ein Kollege an. Er machte eine Nickbewegung und ich folgte mit meinem Blick der Nickrichtung. Dort stand eine hochgewachsene Blondine mit dem Rücken zu uns. Sie trug eine hellblaue Jeans und eine braune abgewetzte Lederjacke.

Noch bevor ich die unverschämte Äußerung (für wie blöd hielt mich der Typ, als ob ich nicht wüsste, wie man sich an einem Tatort benimmt!) auf eloquente Art mit einem spitzen

Kommentar veredeln konnte, drehte sich die Zwillingsschwester von Judith Rakers um und kam auf mich zu. Zur Begrüßung reichte sie mir nicht ihre latexbehandschuhte Hand, sondern merkte lediglich süffisant mit leicht despektierlicher Note an: »Und Sie sind also ...«

»Doyle. Hieronymus C. Doyle.«

»... der Beste?«

Ich nickte ernsthaft und mit der mir eigenen Bescheidenheit. Selbstbewusst mit einem Hauch Noblesse. »So sagt man.« Und nicht nur das. Denn so steht es auch geschrieben. Schwarz auf Gold auf meinen Visitenkarten, wie es sich für einen Meisterdetektiv gehört.

Hieronymus C. Doyle
Private Ermittlungen
Ich bin der Beste!

»Clara Fall. Kriminalhauptkommissarin«, sagte Kriminalhauptkommissarin Clara Fall, deren Stimme in diametralem Gegensatz zu ihrem Aussehen tönte. Sie klang wie Dietmar Wunder, der als Synchronsprecher von Daniel Craig regelmäßig die sechs berühmtesten Worte der Filmgeschichte sagen durfte. Einen Meisterdetektiv Hieronymus C. Doyle kann ein optisch-akustisches Paradoxon selbstredend nicht irritieren. Trotzdem lösten Stimmlage und Tonfall das unbändige Bedürfnis in mir aus, in der typisch fließenden Bewegung Daniel Craigs meine Manschetten mit den silbernen Manschettenknöpfen zu richten.

Kriminalhauptkommissarin Fall griff routiniert in die Innentasche ihrer Lederjacke und zog zumindest einen Teil der stimmlichen Erklärung hervor: ein silbernes Etui, aus dem sie genüsslich einen Cohiba Cigarillo entnahm. Die Marke war unschwer an der dunkelgelben Banderole zu erkennen, die farblich hervorragend zum Stil meiner Visitenkarte passte. »Kennen Sie den Toten, Mr. Doyle? Oder hatte er nur zufällig Ihre Visitenkarte bei sich?«

»Zu erstens: Ja, es handelt sich um einen Mandanten. Zu zweitens: Nein, Zufälle gibt es meines Erachtens nicht. Lediglich zwei oder mehr Ereignisse, deren kausalen Zusammenhang wir noch nicht verstanden haben.«

»D'accord.« Clara Fall machte keine Anstalten, ein rituelles Zigarillo-Anzünden zu zelebrieren. Sie ging in die Hocke und fragte: »Name? Beruf?«

»Volker Rachow. Versicherungsmakler. Inhaber der Agentur 2R-VersicherungsGmbH. Sie wissen schon ...«

»... Ihr objektiver Ansprechpartner für Paderborn und Umgebung ...«, vervollständigte Kriminalhauptkommissarin Fall den Werbeslogan, der in unserer Stadt an so mancher Werbewand prangte.

Ich nickte und begann mit Antworten auf ungestellte, aber zu erwartende Fragen: »Ich hatte den Auftrag, seine Frau zu beschatten, weil er eine Affäre vermutete. In Bezug auf außereheliche Amourösitäten konnte ich jedoch nichts feststellen. Allerdings fand ich bei meinem obligatorischen Dreihundertsechzig-Grad-Check heraus, dass er selbst eine Geliebte hatte. Das missfiel ihm so sehr, dass er vorgestern mein halbes Büro auseinandernahm.«

»Wie hoch ist der entstandene Schaden?«

»Ich erwarte den Gutachter heute in der Detektei.«

»Haben Sie Ihr Honorar bekommen?«

»Nur den Vorschuss. Die Abschlussrechnung hat er vor meinen Augen zerrissen.«

»Sie haben also ein Motiv.«

Ich atmete laut und geräuschvoll aus. Eine vernünftige Einlassung meinerseits hätte die absurde Anschuldigung nur geadelt.

Clara Fall hatte nun doch den Cigarillo angezündet, paffte kurz und schickte drei perfekt geformte Rauchkringel gen Himmel. »Der direkte Weg in das Herz eines Mannes«, sagte sie ruhig und legte den Kopf keck ein wenig schräg, »führt offensichtlich durch einen großkalibrig zerschmetterten zweiten oder dritten Rippenbogen.«

Aufgrund des unschönen Anblicks von Volker Rachows malträtiertem Oberkörper teilte ich Frau Kommissarins erste Analyse. Mir wäre auch nach einer meiner geliebten Chesterfields, doch ich riss mich zusammen. Der Genuss einer Zigarette an einem Tat- oder Fundort erschien mir weder angebracht noch professionell. Was ich nicht als Kritik an der verbeamteten Ermittlerin verstanden wissen will.

»Nun ...«, hob ich an.

»Ich halte Sie für schlau«, sagte Clara Fall lauernd. »Aber nicht für so schlau, dass Sie mich an der Nase herumführen könnten.«

»Ich höre.«

»Sie haben den Mann erschossen, seine Papiere entfernt und Ihre Visitenkarte hinterlassen, damit es so aussieht, als hätte jemand anders die Tat begangen und wollte den Verdacht wiederum auf Sie lenken. Manchmal muss man eben zweimal um die Ecke denken. Nicht wahr, Mr. Doyle?«

Ich nickte. »Nachvollziehbare Conclusio.«

»Wir sind uns also einig, dass Sie die Stadt nicht verlassen und sich zur Verfügung halten?«

»Einigkeit würde ich das nicht unbedingt nennen, da mir Ihr Wunsch nicht unerhebliche Umstände bereitet. Die Aufträge meiner geschätzten Klientel lassen sich nicht alle domstadtintern regeln ...«

»Und ich würde es nicht unbedingt Wunsch nennen.«

***

»Also: Was weißt du oder glaubst du zu wissen?« Sonja Born, meine überaus kluge Assistentin – ich habe nur ein einziges Mal den Fehler gemacht und sie als Sekretärin bezeichnet, was mir eine einwöchige Kalte-Schulter-Reaktion nebst vollständiger Ignoranz ermittlungstechnischer Hilfe (die selbst ein Hieronymus C. Doyle manchmal benötigt) einbrachte – saß mir entspannt in der detektei-eigenen Gesprächsecke aus bequemen Leder-Fauteuils gegenüber. Sie hielt sich mit beiden Händen an ihrer dampfenden Teetasse fest und hatte die Beine untergeschlagen. Ihre dunkelblauen Ballerinas lagen neben dem Sessel auf dem Parkett.

»Volker Rachow, zweiundvierzig. Verheiratet mit Sandrine Neuburg-Rachow, achtunddreißig. Keine Kinder. Betreibt mit seinem Schulfreund aus Kindertagen und jetzigen Geschäftspartner Jan Rodehutskors, ebenfalls zweiundvierzig, die Versicherungsagentur 2R-VersicherungsGmbH. Mit großem Erfolg, wie es scheint. Keiner von denen kann vor Geld aus den Augen gucken.«

»Hilft ihm jetzt auch nichts. Mitnehmen wird niemand was ...«

»Wie wahr!«

Sonja und ich schauten uns ob dieser tiefschürfend philosophischen Erkenntnis kurz an. Dann fuhr ich fort: »In der Agentur ist außerdem Melba Düsterhaus, vierunddreißig, für allgemeine Sekretariatsaufgaben beschäftigt. Nach meinem Erkenntnisstand hatten Volker Rachow und Melba Düsterhaus ein Verhältnis, wovon aber weder Frau Neuburg-Rachow noch Herr Rodehutskors etwas wussten.«

»Glaubst du.«

»Im Moment ja.«

»Frauen haben Antennen, von denen Männer nicht einmal ansatzweise ahnen, dass sie existieren oder was alles damit empfangen werden kann.«

»Gut möglich, wenn man sich seine Reaktion vor Augen führt.« Wir hatten zwar seit Volker Rachows Besuchsausraster das meiste wieder aufgeräumt, die zerstörte Tür fehlte allerdings noch. »Zudem wäre zu klären, welche Vermögenswerte an wen gehen.«

Ich liebte diese überaus konstruktiven Gespräche. Da wir uns gut kannten und bereits eine ganze Weile zusammenarbeiteten, erfolgten diese sonst im Telegramm-Stil. Häufig genug ergaben sich hieraus neue Wege, Ansatzpunkte, Ideen. Manchmal hielten wir beim Nachdenken vor Spannung die Luft so lange an, bis sich die Fensterscheiben nach innen bogen. Die nächste Eingebung brachte dann meist den Durchbruch. Heute leider nicht.

»Außerdem«, ergänzte Sonja, »betreiben die eine Versicherungsagentur. Meinst du, die haben nur zufriedene Kunden?«

Ich schüttelte den Kopf. »Sicherlich nicht.«

»Wäre demnach ebenfalls noch zu klären.« Sonja atmete zweimal langsam aus und wieder ein. »Weitere Motive?«

»Bestimmt. Lass uns erst einmal auf den klassischen Spuren bleiben ...«

»Folge dem Geld et cherche la femme!«

***

Also taten wir genau das, was ein Meisterdetektiv und seine Assistentin in einem solchen Fall immer zu tun pflegen: recherchieren, Informanten kontaktieren, ein erneuter Dreihundertsechzig-Grad-Check im Umfeld des toten Mandanten. Nach über fünf Stunden konzentrierter Arbeit befand ich mich gerade auf dem Weg zu einem Treffen mit Anna Bohliker, meiner wichtigsten Informantin seit nunmehr zwanzig Jahren, als mein Telefon klingelte. Die Nummer war mir unbekannt.

»Hieronymus C. Doyle. Private Ermittlungen. Einen wunderschönen guten Tag. Was kann ich für Sie tun?«

»Clara Fall.« Trocken. Kühl. Knarzig. »Sie können sich aus den Ermittlungen raushalten.«

»Ich ermittle nicht, Frau Kommissarin. Ich suche.«

»Wonach?«

»Entlastendem Material.«

»Das ist meine Aufgabe.«

»Hm. Ich dachte, Sie suchen *be*lastendes Material.«

»Sie sollen nicht denken. Sie sollen die Füße still halten«, blaffte die Kommissarin.

»Ich ...«

»Kommen Sie mir in meiner Stadt nicht in die Quere, Mr. Doyle. Nicht, dass das übel für sie ausgeht.«

Meine Stadt? Die Frau hatte ohne Frage einen John-Wayne-Komplex. Zudem war wohl kaum möglich, dass sie wusste ...

»Außerdem weiß ich immer, wer wann was wo tut«, fuhr Kriminalhauptkommissarin Clara Fall energisch fort.

Ich nickte. Am Telefon. Schüttelte über mich selbst den Kopf. Holte Luft für eine eloquente Replik, in der ich ihr zunächst meinen Standpunkt klarmachen und anschließend darlegen wollte, dass sie mich ja nicht einfach so verhaften oder sonst wie drangsalieren könnte. Aber sie war wieder schneller.

»Notfalls nehme ich Sie vorläufig fest. Ich gehe davon aus, dass Sie wissen, wovon ich rede, also kommen Sie mir jetzt nicht mit juristischem Kleinscheiß.«

Ja, ich wusste durchaus, wovon sie redete.

***

Zehn Minuten später traf ich dann endlich meine Informantin, die ich immer traf, wenn es einen triftigen Grund zum Treffen gab. Und den gab es, denn die unübersichtliche Situation verlangte nach der Expertise von Anna Bohliker. Sie war ein Kerl von einer Frau, was manche Problemlage durch ihr bloßes Auftauchen entschärfte. Das war heute leider nicht der Fall.

Gemeinsam mit Sonja Born hatte ich bereits Einsicht in den Gesellschaftsvertrag der 2R-VersicherungsGmbH des gemeuchelten Volker Rachow und des nach aktuellem Stand noch höchst lebendigen Jan Rodehutskors genommen. Das war der einfache Teil gewesen, weil die für GmbHs zuständige Handelsregisterabteilung B für jedermann öffentlich zugänglich ist. Man muss nur wissen, was man sucht. Und wir suchten nach einem Motiv, das sich beispielsweise aus der Antwort auf die Frage ergeben könnte, was mit den Vermögenswerten und Gesellschaftsanteilen bei Ableben eines der beiden Gesellschafter geschehen würde.

Jedoch war es selbst der überaus pfiffigen Sonja Born nicht gelungen, an Informationen über ein Testament oder sonstige Regelungen im Todesfall zwischen den Eheleuten Rachow zu kommen. Hier kam Anna Bohliker ins Spiel. Sie verfügte ihrerseits über ein üppiges Informationsbeschaffungsnetzwerk, das mich in dieser verzwickten Situation – immerhin war ich Verdächtiger in einem Mordfall und durfte selbst nicht beim Ermitteln erwischt werden – unterstützen und, wenn möglich, daraus befreien sollte.

***

»Fall!«

»Hieronymus Doyle hier. Guten Tag, Frau Fall. Ich ...«

»Weiß ich. Sie gehen da unter keinen Umständen alleine hin.«

Es war unfassbar. Das hatte ich auch gar nicht vorgehabt. »Darum rufe ich an, Frau Kommissarin.«

Ich musste dringend einen Spezialisten daransetzen, die Überwachungssysteme von Kriminalhauptkommissarin Clara Fall aus meinem Leben zu entfernen. Morgen. Spätestens morgen.

»Natürlich. Überlassen Sie das lieber den Profis von der Polizei«, sagte sie energisch. »Wir machen das schon.«

»Nun gut ...«, sagte ich gedehnt.

»Ja«, sagte Clara Fall lauernd. »Bis dann.« Und legte nicht auf.

»Haben Sie den Fall gelöst, Frau Fall?« Mist, das hatte ich in dieser Kombination niemals sagen wollen und nun war es mir doch herausgerutscht.

»Ich ... Wir ...« Es war das erste Mal, seit ich sie kannte, dass keine aggressiv selbstbewusste Antwort kam. War ich ihr endlich den ersehnten Schritt voraus?

»Wir sehen uns dort«, sagte ich und drückte genüsslich auf den roten Hörer.

***

Es war kurz vor neunzehn Uhr, als ich im Büro der 2R-VersicherungsGmbH ankam. Von Kriminalhauptkommissarin Clara Fall war weder eine blonde Strähne zu sehen noch ein leichter Cigarillo-Rauch zu riechen.

Sie waren tatsächlich alle drei da: die Ehefrau Sandrine Neuburg-Rachow, der Geschäftspartner – und wie ich inzwischen wusste, *ehemalige* beste Freund des Toten – Jan Rodehutskors sowie die gemeinsame Sekretärin Melba Düsterhaus, mit der Volker Rachow ein Verhältnis gehabt hatte.

»Finden Sie das nicht ein bisschen makaber?«, wollte Frau Neuburg-Rachow wissen. Der distinguierten Witwe sah man an Stil und Haltung sofort an, dass in ihrer Familie Geld schon seit mehreren Generationen vorhanden war. Zudem war sie deutlich weniger verheult als Melba Düsterhaus.

»Wie Ihnen inzwischen bekannt sein dürfte, liebe Frau Neuburg-Rachow, hatte Ihr Mann mich damit beauftragt, Sie zu überwachen. Aber wenn einem Mandanten etwas so Dramatisches zustößt wie Ihrem Gatten, ist es Ehrensache für einen Meisterdetektiv, dass er den Mörder oder die Mörderin ...«, ich ließ den Blick einmal über die Anwesenden schweifen, »... zur Strecke bringt.«

»Und wozu müssen wir uns dann hier und heute Abend treffen? Ich hätte nicht zusagen sollen«, regte sich Jan Rodehutskors auf. Seine zurückgegelten Haare glänzten mit den schwarzen Lackschuhen um die Wette.

»Weil es«, sagte ich leise und kontrolliert, »hier und heute Abend zu einer Verhaftung kommen wird.«

»Ha!«, sagte Jan Rodehutskors und erhob sich aus seinem Designerstuhl. »Das ist lächerlich. Sie sind ja nur ein Privatschnüffler und dürfen niemanden verhaften. Und überhaupt: Glauben Sie ernsthaft, es war einer von uns?«

»Ja, glauben wir. Und für die Verhaftung bin ich zuständig. Sie kennen mich ja bereits.« Clara Fall hatte die Büroräume betreten und hinderte Rodehutskors daran, die Agentur zu verlassen. Jane Wayne stand breitbeinig und mit der Hand am Holster in der Tür. Widerwillig setzte sich der Versicherungsmakler wieder hin.

Soso, kam es hart auf hart, sprangen Profis einander also bei. Obwohl ... wenn ich es mir recht überlegte, könnte es genauso gut sein, dass sie ja mich ebenfalls mit auf's Revier nehmen wollte. Ihre Aussage ließ einigen Interpretationsspielraum zu. Wie auch immer. Ich sah die Kommissarin an, sie nickte nur und verharrte mit verschränkten Armen in der Tür.

»So, Frau Düsterhaus«, wandte ich mich zuerst an die Sekretärin, über deren traurigem Mäusegesicht ein riesiger Haarturban thronte. Ein erleichtertes Ausatmen war von den beiden anderen zu hören. »Ihr Motiv ist eindeutig, nicht wahr?« Ich blieb vor ihr stehen und sah sie ernst an.

»Ich ... was? Nein! Wie kommen Sie darauf? Ich habe ihn geliebt.« Melba Düsterhaus zog ihre spitze Nase hoch und das gewaltige Haargebirge auf ihrem Kopf kam gefährlich in Bewegung.

»Ja, genau. Sie waren verliebt. Und erst hat er Ihnen auch versprochen, sich von seiner Frau zu trennen. Als dann die Zeit großer Verliebtheit vorbei war, hat sich Herr Rachow allerdings daran erinnert, was für diesen Fall im Ehevertrag vereinbart worden war. Schließlich hatte Frau Neuburg-Rachow vor fünfzehn Jahren das Startkapital für die Versicherungsagentur bereitgestellt. Also, haben Sie Herrn Rachow zu einem romantischen Stelldichein in den Haxtergrund bestellt und ihn dort kaltblütig erschossen. Wenn Sie ihn schon nicht haben können, dann auch keine andere Frau.«

Frau Düsterhaus war knapp davor, zu hyperventilieren, schüttelte heftig den Kopf – die Frisur hielt eigentümlicherweise – und ruderte mit den kurzen Armen. »Aber ... nein ... so war das nicht. Ich hab auch ein Alibi. Frau Kommissarin, Sie haben das doch überprüft ...«, sagte sie flehentlich in Richtung Clara Fall. Diese reagierte mit einer unentschlossenen Kopfbewegung. Ich ließ Frau Neuburg-Rachow und Herrn Rodehutskors den flüchtigen Moment des Triumphes.

»Nun, Sie haben Recht, Frau Düsterhaus«, machte ich weiter. »Das sind schwache Indizien und Ihr Alibi ist glaubwürdig. Wir halten uns eher an Beweise. Und nun raten Sie mal«, ich ging auf Sandrine Neuburg-Rachow zu, die mit elegant übergeschlagenen Beinen auf einem Besucherstuhl im Bauhausstil saß, »was Frau Kommissarin hinter dem Brennholzstapel an Ihrer Garagenwand gefunden hat?«

»Keine Ahnung«, sagte Frau Neuburg-Rachow kühl.

»Die Mordwaffe«, sagte Clara Fall.

»Blödsinn.« Sandrine Neuburg-Rachow.

»Nein, es ist eindeutig.« Clara Fall.

»Und warum sollte ich das getan haben?« Sandrine Neuburg-Rachow.

»Das liegt jawohl auf der Hand.« Clara Fall.

»In der Tat«, ergänzte ich. »Sie sind Ihren untreuen Ehemann los, erben neben seinen privaten Vermögenswerten laut Gesellschaftsvertrag auch seinen Anteil an der GmbH. Eine uralte Motivkombination. Außerdem haben Sie für den Abend kein Alibi und die Polizei hat die Waffe bei Ihnen sichergestellt.«

»Das ist absoluter Quatsch. Man kann sich scheiden lassen, und ein Großteil der Agentur gehört mir ohnehin, wie Sie soeben startkapitaltechnisch bereits ausführten. Ich möchte dann meine Anwältin anrufen.« Sandrine Neuburg-Rachow begann umgehend damit, an ihrer schwarzen Handtasche, der zwei goldene verschlungen-stilisierte G als Schließe dienten, herumzunesteln.

»Das ist alles schändlich, hintertrieben und sehr unschön«, meldete sich Herr Rodehutskors in einem Ton zu Wort, der leicht als ironisch zu identifizieren war. »Können wir diesen lauschigen Gesprächskreis dann für beendet erklären? Manche von uns haben noch Wichtiges zu tun.« Er erhob sich, drückte den Rücken durch und stelzte auf die Tür zu.

Clara Fall rührte sich nicht von der Stelle. »Setzen Sie sich.«

»Ich denke ja gar nicht daran. So bedauerlich die ganze Angelegenheit auch ist – Sie haben Ihre Täterin und werden mich gewiss nicht länger aufhalten. Ich werde meinen toten Freund und Geschäftspartner nun ehren und noch einen lukrativen Kundenbesuch machen.«

»Setzen Sie sich wieder«, sagte Clara Fall in einem Ton, der keinen Widerspruch erlauben sollte.

»Ich denke ja nicht daran, lassen Sie mich gefälligst vorbei.«

Daran dachte nun Clara Fall nicht. Sie bewegte sich blitzschnell und eh sich Rodehutskors versah, war er mit Handschellen auf dem Rücken zurück auf seinem Stuhl.

»Was also«, fuhr ich in aller Seelenruhe fort, »ist die wahre Geschichte, um die es hier geht?«

»Sie nerven!«, brummte Rodehutskors und die beiden verdächtigten Damen nickten leicht.

»Sicher. Wir haben die Tatwaffe bei Frau Neuburg-Rachow gefunden, aber ein Teilabdruck auf dem nur nachlässig abgewischten Metall gehört zu Ihnen, Herr Rodehutskors.«

»Woher ...? Oh, Scheiße!« Rodehutskors wurde blass.

»Ja. Jugendsünden sind zwar vergangen, manchmal scheinbar vergessen, können einen trotzdem später einholen.« Mehr sagte Clara Fall nicht, ergo war es wohl wieder an mir.

»Der Plan war gut, Herr Rodehutskors. Und fast hätte er auch funktioniert. Schließlich war die Motivlage von Frau Neuburg-Rachow schlüssig. Aber wir haben tiefer gegraben und siehe da: Ein weiteres Mal um die Ecke gedacht, Beweise sorgfältig geprüft und die Unterlagen intensiv studiert – da bleiben nur Sie. Denn im Todesfall Ihres Geschäftspartners fällt die Hälfte der Agentur an seine Frau. Wenn diese jedoch ebenfalls sterben oder aufgrund einer Straftat ins Gefängnis kommen sollte, fiele alles an Sie, damit die Agentur handlungsfähig bleibt. Unter guten Freunden aus Jugendtagen macht man das so und schreibt diesen Sachverhalt dann im Gesellschaftsvertrag fest. Schade nur, dass Sie schon lange keine guten Freunde mehr waren.«

***

Auch das noch.

Ich könnte jetzt natürlich eine weitere Runde durch den Supermarkt drehen, aber das wäre ja völlig albern. Also schob ich meinen Einkaufswagen an die einzige geöffnete Kasse, an deren letzter Warteposition sich eine bekannte Rückfront aufhielt.

Sie hörte, dass sich hinter ihr etwas bewegte und drehte sich instinktiv um. »Oh, Mr. Doyle.«

»Guten Abend, Frau Fall.«

Sie ließ einen despektierlichen Blick über meine Einkäufe wandern und verharrte kurz auf dem Elfer-Kasten Halbliterflaschen. »Elf verschiedene Biersorten?«, fragte sie mit hochgezogenen Augenbrauen.

»Wissen Sie, mein Arzt hat mir abwechslungsreiche Ernährung verschrieben ...«

»Sollte das lustig sein? Erzählen Sie zur Abwechslung doch mal etwas richtig Komisches.«

Na gut: »Sitzen zwei Leberwürste auf dem Baum. Schubst die eine die andere runter. Welche war die Täterin, Frau Kommissarin?«

»Ganz schwach, Mr. Doyle. Ganz schwach!«, sagte Clara Fall mit todernstem Gesicht. »Sie müssen ja zum Lachen in den Keller gehen.«

»Ja, vielleicht. Aber wenigstens bringe ich auf dem Rückweg Bier mit hoch.«

PS: Liebe Leserin, lieber Leser. Sie haben es sicher längst erraten: es war die Grobe!

Christian Jaschinski
wurde 1965 in Lemgo geboren, überlebte die harten 1970er in Breitcordhosen und Nickipullovern, verschrieb sich als Pianist und Keyboarder dem 80er-Jahre-Rock und ist nach kleineren Umwegen seit über 20 Jahren wieder in Lippe zu Hause. Als Läufer und Radfahrer ist er ein großer Fan der abwechslungsreichen lippischen Landschaft. Er schreibt Krimis und Comedy-Literatur, die er gemeinsam mit Singer-Songwriter Jonas Pütz in »Text-Konzerten« auf die Bühnen der Nation bringt.
Mehr Informationen zum Autor unter:
www.christianjaschinski.de

Andrea Gehlen

Blaues Wunder

Noch nie war die Jahreshauptversammlung der Versicherungskaufleute langweiliger gewesen, als in diesem Jahr. Martin Kofalla, Inhaber der Versicherungsagentur Kofalla & Wuttke saß in der letzten Reihe. Am Tisch vor ihm hockten Jan und Sepp. Die zwei Kollegen führten schon eine ganze Weile Nebengespräche. Wer konnte es den beiden verübeln? Die Wahl des Pressesprechers war erledigt, über sämtliche Anträge abgestimmt. Doch die Grundsatzrede des Präsidenten – die Versicherungsbranche im Wandel der Zeit – nahm kein Ende. Kaum hatte der Vorsitzende die Rede begonnen, unterbrach er sie nach jedem halben Satz, um eine übertrieben lange Kunstpause einzulegen. Körpersprache und Mimik? Fehlanzeige!

Martin hätte seine Lebensversicherung für einen Spaziergang an der frischen Luft gegeben. Aber die Versammlung vorzeitig zu verlassen, das traute er sich dann doch nicht. Und so hielt er sich mit dem Beobachten von Details wach. Er bemerkte, dass sich in den bereits fortgeschrittenen Glatzen der Kollegen Jan und Sepp, die über das Flachlegen von irgendeiner Monika tuschelten, die kreisrunden Leuchten des Konferenzraumes spiegelten. Seine Augen wanderten zum Teppich, dessen Muster vielfach miteinander verschlungene Ringe zeigte. In der Mitte von einem, entdeckte er einen Brandfleck.

Der Hotelteppich musste demnach schon älter sein. Wahrscheinlich aus Zeiten, in denen man in geschlossenen Räumen noch rauchen durfte. Damals hatten sich Brandschutzversicherungen leichter verkauft als heutzutage, dachte er wehmütig. Martin nahm einen Schluck Wasser. Endlich schloss der Präsident seine Rede mit dem letzten Punkt der Agenda. Die Überraschungsgästin – wo der Redner diesen seltsamen Begriff wohl aufgeschnappt hatte? – wurde angekündigt: Birgit Mutzke hier aus Berlin, Leiterin des Fitnessstudios *Fitforyou.* Sie würde mit einem Mitmachvortrag zum Thema *Bewegung im Büro* auftreten. Na, das war doch tatsächlich einmal etwas Neues. Martin setzte sich auf, um besser sehen zu können.

Ein Raunen ging durch den Saal, als die Referentin eintrat. Das lag zum einen an dem deutlichen Männerüberschuss, zum anderen an ihrer Erscheinung. Ihre durchtrainierte Figur steckte in eng anliegenden Leggings mit Schlangenhautdruck und einem knappen Top. Sie stellte sich als *die Birgit* vor. Sepp und Jan schlossen eine Wette ab, wer von beiden sie rumkriegen würde.

Wie mit einem Lichtschalter angeknipst, verwandelte sich die kollektive Langeweile in testosterongeschwängerte Munterkeit. Birgit brachte jeden wieder auf Trab. Ja, das konnte man so sagen! Und das lag nicht nur an dem Armgeschwinge und Rumpfgebeuge. »Hopp, Hopp«, sagte Birgit, und alle turnten, als ginge es um ihr Leben.

In der Mittagspause folgten Jan und Sepp ihrem Plan und baggerten Birgit an. Sie sagte etwas zu ihnen, was Martin leider nicht hörte. Aber die Kollegen wirkten gekränkt. Offensichtlich hatte sie ihnen eine gehörige Abfuhr erteilt. Was tat Birgit denn jetzt? Martin überfiel ein Gefühl leichter Panik, als sie die beiden einfach stehen ließ und direkt auf ihn zusteuerte. Er konnte es kaum fassen, als sie ausgerechnet ihn fragte, ob er mit ihr an die frische Luft gehen wolle.

Im sonnigen Innenhof des Hotels setzten sie sich auf eine Bank dicht am Zierteich. Eine mit weißen Blüten übersäte Pergola spendete angenehmen Schatten.

»Herrliches Wetter, nicht wahr?«, fragte Birgit.

»Mhm, stimmt.« Es folgte eine beklemmende Gesprächspause. Schnell etwas sagen. Aber was?

»Machen Sie sowas öfter?« Er ärgerte sich noch im selben Moment über seine ungeschickte Frage.

»Wieso, was denn?«

»Bewegte Vorträge für sportferne Büromenschen?«

Sie lachte. »Ganz so schlimm war es ja nicht. Wir sollten uns übrigens duzen, dann fühle ich mich nicht so alt ...«

Nur zu gerne! Die Sonne malte Lichtreflexe in ihr blondes Haar und sie hatte ein warmes Lächeln. Er entspannte sich, folgte ihrem Beispiel und holten seinen mitgebrachten Mittagssnack heraus. Erstaunt stellte er fest, dass sich etwas Marmelade aus ihrem mit Käse belegtem Brötchen quetschte, als sie hineinbiss.

»Sie, äh Entschuldigung, du isst dein Käsebrötchen auch mit Konfitüre?«, fragte er.

»Sonst schmeckt es doch nicht. Diese Angewohnheit habe ich von meinem verstorbenen Mann übernommen.«

»Oh, das tut mir leid.«

»Das muss dir nicht leidtun«, sagte sie. »Inzwischen bin ich leider schon zum dritten Mal verwitwet. Eines habe ich mir geschworen: Ich werde nie wieder heiraten! Ich bringe den Männern offensichtlich nichts als Unglück.«

»Dafür kannst du doch nichts! Mir geht's sogar ähnlich. Immer wenn ich mich ernsthaft in eine Frau verliebe, ist sie kurz darauf verschwunden.«

»Du veräppelst mich!«

»Nein, das würde ich nicht wagen.«

Sie unterhielten sich noch eine ganze Weile. Unfassbar, dass sie in Berlin in derselben Straße wohnten. Wie konnte es sein, dass sie sich dort nie begegnet waren?

»Wohnst du vor oder nach dem Yogastudio?«

»Zwei Häuser weiter. Hast du eigentlich mal Bieryoga gemacht?«, fragte sie.

»Ne, was ist denn das?«

»Na, das ist Sport mit Bier.«

Er schaute sie verständnislos an.

»Na, Sport mit Spaß. Man macht Asanas und trinkt dabei Bier. Das ist neu und total hip. Im *Käthes*, du weißt, diese Kellerkneipe, findet das jeden Dienstag statt. Hast du Lust mit dort hinzugehen? Du magst doch Gerstenkaltschale, oder?«

Ein kühles Blondes mochte er schon, aber Yoga hatte er bislang noch nicht ausprobiert. Er hielt Yogalehrerinnen für durchgeschepperte Esoterikerinnen, spätestens seit eine davon in seinem Mietshaus gewohnt hatte. Das Schlimmste an dieser Person war gewesen, dass sie keine Haftpflichtversicherung besessen hatte. Kaum auszudenken, wenn ein Mieter über die von ihr auf den Treppenaufgängen ausgelegten Heilsteine gestolpert wäre oder allergisch auf den allgegenwärtigen Räucherstäbchenduft reagiert hätte ... Aber egal, mit Birgit traute er sich etwas und vielleicht waren nicht alle Yogalehrerinnen gleich.

Der Pausengong ertönte. Sie traten durch die Glastür in den Speisesaal. Sepp und Jan umgarnten gerade eine Kollegin aus Niederbayern. Mit einem gepfefferten »Saubuam!«, gab sie den beiden einen unmissverständlichen Korb.

***

Frau Kofalla betrat ihren winzigen, mit Möbeln verstellten Balkon. Zuerst zog sie die neuen Gartenhandschuhe aus dem Aldi an. Dann schnappte sie sich die grüne Gießkanne und goss dem Wellensittich, dessen Käfig auf dem Tisch stand, Wasser in sein Badehäuschen nach. Sie mochte das Geräusch von Wassergluckern im Sommer. Sie beugte sich über die metallene Brüstung und zupfte verwelkte Blätter von den hoch gewachsenen Blumen im Pflanzkasten. Zwischendurch hielt sie inne und blickte nach unten. Die Nachmittagshitze ließ den Asphalt der Konnopkestraße als weiche, flirrende Masse erscheinen. Wie oft hatte sie an Tagen wie diesen gedacht, dass bestimmt nur wenige Grad fehlten, bis er sich gänzlich verflüssigen würde. Es war selbst am späten Nachmittag noch so heiß, dass sie am liebsten ihre fadenscheinige Kittelschürze ausgezogen hätte, unter der sie nur BH und Schlüpfer trug. Aber was sollten dann die Leute denken? Sie schaute die Straße hinunter.

Da kam wieder der Typ mit den verfilzten Haaren und ließ seinen Hund mitten auf den Gehsteig kacken. Frau Kofalla schüttelte den Kopf. Schön war das nicht. Doch darum kümmerte sich bestimmt jemand von den selbsternannten Hundehäufchenbeauftragten in Berlin. Außerdem musste sie ihre merkwürdige Nachbarin von gegenüber im Auge behalten.

Deren Wohnung lag ein Stockwerk tiefer. Von ihrem Balkon aus hatte Frau Kofalla einen exzellenten Einblick in das Schlafzimmer. Es glich einem Fitnessstudio. Vor dem Bett stand ein Heimfahrrad. Gleich daneben war eine Sprossenwand angeschraubt, von der Gewichte an Zugbändern herabhingen.

»Guck mal, Jummi«, sagte Frau Kofalla zu ihrem regungslosen Wellensittich. »Jetzt steht sie wieder vor dem Spiegel. Weiß du, was die neulich vor dem Späti zu mir gesagt hat? Ich sei eine penetrante Spannerin! Dabei bin ich gar nicht neugierig. Ich habe mir nur das Interesse an meinen Mitmenschen erhalten. Und das mit 82 Jahren! Die da drüben ist so eine Sportfetischistin, das gibt es nur ein Mal. Wenn sie keine Klimmzüge macht, dann sitzt sie auf dem Heimfahrrad und strampelt, als ginge es um ihr Leben. Alles nur wegen der Figur. Als ob das so wichtig wäre!«

Sie betrachtete ihre Spiegelung in der Balkontür. »Gewiss lässt nichts an mir mehr Männerherzen höherschlagen, doch ich bin ’ne ehrliche Haut mit Herz und Verstand. Wir beide wissen, was die getan hat, Jummi! Früher hätte man so was wie die verbrannt. Die Welt hat sich verändert. Vielleicht ist sie nicht einmal mehr rund und es hat bloß noch keiner gemerkt.« Sie strich sich eine Haarsträhne aus dem Gesicht.

»Das ist ja kaum mit zum Ansehen! Herrje! Wie lange will sie denn an der Jogginghose herumzuppeln? Die sieht aus, als wollte sie wieder auf Beutefang gehen. Was macht sie jetzt? Die Rollläden runter! Ich glaube es ja nicht. Am helllichten Tag! Von Strom sparen hat die wohl noch nichts gehört. Gut, dass mein Martin ein schlauer Junge ist, der würde sich nie mit so einer einlassen. Er ist immer noch so ein niedlicher Schatz – und das mit einundvierzig Jahren! Martin? Wo bist du denn?« Sie schaute in seinem Zimmer nach. »Ausgeflogen. Na, die Jugend kommt und geht wie es ihr beliebt.«

Frau Kofalla fiel bei der zweiten Blumengießrunde vor Schreck die Gießkanne aus der Hand. Was hatte ihr Martin ausgerechnet mit der da zu reden? Jetzt winkte ihr diese freche Nachbarin sogar zu. Reine Provokation war das! Aber nicht mit Else Kofalla! So nicht!

Mit einem Schlag schien die ganze Sommerhitze zu gefrieren und das Herz fühlte sich an, als wolle es zur Kittelschürze hinaus. »Martin, Martin!«, rief sie. Doch ihr war klar, dass kaum mehr als ein heiseres Krächzen ihre Kehle verließ. Jetzt verschwanden die beiden auch noch zusammen in dieser schmierigen Kellerkneipe.

»Ganz ruhig, Else. Immer schön atmen. Einen Herzinfarkt ist die nicht wert«, sagt sie zu sich selbst. Auf dem Sofa im Wohnzimmer drückte sie zwei Beruhigungstabletten aus dem Blister und schluckte sie trocken hinunter. Ein paar Minuten später drehten sich die Gedankenkreisel langsamer, schleppender, bis sie schließlich den Schlaf kommen spürte.

***

Birgit sah sich im Nebenzimmer der Kneipe um. Die vergilbte Zimmerdecke zeugte von unzähligen Zigaretten, die hier im Laufe der Jahre in Rauch aufgegangen sein mussten. Die Wände waren in allen Farben des Regenbogens angestrichen, als habe die Inhaberin der Schankstube sämtliche Farbreste aufgebraucht. Ikea-Windlichter, ein von innen strahlendes Bambi und andere Behelfslämpchen erleuchteten den großen Raum.

Vor den abgeplatzten Kacheln an der Frontseite richtete sich eine, für Birgits Geschmack, etwas zu hübsche Frau ihren Platz ein. Nach und nach trudelten die Kursteilnehmer ein und rollten die Yogamatten aus. Birgit stellte fest, dass Martin und sie den Altersdurchschnitt deutlich anhoben. Sie sah ihren schüchternen Begleiter an. Ein wenig umständlich und mit hochrotem Kopf legte er ein Handtuch über seine Matte. Als er sie anlächelte, wirkte es ehrlich, und darin lag echte Schönheit, fand Birgit.

Die Kursleiterin begrüßte die überwiegend studentische Gemeinde mit einem langgezogenen »Proooooooost«. Alle taten es ihr nach. Dabei fiel Birgit auf, dass Martin und sie noch kein Bier hatten. Sie besorgte schnell zwei Flaschen mit dem unaussprechlichen Namen BRLO, eines von den angesagten Bieren, Craft Beer, oder wie hießen die noch? Sie beide folgten den Anweisungen der Trainerin, am Bier zu riechen, das Ohr an den Flaschenhals zu legen und das feuchte Prickeln auf der Haut zu spüren. Birgit betrachte Martin heimlich und fand wieder einmal, dass er eigentlich ganz passabel aussah. Vielleicht reichte es schon, wenn man die Haare etwas moderner schnitt und den karierten Baumwollpullunder gegen ein schönes Hemd eintauschte.

Zum Aufwärmen übten sie den Sonnengruß. Obwohl Birgit sich auf die Bewegungsabläufe mit eingebauten Bierpausen konzentrierte, schweiften ihre Gedanken in die Vergangenheit. Die Klettertour mit Andi auf den Kegelkopf in Oberstdorf. Wie ohrenbetäubend sein Schrei zwischen Kegelkopf und Fürschießer wiedergehallt hatte. Er war überhaupt ein sehr lauter Mann gewesen. Sein ständiges Gebrülle hätte sie auf Dauer krank gemacht. Der musste weg. Zum Glück verschwand er unauffindbar in der Versenkung – einer Bergspalte. Was hatte sie gestaunt, wie leicht sich das Sicherheitsseil abkoppeln ließ!

Birgit trank einen großen Schluck Bier und schaute Martin an. Er wirkte sichtlich gelöst, was ihn noch attraktiver machte.

Bei der nächsten Übung war die erste Flasche schon zur Neige gegangen und einige der überwiegend weiblichen Teilnehmerinnen gackerten bereits. »Der Baum stärkt den Gleichgewichtssinn und festigt den Körper. Diese Übung hilft dir auf seelischer Ebene, Entschlossenheit und Zielorientiertheit zu entwickeln«, dozierte die Trainerin, die übrigens Juli hieß. Ungefähr zwanzig Bierflaschen schwankten auf den Köpfen. Man durfte die Pulle auch festhalten, was Birgit gerne tat, da sie nicht so ruhig stehen konnte. Sie dachte nämlich an Peter, dessen Skibindung sie gelöst hatte. Kurz nachdem sich ihre menschliche Bindung erheblich gelockert hatte. Denn ihr zweiter Ehemann konnte die Finger nicht von der weiblichen Skischülerschaft lassen. In dieser Sache war er außerordentlich zielorientiert gewesen und deshalb hatte sie ihn entschlossen um die Ecke gebracht. Martin schien von innen zu leuchten.

»Prost, Bier-git«, sagte er. Witzig war er auch noch! Genau der Richtige. Mindestens für eine Nacht.

Birgit legte sich auf den Bauch für den Vogel – Shalabhasana. Beine hoch, Arme hoch und atmen. Olaf war der Nächste gewesen. Ein toller Typ, der mit ihr alt werden wollte. Ganz ohne ihr Zutun war er mit dem Motordrachen abgestürzt. Drei Monate war sie vor lauter Trauer im Haus geblieben. Das Unglück geschah außerplanmäßig vor der Hochzeit. So hatte sie nicht einmal Zugriff auf sein Bankkonto gehabt. Dabei war er reicher gewesen, als die beiden anderen zusammen. Noch heute ärgerte sie die Erinnerung an dieses schlechte Timing.

Wieder auf dem Boden kniend, spürt sie Martins Arm auf ihren Schultern. Sie genoss seine Körperwärme. Ein starker Arm, der sie hielt – das war einfach ein schönes Gefühl. Nun galt es die Bierflasche mit dem Mund aufzunehmen, den Kopf in den Nacken zu legen und zu trinken. Gar nicht so leicht! Diese Übung hatte scheinbar keinen Namen. Einige verschluckten sich und es gab großes Gelächter. Es folgte Matsyasana – der Fisch, um den Rücken zu strecken und die Seele zu öffnen.

»Komm, wir machen den Matjes«, gluckste Martin und Birgit lachte mit. Trotzdem erschien Bernd vor ihrem inneren Auge, ihr dritter Ehemann, dessen Tauchgang erheblich tiefer als beabsichtigt ausgefallen war. Sie hatte den Bleigürtel großzügig aufgefüllt. Er tauchte im reinsten Wortsinn nie wieder auf. Glücklicherweise war sie mit Bernds Vermögen aus hochwertigem Immobilienhandel endgültig abgesichert und hatte sich das Fitnessstudio am Prenzelberg kaufen können. Es lief gut und deshalb war mit dem Morden jetzt Schluss. Ewig wäre sie sowieso nicht ungestraft davongekommen. Beim letzten Mal hatte ihr die Versicherung den Zufall schon nur noch mit Mühe und Not abgekauft. Die Sachbearbeiterin hatte sie auf Herz und Nieren geprüft und beinahe die Polizei eingeschaltet.

***

Wenn es nach Birgit gegangen wäre, hätte sie Martin nach dem Absacker an der Bar gleich mit nach Hause genommen. Er war einfach niedlich, ein bisschen schüchtern, aber nicht zu sehr. Kurzzeitig geschockt hatte sie, dass er bei seiner Mama wohnte. Eigentlich vertrat sie die Auffassung, dass Männer, die mit Anfang vierzig noch bei Mutti wohnten, erbärmliche Versager waren. Martin hatte jedoch erzählt, dass seine Mutter pflegebedürftig war und er sie unterstützte. Das ließe sich gegebenenfalls, genau wie Frisur und Pullunder, ändern. Wozu gab es schließlich Pflegepersonal und amtlich bestellte Betreuer?

Im Bett warf sie einen Blick auf ihr Smartphone. Sie freute sich, als sie eine WhatsApp-Nachricht von Martin entdeckte.»Liebe Bier-git, entschuldige, aber den Scherz musste ich noch einmal machen. Es war sehr lustig mit Dir heute Abend. Ich habe mich schon lange nicht mehr so wohl gefühlt und möchte mich herzlich für dieses transzendentale Experiment bedanken. Dein Matjes«

»Lieber Matjes, für mich war es auch eine bereichernde Erfahrung, Bier und Yoga zu kombinieren. Das hätte ich ohne Dich nie getan. Obwohl ich für Sport immer zu haben bin. Ich erzählte Dir ja, dass ich ein Fitnessstudio besitze. Ich mag dich. Bier-git :-)«

»Wir sollten uns bald wiedersehen. Übermorgen zum nächsten Kurs-Abend im Käthes? Wollen wir noch einmal hin? Das Gute am Yoga, mit oder ohne Bier, ist ja auch, dass es völlig ungefährlich ist. Wusstest Du eigentlich, dass in Deutschland jährlich ungefähr 900 Menschen beim Sport sterben?«

Wieso fragte Martin das jetzt? Birgit bekam einen Schweißausbruch und ihre Hände zitterten. Er ahnte doch wohl hoffentlich nichts?

»Hallo, bist du noch da?«

»Ja natürlich. Das ist ja schrecklich! So viele? Wenn das der Fall ist, dann halten wir uns lieber an das Bieryoga. Selbe Zeit, selber Ort?«

»Selbe Zeit, selber Ort!«

Birgit war aufgewühlt, an Schlaf nicht zu denken. Aus alter Gewohnheit und weil sie sich mit irgendetwas beschäftigen musste, googelte sie *Unfälle beim Yoga.* Erstaunlich was, wider Erwarten, doch dabei passieren konnte. Es gab sie tatsächlich: die Schlaganfälle nach Verdrehung der Halswirbelsäule, den Riss der Achillessehne bei Überdehnung oder den lagebedingten Erstickungstod. Sie schüttelte den Kopf, als ließen sich die unguten Gedanken damit verscheuchen.

***

Frau Kofalla setzte ihre Gleitsichtbrille auf und warf einen Blick auf die leuchtend roten Zahlen des Radioweckers. Verflixt und zugenäht, den ganzen Abend hatte sie auf dem Sofa gelegen und vor sich hingedämmert. Unglaublich, was Passionsblume so alles hinkriegte! Sie zog ihre Fellpantoffeln an und schlurfte, etwas steif vom Liegen, zum Fenster. War dieses Flittchen immer noch wach! Mehr konnte sie nicht erkennen, denn die da drüben hatte ihre Jalousien heruntergelassen. Die würde sie von nun an intensiv observieren! So sicher sie Else Kofalla hieß.

Jummi sollte ihr dabei Gesellschaft leisten. Sie stellte den Käfig auf die Fensterbank. Vier Augen sahen schließlich mehr als zwei!

Aus dem Zimmer ihres Sohnes drang Tastaturgeklapper. Gut fand sie es nicht, dass Martin bis tief in die Nacht Computerspiele zockte. Aber immerhin war er damit außerhalb der Reichweite von gewissen schwarzen Witwen.

Sie schlich ins Wohnzimmer und öffnete die Doppeltür zum Schnapsfach. Den Dimple hatte sie vor dreißig Jahren geschenkt bekommen und seitdem keinen Tropfen davon angerührt. Solches Zeug schmeckte einfach widerlich. Da mochte sie Eierlikör schon lieber. Bloß schade, dass der bereits halb leer war. Frau Kofalla nahm die beiden Flaschen heraus und tastete nach dem kleinen Hebel links oben am Spiegel, der als Rückwand diente. Er musste doch hier irgendwo sein! Sie knipste die Beleuchtung an. Ah, da! Der Mechanismus klickte und die Spiegelwand sprang auf. Sie gab den Blick frei auf einen Karton, dessen Hochglanzbeschichtung an vielen Stellen abgeblättert war. »Na da haben wir es ja«, sagte Frau Kofalla und fischte eine vom vielen Anfassen lappig gewordene Zeitungsseite aus der Pappschachtel. Diese Birgit hatte es damals sogar bis auf die erste Seite der Berliner Tageszeitung geschafft. Angeblich hatte sie ihren Mann unter tragischen Umständen in den Bergen verloren. Nie und nimmer! Schließlich hatte sie Einblick in das scheinbar traute Eheleben gehabt. Wie die sich gestritten hatten, schlimmer als zwei Kesselflicker! Natürlich wegen Birgits Fremdgeherei, wenn er außer Haus war.

Der nächste Bericht über die Nachbarin war nur im Lokalteil erschienen. Der zweite Mann sei durch einen Skiunfall ums Leben gekommen. Dass sie nicht lachte! Jedes Kind wusste, dass man Skibindungen ganz einfach lockern konnte. Der dritte Artikel handelte von einem Verlobten Birgits, der mit dem Motordrachen abgestürzt war. Aber der guten alten Else machte keiner ein X für ein U vor. Da hatte doch bestimmt die da drüben ihre Finger am Benzinhahn gehabt.

Else war sich im Klaren, dass sie auch nicht immer alles richtig machte – sie dachte an kleinere Erziehungsfehler, aber genau bei ihr gegenüber wohnte ein durch und durch schlechter Mensch! Davon war Frau Kofalla überzeugt. Die vierte Meldung las sie gar nicht mehr. Die kannte sie ohnehin fast auswendig. Sie stellte den Karton, der noch halb mit anderen Zeitungsausschnitten gefüllt war, zurück in das Geheimfach. Sie wollte jetzt aufhören, an diese Person zu denken, das regte sie so kurz vor dem Schlafengehen nur auf. Stattdessen gönnte sie sich ein Gläschen Eierlikör.

Ausgeglichenerer Stimmung nahm sie Jummi mit auf den Balkon und schnitt im Mondlicht die Blumen zurück. Gärtnern half ihr immer, sich zu entspannen. Sie legte die helmförmigen Blüten in Wasser und wartete eine Weile. Zu guter Letzt weichte sie einen ihrer unzähligen Seidenschals in dem Pflanzensaft ein. Ein altes Hausmittel, um die Farben aufzufrischen.

***

Zu dem Rendezvous am übernächsten Abend brachte Martin etwas mit. Er überreichte Birgit eine Schachtel. Darin lag ein Seidenschal mit Raubtiermuster. Sie nahm ihn entgegen, wie eine kostbare Blume. Ihre Wangen waren mit frühlingshafter Röte überzogen. Toll, dass sie sich so freute! Aber als er ihr sagte, der Schal sei von seiner Mutter, Else Kofalla, verschwand das Lächeln aus ihrem Gesicht.

»Was, die ist deine Mutter?«

»Äh …« Martin bekam keinen Kontakt zu seinem Sprachzentrum. Birgit schien Mutter zu kennen und ganz offensichtlich nicht zu mögen.

»Etwa die da oben?« Birgit deutete auf das fleischgewordene Gewitter im fadenscheinigen Kittel, das in der Höhe am Fenster stand. Martin nickte betroffen. Birgit war unübersehbar wütend.

»Und wieso stellt sie eigentlich den armen Wellensittich bei jedem Wetter auf den Balkon?«

»Du meinst Jummi?

»Wenn der Jummi heißt, dann meine ich den.«

»Na, weil er aus Gummi ist. Er sieht total echt aus, in der Zwischenzeit ist er vielleicht ein wenig ausgeblichen, dafür ist er pflegeleicht. Die Lebendigen haben die pralle Fenstersonne nicht überlebt.«

»Weil er aus Gummi ist«, echote Birgit und schüttelte fassungslos den Kopf.

»Jetzt willst du bestimmt nicht mehr mit mir zum Yoga, oder?«, fragte Martin.

Sie sah ihn lange an und nach einer Weile lächelte sie. »Doch, will ich. Du kannst ja nichts für deine Mutter. Und ich brauche dringend ein Bier!«

Sie legte den Schal um, warf Frau Kofalla eine Kusshand zu. Nun übertrieb sie es aber, dachte Martin. Trotzdem war er glücklich, dass die Sache noch einmal glimpflich ausgegangen war.

***

Frau Kofalla stellte ihren Klappstuhl dicht an das Balkongeländer. Durch den Spalt in der Brüstung hatte sie einen fabelhaften Ausblick auf das *Käthes.* Gleich würde Birgit ihr ganz persönliches blaues Wunder erleben! Dann begänne für sie, Else, ein Schauspiel, spannender als jeder Fernsehkrimi! Sie sah auf ihre Armbanduhr. Noch genug Zeit, um sich schnell ein Bierchen aus dem Kühlschrank zu holen. Als sie zurückkam, bedauerte sie das kahle Aussehen des Pflanzkastens. Der gesamte schöne blaue Eisenhut war draufgegangen, um den Schal zu vergiften. Ein Jammer um die zarten Blüten. Aber das Kontaktgift sollte zuverlässig wirken. Alles hatte eben seinen Preis!

Sie nahm einen Schluck vom kühlen Hellen. Tat das gut bei der Wärme! Hörte sie schon das Martinshorn? Die waren ja flott heute Abend! Hätten sich ruhig noch ein bisschen Zeit lassen können. Vorfreude ist bekanntlich die größte Freude. Ein herrliches Spektakel: Blaulicht, stattliche Rettungskräfte, die kurz darauf eine Trage aus dem Kellerlokal trugen. Der Notarztwagen kam an – war der nicht eigentlich immer der Erste vor Ort? Es würde nichts ändern. Der Doktor beugte sich über die Person. Er schüttelte bedauernd den Kopf und zog das Laken über den Kopf der Liegenden. Frau Kofalla kniff die Augen zusammen, um besser sehen zu können. Unter dem Tuch spitzte Stoff mit Raubtiermuster hervor. Alles nach Plan!

Aber was tat denn Martin da? Er schmiss sich auf das Weib! Junge, das machte sie auch nicht wieder lebendig! Genauso wenig wie die vorhergehenden Bekanntschaften ihres Sohnes. Birgits Todesanzeige würde sie bei Erscheinen in der Zeitung zu den anderen legen. In der Kiste hinter dem Spiegel war noch einiges an Platz. Jetzt schaute Martin zu ihr hoch. Er schüttelte die Faust. Der wurde ja immer frecher! Na ja, nun kehrte erst einmal wieder Ruhe ein. Frau Kofalla stand auf, um sich ein weiteres Bierchen zu gönnen. Sie seufzte und tupfte sich eine Träne unter dem Auge fort. Was tat man nicht alles für seine Kinder! Martin konnte wirklich von Glück sagen, dass sie so gut auf ihn aufpasste.

Andrea Gehlen
schreibt bei Sonnenschein Kinderbücher und Kurzkrimis bei Regen. Wetterunabhängig arbeitet sie als Dozentin für kreatives Schreiben.
Mehr Informationen zur Autorin unter: www.andrea-gehlen.de

Raiko Relling

Wenn der Biermann zweimal klingelt

Piepenpohl

Wie konnte Nina mir das antun? Wir passen zusammen wie Pils und Korn. Und dann so was.

Mann. Wenn unser kniepiger Hausbesitzer nicht bald diese marode Schließanlage erneuert, kann der was erleben.

Geschafft. Erst diese scheiß-kleinen Schlüssellöcher und jetzt noch zu Fuß in die dritte Etage. Der hätte längst mal einen Fahrstuhl einbauen lassen können. Doch da denkt so einer wie der ja nicht im Traum dran.

Oh, nun aber Obacht, mein lieber Piepenpohl. Konzentrier dich! Nimm bloß die richtige Stufe, sonst machst du dich hier lang.

Seit wann haben wir hier zwei Geländer? Dafür hat der alte Sack Geld. Meine nächste Wohnung ist im Erdgeschoss, das ist mal klar. Leider wohnen in diesem Haus ja schon lauter Deppen auf den unteren Etagen.

Unten: der schweigsame Silikonsky und Knötterpott Cordtohenkenjohann.

Erste Etage: Klugscheißer Klaus Kockenschnieder und ...

»Oh, 'n Abend Frau Geerks.« Diese verpeilte Tussi ist auch noch unterwegs. Egal und weiter.

Eine höher: Sex-Bombe Simone Posch und die Treppenputzer Lütkebeerenkempers.

Endlich. Zu Hause. Neben uns – äh mir - wohnt nur noch dieser dubiose Müller.

So, so, hat der feine Herr Eigenbrötler heute wieder seine Lieferung direkt vor die Wohnungstür bekommen. Der wird schon nichts dagegen haben, wenn ich mich ausnahmsweise mal mit zwei Flaschen bediene. So selten, wie der zu Hause ist. Ich weiß gar nicht, warum der Bierkutscher immer zweimal klingelt, ehe er die Kiste hochschleppt und abstellt.

Diese Bierlieferungen sind nicht das einzig Geheimnisvolle an Müller. Nina hat gemeint: »Stille Wasser.« Oh, Nina, meine Nina.

Verlassen hat sie mich. Einfach so. Ich wäre weinerlich, weltfremd und lebensuntüchtig. Genauso hat sie es mir an den Kopf geworfen. Ausgerechnet mir – Ralf Piepenpohl. Wer hat denn dieses Liebesnest gesucht und gefunden? Wer hat sich immer um alles gekümmert – Versicherungen gegen Wasserschäden und für den Hausrat? Und wer hat die teure Heimkino-Anlage bezahlt? Außerdem habe ich ihr doch den Job in meiner Stammkneipe »Zampano« besorgt. Da verdient sie leichtes Geld.

Aufgeopfert habe ich mich für sie. Fünf Monate lang. Und nun? Wie aus dem Nichts wirft sie alles weg. Ach was, alles – mich. Dass ich erst kurz vorher meinen Job verloren habe, hat sie völlig kalt gelassen.

Zwölf Jahre bei der Bolkadia, den Arsch habe ich mir für die aufgerissen. Die ganze Buchhaltung hat nach meiner Pfeife getanzt. Dass dann die Finanzkrise kam, da konnte ich doch nichts dafür. Die Bolkadia hat mich einfach ausgespuckt, genau wie Nina. Ohne gut bezahlten Job war ich plötzlich ein niemand für sie.

Jetzt brauche ich erst mal einen Schluck. Ein Daumen links, ein Daumen rechts, Bügelverschluss langsam nach hinten drücken. Nina hat mich immer ausgelacht: »Coole Jungs öffnen solche Flaschen mit einem Daumen.« Doch coole Jungs haben nicht meine Lebenserfahrung. Genauso habe ich mir schon mal eine Sehne gerissen. Ich weiß, wieder andere greifen von oben den Verschluss und kippen ihn mit einem Ruck nach hinten. Aber auch das kann gefährlich sein. Ich habe mir mal das Handgelenk so dabei verdreht, dass ich drei Wochen einen Verband tragen musste. Nein, nein – meine Doppeldaumen-Methode ist und bleibt effizient, sicher und zielführend. Was soll's, dass Nina mich dafür auslacht. Doch damit ist jetzt sowieso Schluss.

»Plopp-Plopp-Plopp – wir kennen heut kein Stopp.« Immer wenn ich eine Flasche Bier öffne und das vertraute Plopp-Geräusch ertönt, muss ich es einfach brüllen. Ein liebgewonnenes Ritual aus meiner Zeit im Wohnheim der katholischen Studentenverbindung. Auch diese nette Angewohnheit hat Nina gehasst. Diese Ignorantin. Gelingt die Befreiung des streng quarantänierten Gerstensaftes, egal ob die Isolation durch Kronkorken- oder Porzellan-Gummi-Sicherung erfolgt, so ist das allemal einen außergewöhnlichen Jubel wert. Bier ist eben Bier, und damit eines der wertvollsten Elemente im Dasein eines richtigen Mannes. Sie hat das nie verstanden. Wenn ich es so recht bedenke, hat sie mich gar nicht verstanden. Und ich? Ich habe ihr das Wertvollste zu Füßen gelegt, was ich zu bieten habe – mein Leben.

Darauf noch ein Bier. »Plopp-Plopp-Plopp – wir kennen heut kein Stopp.« ... Äh. Moment mal. Was ist denn mit der Flasche ...

Müller

Observierungen sind wirklich kräftezehrend. Wenn ich morgens um fünf lautlos durch mein Treppenhaus nach oben schleiche, freue ich mich nur noch auf mein Bett.

Ah, meine neue Lieferung. Die nehme ich gleich mit rein.

Aber – irgendwas stimmt nicht mit dem Gewicht. Die Kiste ist zu leicht. Zwei Flaschen sind leer. Es dürfte doch nur eine sein.

Eindeutig. Jemand hat beide Flaschen geöffnet und die volle ausgeleert. Die ausgefransten Risskanten an den Siegeletiketten sind deutlich zu erkennen. Allerdings hat dieser Jemand versucht, den Schaden notdürftig mit einem Klebestift zu kaschieren. Aber okay, der aufgerollte Nachrichtenzettel ist noch drin. Die Botschaft besagt:

»Torsten Rabenkötter, N 52° 21' 40.649'' / O 9° 48' 21.954'', 12.6., 16.00.«

Ich checke die Geo-Daten in meinem Smartphone: Golfplatz Bielefeld.

Für den Moment bin ich zu müde, um weiter über die beschädigten Flaschen nachzudenken. Darum kümmere ich mich gleich morgen. Bis dahin kann ja nichts passieren.

Ich habe gelernt, mit drei bis vier Stunden Schlaf auszukommen. Und in meinem Job ist Wachsamkeit das oberste Gebot. Immer und überall muss ich mit Enttarnung rechnen, immer und überall mit einem Feind. Was steckt also hinter den beschädigten Banderolen? Die eine Flasche war voll Bier und ist nun leer, die zweite enthielt den Code. Irgendjemand hat beide Flaschen geöffnet – und dabei vermutlich auch die Nachricht gesehen. Ein Geocode ist nicht so schwer zu erkennen. Ich muss auf der Hut sein.

Aus meinem Schreibtisch krame ich eine kreisrunde Kunststoffkapsel. Mit 2 cm Durchmesser und 1,5 cm Höhe passt sie exakt in das Bodengeflecht der Bierkiste. Niemand dreht einen gefüllten Bierkasten um. Der Boden ist also quasi unsichtbar. Die Mitteilung »Parkhotel, 14.6., 17.00« schiebe ich in die Kapsel und drücke sie in die Aussparung. So, jetzt auffüllen mit leeren Flaschen aus meinem Vorrat und raus damit auf den Treppenabsatz.

Wie immer verharre ich einen Moment hinter meiner Tür. Was ich dann zu hören bekomme, ist eindeutig. Ich glaub's ja nicht. Das ist Piepenpohl. Der Depp von nebenan. Der schleicht auf den Flur und zwar sehr bemüht lautlos, unüberhörbar.

Dieser Wichtigtuer wohnte schon hier, als ich einzog. Ein echter Vollpfosten. Hätte man mich damals raten lassen, was Piepenpohl beruflich macht, so hätte ich auf Anhieb die richtige Antwort gegeben: Controller. Neugierig, selbstverliebt, zwanghaft, selbstüberschätzend und – immer sind die anderen schuld. Aber das Nervigste an Piepenpohl ist seine Angewohnheit, nach dem Öffnen jeder Bierflasche lauthals »Plopp-Plopp-Plopp – wir kennen heut kein Stopp« zu grölen.

Manche Menschen bleiben im Geiste Teenager – bis zu ihrem Tod. Und draußen inspiziert der Zurückgebliebene doch tatsächlich alle Flaschen einzeln. Mein lieber Ralfi.

Piepenpohl

Horch, Horch – er stellt die leere Kiste raus. Ich habe dich durchschaut, Mr. Müller. Mich täuschst du nicht. Als wenn Du in einer halben Nacht so viel Bier getrunken hättest. Mal sehen, was sich jetzt in deinen Flaschen versteckt.

Nichts! In keiner was drin! Merkwürdig.

Ab sofort werde ich Müller nicht mehr aus den Augen lassen. Das ist doch alles sehr dubios. Eigentlich ist er in höchstem Maße verdächtig. Niemand weiß, was der tut – arbeitsmäßig. Für einen Frührentner wirkt der viel zu fit. Für einen Journalisten ist er zu unkommunikativ. Für einen Nerd hält der sich zu oft draußen auf. Nina vermutete ja: »Müller ist bestimmt Biertester.« In ihrer ganzen Naivität glaubte sie, dass die Brauerei ihn als Experten für die Qualitätskontrolle angeheuert hat. So ein Quatsch. Frauenlogik! Viel zu kostspielig. Lässt sich doch einfach berechnen, dass eine Bierkalkulation das gar nicht hergeben kann. Was ist er also dann? Detektiv? Könnte sein. Terrorist?

Die nächtlichen Streifzüge, die Geheimnistuerei, die schwere Tasche, die er stets mit sich führt. Darin transportiert er bestimmt sein Präzisionsgewehr. Und nun noch die codierten Botschaften in einer Bierkiste.

Mein Gott! So passt das alles zusammen.

Auf dem Zettel steht demnach sein nächstes Ziel. Wohne ich wirklich Tür an Tür mit einem Killer?

Auf den Schreck erst mal ein Pils. »Plopp-Plopp-Plopp – wir kennen heut kein Stopp«. Und dann frühstücken.

Aber jetzt noch mal ganz ruhig. Was bedeutet das für dich, Piepenpohl? Spiele alle Szenarien durch. Das ist deine Spezialität. Dein Bolkadia-Vorstand Schanzer hat beim Abschied zu dir gesagt: »Piepenpohl, Ihre Szenarien werden mir echt fehlen.«

Um ihn zu überführen, brauche ich Beweise. Also Observierung, Tag und Nacht. Wo habe ich meine graue Regenkombi? Rucksack, Fernglas, Handy, Kamera. Müsliriegel und eine kleine Wasserflasche – man weiß ja nie, wie lange so was dauert.

Müller, ich lasse dich nicht mehr aus den Augen. Auf zum Golfplatz Bielefeld – Deine Geokoordinaten zu entschlüsseln war eine Kleinigkeit.

Wenn die Nachbarn wüssten, in welcher Mission ich gerade unterwegs bin. Aber die alte Lütkebeerenkemper schrubbt mal wieder den Hausflur, und stellt mir den Putzeimer direkt in den Weg. So ist die Treppe schon mal eingeweicht. Was soll's. Und die entrückte Caroline Geerks findet wie immer ihren Wohnungsschlüssel nicht. Kramt in den Taschen ihres Hippiekleides und in ihrem Riesenbeutel, den sie mit sich rumschleppt. »Tach« und weiter.

Meinen Wagen stelle ich in einem Waldweg einen halben Kilometer vor dem Tor zum Golfplatz ab. Tarnung ist alles. Oh, Mann, der Rhododendronbusch gibt mir die perfekte Deckung und einen freien Blick auf den Parkplatz und den Eingangsbereich.

Hab ich doch Recht gehabt. 15.20 Uhr. Müller steigt aus einem dunkelblauen Ford Mondeo, Düsseldorfer Kennzeichen. Bestimmt gestohlen.

Er dreht sich um und scannt die Umgebung. Mich entdeckt der hier nie und nimmer. Energisch wirft er sich seine Tasche über die Schulter und marschiert Richtung Clubgebäude.

Ich muss hinterher. Aber diese Scheiß-Rhododendron-Äste. Au. Mann, das schlitzt einem ja die ganze Haut auf. Ausgerechnet an Wundsalbe und Pflaster habe ich nicht gedacht. Au. Ich darf ihn nicht aus den Augen lassen. Au. Dieser dämliche Busch. Mist, jetzt habe ich mir auch noch ein Loch in meine gute Regenjacke gerissen.

Da hinten steht Müller. Er spricht mit einem Typen. Sehr zwielichtige Gestalt. Bestimmt sein Komplize. Zum Glück ist dieser Golfplatz wie ein Landschaftspark angelegt. Deckung satt. Diese Buchsbaumhecke bietet den perfekten Sichtschutz und ist nicht so aggressiv wie Rhododendron.

Müller zeigt auf irgendwas hinter mir. Sein Kumpel zückt ein Handy.

»Was Du hier machen?«, motzt mich plötzlich ein bärtiger Kleiderschrank mit slawischem Akzent und Camouflage-Montur an. »Zutritt nur Club-Mitglieder.«

Der Typ packt mich gleich so heftig an der Schulter, dass ich spüre wie der Bluterguss wächst. »Eh, spinnst du?«

Müller

Was für ein Trottel. Versucht der doch tatsächlich, mich auszuspähen.

Erst habe ich mich geärgert, aber dann dachte ich, das ist mal eine kleine Abwechslung.

Die Bewegung des Rhododendrons bei absoluter Windstille war auffälliger als der erhobene Regenschirm einer Stadtführerin in Gütersloh. Seine Schmerzens-Gickser, als er aus dem Busch krabbelte, klangen richtig niedlich. Und mit seinem Hechtsprung hinter den Buchsbaum hat er einen ganzen Sperlingsschwarm aufgescheucht. Dass der Green-Keeper ihn erwischen würde, war ja klar. Geschieht ihm recht. Und ich weiß jetzt, dass er den Code geknackt hat.

Aber nun muss ich zurück in die Stadt. Bei meinem Job ist es überlebenswichtig, dass mein Unterschlupf absolut sicher ist. Ich werde mir was überlegen und diesen Blindgänger im Auge behalten. Auch ein Zufallstreffer kann mich auffliegen lassen.

Ostwestfälisches Himmelgrau beim Kontrollblick aus dem Fenster. 18.30 Uhr, die Geerks kommt nach Hause. Mit wehendem Haar und wallenden Gewändern. 19 Uhr, die Klingel geht zweimal, die neue Bierkiste wird geliefert. Ich lass sie erst mal stehen. 19.30 Uhr, Kockenschnieder aus der ersten Etage marschiert los Richtung Kneipe. 20 Uhr, Piepenpohl taucht auf. Diesmal nur etwas alkoholisiert. Seine leichten Schlenker bei jedem Schritt sind unübersehbar.

Jetzt klingelt der auch noch bei mir. Sein Pfannkuchen-Gesicht füllt die Linse meines Türspions. Ich rühre mich nicht. Nun legt er sogar ein Ohr an das Türblatt. Ich halte den Atem an. Endlich dreht er sich um und durchsucht die Kiste.

Piepenpohl

Vier Pils im »Zampano«, von der lieben Nina keine Spur. Normalerweise arbeitet sie doch dreimal die Woche. 17 bis 23 Uhr, am Wochenende bis Feierabend. Oder war das auch eine Lüge? So wie ihre kitschigen Liebesbekundungen? Ach Scheiße.

Was haben wir denn da? Gut verschlossene Bierflaschen ordentlich in Reih und Glied. Regennass. Ich weiß genau, wonach ich suchen muss – nach der leeren. Vorher ein Sicherheitsblick ins Treppenhaus. Nichts? Ob Müller zu Hause ist? Wäre blöd, wenn der mich erwischt, wie ich seinen Bierkasten untersuche. Ich klingle mal. Keine Reaktion. Und zu hören ist auch nichts. Super. Wahrscheinlich killt der gerade wieder jemanden.

Jetzt nur die richtige Flasche finden – ein Griff und ich habe sie.

Tief durchatmen, Piepenpohl. Du bist in Sicherheit in deiner Wohnung. Wo ist mein Tapetenmesser? Damit schneide ich das Etikett ganz elegant durch. Küche, Werkzeugkoffer, Arbeitszimmer, Kleiderschrank. Nina, du alte Schlampe. Sogar das hast du mitgehen lassen.

Immer, wenn es schnell gehen muss, läuft alles aus dem Ruder. Ein Küchenmesser reicht doch. Beim letzten Mal hat der dusselige Müller auch nichts gemerkt. Bügel nach vorne. »Plopp-Plopp-Plo – Scheiße«, diese blöde Angewohnheit. Egal, weiter jetzt. Und hier ist der nächste Beweis – Ta-ta-ta-taa.

»Dr. Matthias Kaltefrod, N 51° 30' 59.153''/O 7° 27' 20.221'', 15.6., 12.30.«

Also in drei Tagen. Schnell ein Handyfoto machen, den Zettel zurücklegen, Etikett verkleben, die Flasche wieder in den Kasten.

So, jetzt habe ich mir ein volles Bier verdient. Müller wird sicher keinen Verdacht schöpfen. Heute auf dem Golfplatz hat er mich ja auch nicht bemerkt. Wäre bloß nicht dieser Nahkampf-Serbe gewesen.

»Plopp-Plopp-Plopp – wir kennen heut kein Stopp«. Nach so einem Tag schmeckt das Bier besonders gut und nun die Geo-Koordinaten googeln.

»Tödlicher Anschlag auf Bielefelder Golfplatz« – was?

Ich habe auf meinem Laptop immer den aktuellsten Nachrichten-Ticker als Bildschirmschoner installiert. Ich muss ja schließlich auf dem Laufenden bleiben. Den fand Nina auch blöd.

»Otavra-Vorstand Rabenkötter mit Kopfschuss hingerichtet.« Der Text rast so schnell, dass ich mit den Augen kaum hinterherkomme. Rabenkötter wurde bei einer Golfrunde aus dem Hinterhalt erschossen.

Das ist der Beweis. Müller, du bist der Killer.

In der Bierkiste verbergen sich tatsächlich seine Aufträge. Diese Geheimniskrämerei dient dem Zweck, sein blutiges Treiben zu kaschieren.

Und dann dämmert es mir. Sein Pech ist meine ganz große Chance. Wenn das alles klappt, sehe ich genau der glanzvollen Zukunft entgegen, die ich verdient habe.

Auf Wolke sieben hält eine Flasche Bier nur für einen Zug. Dafür regt sie meine Kreativität an. Bevor ich Müller auffliegen lasse, könnte er noch ...

Das ist abgefahren. Aber es macht Sinn. Doch vorher muss ich ganz sicher gehen. Alte Controller-Weisheit: Keine Freigabe ohne doppelten Gegencheck.

Drei Klicks später weiß ich, wo er als Nächstes zuschlagen wird. Tarnung geht anders, mein lieber Müller. Am City Center in Dortmund. Das steht direkt neben der ehemaligen Union Brauerei. Mein Kumpel Sven hat mich ein paar Mal zu BVB-Heimspielen mitgenommen. Daher weiß ich das so genau. Da ist also das neue Ziel. Aber erst in drei Tagen. Ich werde mir vorab schon mal ein Bild vom Tatort machen. Sicherheitshalber. Morgen checke ich in Dortmund die Lage und bin für den 15. bestens gerüstet.

Müller

Als mein Wecker um 6.15 Uhr klingelt, bin ich sofort hellwach. Zwei Tage verschnaufen haben mir gutgetan. Eine eiskalte Dusche und meine Sinne arbeiten auf Hochtouren. Im Berufsverkehr nutze ich wenn möglich die Bahn. Sie ist immer noch das sicherste Transportmittel für jemanden wie mich. Dauerdefekte Überwachungsanlagen an deutschen Bahnhöfen, anonymer Ticketkauf am Automaten, Verspätungen, Zugausfälle und Fahrplanänderungen – unauffälliger kann man nicht reisen.

Dagegen bietet die A2 durchgehend Staugefahr. Und die Dortmunder Innenstadt nimmt täglich Tausende Autos als Geiseln und hält sie auf unbestimmte Zeit im stehenden Verkehr fest – ein einziges Chaos. Unberechenbar.

Piepenpohl, dieser Möchtegern-Schnüffler, hatte sich ja schon wieder die Nachrichtenflasche gekrallt. Nun muss ich nicht nur Kaltefrod, sondern auch ihn im Auge behalten. Was soll's. Mein Plan steht, armer Piepenpohl.

Mit einem lauten Wumms lasse ich meine Wohnungstür zufallen. Ich weiß, dass er hinter seiner hockt und einer Verfolgungsjagd entgegenfiebert. Die soll er haben. Er kennt mein Ziel, das kann ich nicht mehr verhindern. Aber Spaß muss sein.

Auf dem Weg nach unten laufe ich der Geerks über den Weg. Die nimmt mich gar nicht wahr. Sehr gut.

Den Fahrplan in Bielefeld habe ich im Kopf. Auf dem Bahnsteig stelle ich mich nach vorne in den Bereich A. Hier halten die Wagen der 1. Klasse und es warten nur wenige Reisende.

Und da hinten kommt auch schon mein Nachbar. Der ganz große Auftritt. Columbo machte in seinem Trenchcoat immer eine gute Figur. Aber Piepenpohl? Spießiger geht's nicht. Und dann noch diese riesige Pilotenbrille. Karneval ist doch längst vorbei.

»Vorsicht bei der Einfahrt des Zuges.« Mit dieser Warnung beginnt das Spiel.

Piepenpohl

Da steht er. Niemand erkennt, was für ein Unmensch sich hier am helllichten Tag rumtreibt. Doch selbst durch meine Sonnenbrille erkenne ich diese unendliche Brutalität und Verschlagenheit in seinen Augen.

Ok, er steigt in den vordersten Wagen. Hinterher. Schnell, aber unauffällig. Der Bahnsteig ist länger als ich dachte. Warum marschiert der jetzt durch den ganzen Waggon? Wahrscheinlich sucht er seine Platz-Reservierung. Hätte er sich vorher vernünftig informiert, hätte er gleich die richtige Tür nehmen können. Müller ist auch nicht gerade der Hellste. Im Zug entwischst du mir sowieso nicht. Erst beim obligatorischen Türen-Fiepen steige ich ein. Sicher ist sicher. Und sofort einen freien Platz am Fenster mit Blick in den Wagen. Los geht's.

Äh, wieso steht Müller jetzt da unten auf dem Bahnsteig?

»Guten Tag, die Zugestiegenen, bitte die Fahrkarten. Wie, Sie wollen nach Dortmund? Dieser Regionalexpress fährt nach Wuppertal, über Hamm. Der ICE nach Dortmund hält erst in fünf Minuten in Bielefeld.«

Drei Stunden später sitze ich wieder in meiner Küche. Müller hat mich gelinkt. Als ich hinten in den Wagen eingestiegen bin, muss er vorne rausgesprungen sein.

Heute gab es keine neue Lieferung für Müller. Wäre auch für Müller ein straffes Programm gewesen – drei Morde die Woche. Zum Glück habe ich selbst noch Bier im Kühlschrank. Das »Plopp-Plopp-Plopp – wir kennen heut kein Stopp« verschafft mir eine gewisse Erleichterung.

Und mein Laptop verschafft mir die letzte Gewissheit: »Schüsse im City-Center in Dortmund« titeln meine Breaking News. Der Vorsitzende der deutsch-russischen Außenhandelsgesellschaft, Dr. Matthias Kaltefrod, ermordet von einem

Scharfschützen. Ein gezielter Schuss ins Herz. Ich zittere so stark, dass der Mauszeiger über den Bildschirm hoppelt.

Müller, das ist der letzte Beweis. Jetzt weiß ich, was ich zu tun habe.

Nun wird mir dieser skrupellose Mörder zu meinem Seelenfrieden verhelfen. Er wird nicht wissen, dass ich hinter dem nächsten Auftrag stecke, aber das gibt meinem Triumph das gewisse Etwas. Erst killt er für mich, dann liefere ich ihn ans Messer.

Wenn ich Nina schon nicht haben kann, soll auch kein anderer sie haben. Außerdem hat sie mich tödlich verletzt – grausam und ohne jedes Mitgefühl. Nach allem, was ich für sie getan habe. Mit Einzelheiten fange ich gar nicht erst wieder an. Das wäre zu schmerzhaft. Die Liste meiner Nina-Wohltaten ist länger als der Äquator. Und mit Sicherheit war ich der beste Liebhaber, den sie je hatte. Obwohl diese dumme Kuh genau das bei der Trennung bestritten hat.

Meine GPS-Koordinaten für Müller ermittle ich wie im Schlaf: »N 51° 54‘ 55.787‘‘ / O 8° 22‘ 27.32‘‘« – das »Zampano«. Alles so wie die anderen Botschaften: Standardpapier mit Tintenstrahldrucker beschrieben, Namen, Datum, Uhrzeit, Geo-Code: Meine kleine Fälschung wird Müller niemals bemerken.

Sobald er diesen Job erledigt hat, kann ich das düsterste Kapitel meines Lebens endgültig schließen. Müllers anschließende Überführung verschafft mir sicher eine hübsche Belohnung – und die Anerkennung des ganzen Landes. Ich zu Gast in den Redaktionen von BILD, Neuer Westfälischen und WDR 2 – ich in den Talk-Shows von Bettina Böttinger und Barbara Schöneberger und ich bei der Präsentation meines Buches »Mein Leben neben einem Auftragskiller«. Wow. Ralf Piepenpohl, du bist wieder da. Die Bolkadia-Bosse entschuldigen sich bei dir und die Frauen liegen dir zu Füßen.

Aber jetzt volle Konzentration. Sobald die nächste Bierlieferung kommt, platziere ich meinen Auftrag.

Müller

Für die Treffen mit meinem Kontaktmann wählen wir Orte, die übersichtlich und unbeobachtet sind. Herren-Toiletten erfüllen genau diese Anforderungen. Dort gibt es keine Spanner-Kameras.

Der »Restroom« im Parkhotel ist der perfekte Platz für kurze Abstimmungen. Schnell besprechen wir, dass meine Bierkisten gehackt worden sind. Doch wir können das Projekt jetzt nicht mehr stoppen. Auch wenn wir wissen, dass wir einen blinden Passagier an Bord haben, müssen wir es durchziehen. Da ich aber den Trottel auf unseren Fersen kenne, wird es keine Probleme geben. Als Erstes setzen wir diesen Spanner auf unsere Liste. Und dazu ein paar besondere Vorsichtsmaßnahmen.

Die nächste Bierkiste steht pünktlich um 18 Uhr auf dem Treppenabsatz und ich habe es nicht eilig, sie hereinzuholen. Im Hausflur höre ich Schritte – auf Zehenspitzen und in Socken. Und nun das auffällig leise Geklimper mit den Flaschen. Hat der gerade eine von meinen durch eine eigene ausgetauscht?

Keine 60 Sekunden später schallt »Plopp-Plopp-Plopp – wir kennen heut kein Stopp« durch die dünnen Wände.

Okay, Nina Ferthun und die Koordinaten des »Zampano«. Dieser Kleingeist setzt mich echt auf seine Ex an. Na gut, wenn er es so will. Und das Ganze soll morgen Nacht über die

Bühne gehen, um 2.00 Uhr macht sie Feierabend. Die Show kann beginnen.

Piepenpohl

Es hat geklappt. Müller hat die Kiste reingeholt. Der ist doch zu doof zu merken, dass ich ihn jetzt als mein Werkzeug benutze. Vielleicht sollte ich ihn erpressen. Das bringt möglicherweise mehr, als ihn ans Messer zu liefern. Aber dann gäbe es keine Interviews, keine Talk-Shows, kein Buch und keine Verfilmung meines Lebens. Außerdem ist der Mann ein skrupelloser Mörder. Der würde mich bis ans Ende der Welt jagen. Plan 1 ist der bessere. Wie gut, dass ich in Szenarien denken kann.

In jedem Fall muss ich eine Stunde vorher an Ort und Stelle sein, um alles aus sicherem Abstand zu fotografieren. Für die Beweise hinterher.

Gegenüber vom »Zampano« liegt eine Brachfläche, auf der nur Unkraut, wilde Büsche und ein paar Birken wachsen. Das ganze Areal ist wie gemacht für meinen Plan, weil es von der Straße nicht einsehbar ist. Und der Wildwuchs bietet perfekte Deckung gegen mögliche Zufallszeugen aus den oberen Etagen. Der Nachteil ist die Hundescheiße, die fast lückenlos den Boden bedeckt. Aber darauf bin ich vorbereitet.

Um kurz vor eins beziehe ich meinen Posten hinter einem Gebüsch – von hier aus habe ich alles im Auge. Davor lege ich eine wasserfeste Folie aus.

Um halb zwei taucht Müller auf. Wie ein Gespenst schwebt er beinahe über das Pflaster. Seine lange Reisetasche über der Schulter – das Scharfschützengewehr. Er verschwindet in der Einfahrt eines Hauses. Vom Dach aus hat er sicher den perfekten Blick aufs »Zampano«.

Vermutlich wird er Nina mit einem einzigen Schuss erledigen – so wie Rabenkötter und Kaltefrod. Schade, sie wird nicht leiden. So wie sie mich gequält hat, hat sie mehr Schmerzen und Angst verdient. Aber ich kann auch nicht alles haben.

Wenn sie nach Feierabend die Kneipe verlässt, ist es so weit.

Müller

Köstlich. Ich liege hier seit 22 Uhr und sehe zu, wie sich dieser Amateur auf die Wiese vor dem »Zampano« schleicht. Ich glaub's ja nicht. Jetzt legt er eine gelbe Plastikplane aus, wahrscheinlich als Schutz vor der Hundekacke. Wie bescheuert ist der eigentlich? Von diesem Dach aus kann ich alles überblicken. Mein Infrarot-Fernglas zeigt mir jede seiner Bewegungen. Er trägt eine Tasche bei sich. Bewaffnet wird dieses Weichei kaum sein.

Um halb zwei starte ich mein Ablenkungsmanöver. Er soll glauben, ich komme jetzt erst. Über einen kleinen Patt hinter der Häuserzeile stoße ich gut 300 Meter entfernt auf die Straße und gehe zügig zurück Richtung »Zampano«. Dann verharre ich kurz vor einem Hauseingang, so dass er mich dort sehen muss. Ich wiege ihn in Sicherheit.

Wie ich diese Anspannung liebe.

Zwei Uhr 13: Da kommt Nina. Sie bleibt einen Moment stehen und atmet tief durch. Jetzt.

Piepenpohl

Zwei Uhr 13: Da ist sie, die alte Schlampe. Wie lasziv sie noch einmal im Licht der Leuchtreklame ihren Minirock glatt zieht. Ekelhaft. Jetzt muss es losgehen. Warum rührt sich bei Müller nichts? Mist, was kitzelt ausgerechnet jetzt in meinem Nacken.

»Keine Bewegung. Flach auf den Boden legen«.

Autsch, meine Arme werden nach hinten gerissen und verschnürt. Irgendwer kniet auf mir und drückt meinen Kopf in die Plane. Der Schmerz ist unerträglich, dieser Grobian.

»Was ist hier los?«, versuche ich zu rufen. »Ich habe doch nichts verbrochen.«

Als ich auf den Rücken gedreht werde, sehe ich aus den Augenwinkeln, wie Müller bei Nina steht. Er hält sie im Arm. Dieses Schwein. Und über mir stehen sechs Vermummte in Kampfmontur und bedrohen mich.

Im Polizeibully sitzen die Schwerbewaffneten um mich herum. Alle schweigen. Was soll das?

Müller

Ich habe Nina nach Hause gebracht. Tolle Frau. Wenn ich mir eine Beziehung leisten könnte – aber im Moment muss ich noch im Verborgenen bleiben. Piepenpohl setzen wir erst mal fest – wegen mehrfachen Mordverdachtes. Ein paar Tage in Untersuchungshaft werden ihm guttun. Seine DNA war am Golfplatz und im City-Center. Er ist zwar nicht der Killer, doch ich freue mich trotzdem über diesen Spaß.

Beinahe hätte der gute Piepenpohl alles vermasselt. Wir stehen schließlich kurz vor der Aufklärung. Die Geerks aus dem 1. Stock mag noch so perfekt die Weltfremde spielen, aber sie ist unsere Zielperson, ich habe sie durchschaut. Wenn wir die überführt haben, lade ich Nina auf ein schönes Bier ein – und vielleicht wird ja mehr daraus.

Raiko Relling

geboren 1958 im Ruhrgebiet, lebt heute in Gütersloh. Er lässt sich vom Bösen genauso faszinieren wie von der verspiegelten Welt großer Wirtschaftsunternehmen, hinter deren Fassaden er gern schaut. Er behauptet von sich selbst, er habe keine Vorstrafen – aber wer weiß? Raiko Relling ist natürlich ein Pseudonym. Er hat an verschiedenen Anthologien mitgewirkt u.a. an »Beckenfort«, an »Ungelöst« und an Weihnachtsanthologien.

Mehr Informationen zum Autor unter: www.raiko-relling.de

Doris Oetting

Maifeier ohne Wiederkehr

»Kein Bier vor vier«, sagte Tobias Strauber.

»Aber dann, aber dann, so viel wie man kann«, vollendete sein bester Freund Lukas Meierhofer den Spruch, über den sie sich schon als Vierzehnjährige schlappgelacht hatten. Damals mussten sie sich das Bier heimlich aus den Kellern ihrer Väter stibitzen. Lukas und Tobias waren seit der gemeinsamen Grundschulzeit befreundet. Inzwischen waren beide einundzwanzig Jahre und immer noch die allerbesten Kumpels. An diesem eiskalten Winterabend Anfang Februar hatten sie sich wieder einmal in ihrer Stammkneipe getroffen. Der »Goldene Hahn« war nicht gerade ein Hotspot für junge Männer, die kaum wussten, wohin mit ihrer Energie und Unternehmungslust. Aber sie konnten dort wenigstens in Ruhe quatschen, flippern und ihr geliebtes Bockbier trinken. Der Name Maibock war zum Glück nicht wörtlich gemeint, der Saisonstart für das beliebte Starkbier hatte sich im Laufe der Zeit ziemlich nach vorne verlagert. Sehr zur Freude von Lukas und Tobias. Maibock. Alleine das Wort ließ einem doch das Wasser im Mund zusammenlaufen.

Irgendwann an diesem Februarabend betrat ein Mädchen, das Lukas und Tobias noch nie zuvor in ihrer Heimatstadt Klosterneuburg gesehen hatten, den »Goldenen Hahn«. Sie hatte ein hübsches Gesicht und lange blonde Haare, und sie trug eine Jeans, die so eng war, dass den beiden Freunden beinahe die Luft wegblieb. Spontan luden sie sie an ihren Tisch ein und erfuhren, dass sie Jennifer hieß, aber nur Jenni genannt wurde. Den ganzen Abend unterhielten sich die drei, und Jenni erzählte, dass sie neunzehn Jahre war und erst seit ein paar Tagen hier im Ort wohnte. Zusammen mit ihren Eltern und ihrer Oma war sie aus Deutschland, genauer gesagt aus Eckernförde, hierher nach Österreich gezogen. Jennis Vater unterrichtete als Professor für Politikwissenschaften an der Universität im knapp zwanzig Kilometer entfernten Wien. Sie hatte vor, dort ebenfalls zu studieren, nachdem sie ihre Schulzeit mit der Matura beendet hatte, wusste aber noch nicht, was. Jetzt wollte sie erst einmal faulenzen und in Ruhe über ihre berufliche Zukunft nachdenken.

»Ich bin dort auch eingeschrieben«, sagte Lukas, »ist eine tolle Uni. Nette Leute und echt kompetente Dozenten.«

»Nur leider kriegt man fürs Studieren kein Geld«, warf Tobias mit einem freundlichen Zunge-Rausstrecken zu Lukas ein.

»Später werde ich dafür mehr Geld haben als du!«, sagte Lukas gespielt beleidigt.

»Was machst denn du?«, fragte Jenni interessiert.

»Ich bin Schreiner. Gutes, altes Handwerk und immer eigenen Zaster in der Tasche.«

»Jetzt sei halt nicht so ein Aufpudler«, murmelte Lukas.

»Ein was?« Jenni verstand nur Bahnhof.

»Ein Aufpudler. Angeber würdest du wohl sagen. Aber Österreichisch bringen wir dir schon noch bei.«

Jenni erzählte im Laufe des Abends, dass ihr der Umzug schwergefallen sei. Am meisten vermisste sie die Ostsee, die sie in Eckernförde mit dem Fahrrad hatte erreichen können.

Lukas und Tobias versprachen ihr mit treuem Dackelblick, sich alle Mühe zu geben, damit Jenni sich schnell einlebte und wohlfühlte. Und sie hatten nie etwas ernster gemeint.

Als es spät geworden war, brachten sie das Mädchen gemeinsam nach Hause, wie es sich für echte Austria-Gentlemen gehörte. Auf dem Rückweg schwärmten sie von dem feschen Madl und übertrafen sich dabei gegenseitig. Aber sie gaben einander auch ihr Ehrenwort, dass nichts und niemand ihre langjährige Freundschaft zerstörte. Selbst nicht die Tatsache, dass sie sich in dieselbe Frau verliebt hatten.

Von da an verbrachten die drei viel Zeit zusammen. Sie verstanden sich gut und hatten jede Menge Spaß. Bei Wanderungen oder Ausflügen mit dem Auto zeigten Lukas und Tobias Jenni die Umgebung, zum Beispiel das Kloster, das für die Namensgebung ihres Wohnortes verantwortlich war. Auch nach Wien fuhren sie häufig, weil es dort nie langweilig wurde und es immer wieder Neues zu entdecken gab. Die Abende vertrieben sie sich meistens im »Goldenen Hahn«. Dass Jenni gerne Bier trank und sogar ganz schön was vertragen konnte, imponierte den jungen Männern. Ein Feierabend ohne Bier war ja schließlich gar kein richtiger Feierabend.

Etwa zwei Monate funktionierte die Dreier-Freundschaft ohne Probleme. Dann aber entwickelte sich eine Rivalität zwischen Lukas und Tobias, die täglich größer und spürbarer wurde. Sie wetteiferten um Jennis Zuneigung. Zuerst mit Geschenken und kleinen Überraschungen, später mit Verabredungen, die sie vor dem Freund geheim hielten. Jenni genoss es, derartig umworben zu werden, und machte bei allen Heimlichkeiten ohne die Spur eines schlechten Gewissens mit. Einmal fragte ihre Mutter, ob sie sich nicht schäbig fühlte, abwechselnd mit beiden Jungen auszugehen und dabei immer einen von ihnen zu hintergehen. Jenni hatte nur gelacht und gesagt: »Sie haben doch ihren Spaß, mit mir zu flirten und mich anzubraten, da will ich ihnen die Freude nicht nehmen.« Immer wenn Jenni österreichische Wörter verwendete, klang es ein bisschen hölzern und albern, aber das sagte ihre Mutter ihr natürlich nicht.

An einem Abend Mitte April trafen sich die Freunde endlich einmal wieder ohne Jenni. Sie saßen im Garten von Tobias' Elternhaus, zwischen sich ein Lagerfeuer und eine zur Hälfte geleerte Kiste Maibock, und waren sich darüber einig, dass es so nicht weitergehen durfte. Beide wollten Jenni für sich gewinnen, dafür aber auf keinen Fall ihre langjährige Freundschaft opfern. Das Beste wäre, wenn Jenni sich für einen von ihnen entscheiden würde, damit endlich Klarheit herrschte und das Gerangel aufhörte. Und dann hatte Tobias die Idee mit dem Maibaum.

»Du kennst doch den alten Brauch der Liebesmaien, bei dem man einen geschmückten Maibaum vor das Haus der Angebeteten stellt, um ihre Liebe zu entfachen.«

»Ja«, gab Lukas zu, »aber wie kommst du jetzt darauf?«

»Pass auf«, erklärte Tobias, der Feuer und Flamme war für seinen Plan, »wir veranstalten unsere eigene Liebesmaien-Challenge. Jeder von uns besorgt und schmückt einen Maibaum. In der Nacht zum ersten Mai stellen wir die Bäume vor Jennis Haus auf, um ihr zu zeigen, dass wir es ernst meinen. Und dann sagen wir ihr, dass sie sich entscheiden soll. Aber der Verlierer muss versprechen, dass er nicht grantelt, sondern seine Niederlage erträgt wie ein Mann.«

»Da verlangen wir echt viel von Jenni«, gab Lukas zu bedenken.

»Dass wir nicht wissen, woran wir bei ihr sind und immer weiterkämpfen und hoffen, ist doch auch zu viel verlangt, findest du nicht?«

Das stimmte, und deshalb nahm Lukas den Vorschlag und die Herausforderung an. In der Nacht vor dem Maifeiertag trafen sie sich vor Jennis Elternhaus. Jeder hatte eine gefällte Birke und allerhand Dekoration bei sich. Sie schmückten die Bäume mit einer Baumkrone und unzähligen Bändern aus buntem Krepp-Papier. Dabei ließen sie sich eine Flasche Maibock nach der anderen schmecken, denn man musste die Feste ja feiern, wie sie fielen. Zum Schluss erhielten die geschmückten Birken ein Maiherz. Tobias hatte eins aus Holz gesägt und »In Liebe, dein Tobias« hineingeritzt. Es sah absolut professionell aus. Lukas hatte sich schon anstrengen müssen, um den Baum überhaupt zu fällen. Er war handwerklich nicht nur unbegabt, nein, er war eine totale Niete. Hatte die sprichwörtlichen zwei linken Hände. Sein Jurastudium bereitete ihm nicht die geringsten Probleme, aber sobald er etwas Praktisches erledigen wollte, wurde er zum Oberdeppen. Er hatte das Maiherz daher auch nur aus Pappe ausgeschnitten. Mit einem fetten roten Edding schrieb er »Jenni und Lukas« darauf. Mutig geworden durch die Wirkung des Bockbiers gab er noch eine Romantik-Zugabe, indem er den i-Punkt bei Jenni als zusätzliches Herzchen malte. Nachdem beide Bäume aufgestellt waren und wunderbarerweise niemand durch den Lärm geweckt worden war, steckten sie einen Brief für Jenni in den Postkasten. Sie forderten sie darin auf, sich für einen von ihnen zu entscheiden, damit endlich alle wieder mit offenen Karten spielen konnten.

Am Vormittag des Maifeiertages erhielten Lukas und Tobias eine WhatsApp-Nachricht, in der Jenni sie bat, abends um halb acht zu ihr zu kommen. Überpünktlich und gespannt erschienen beide und staunten über all die Menschen, die sich in der Auffahrt des Hauses versammelt hatten. Jennis Eltern hatten ihre Nachbarn und ein paar Kollegen von der Uni zu einer privaten Maifeier eingeladen, an der auch Lukas und Tobias teilnehmen durften. Jenni sah super aus in ihrem geblümten Kleid, das sich eng an ihren Körper schmiegte. Während des ganzen Abends wurde geredet und gelacht und es gab jede Menge Maibock vom Fass. Jenni trank mal mit Lukas und mal mit Tobias, erwähnte aber den Brief und das Ultimatum der beiden jungen Männer mit keinem Wort.

Gegen 23 Uhr, es war inzwischen dunkel geworden, hatte Lukas sich genug Mut angetrunken, um Jenni zum Tanzen aufzufordern. Am Vortag hatte er stundenlang mit seiner Mutter den Wiener Walzer geübt, was ihn an die Grenzen seiner motorischen Fähigkeiten und seine Mutter beinahe in den Wahnsinn getrieben hatte. Aber was tat man nicht alles für die Dame des Herzens? Wie erwartet staunte Jenni mit großen Augen über seine Aufforderung zum Tanz. Und Tobias wunderte sich ebenso. Bisher hatte sein Freund jede Art von rhythmischer Bewegung strikt abgelehnt, was man durchaus als Zeichen der Nächstenliebe im Hinblick auf die Menschen um ihn herum werten durfte. Leider war Lukas' heutiger Versuch, sich dieser für ihn neuen gesellschaftlichen Herausforderung zu stellen, nicht von Erfolg gekrönt.

»Sorry, Lukas, ich kann gar nicht tanzen«, hörte er Jenni sagen. »Ich bin aber sicher, dass meine Oma sich über die Gelegenheit sehr freuen würde, mal wieder einen Walzer zu tanzen.« Mit diesen Worten schob sie Oma Hildegard auch schon in Lukas' Richtung.

Was jetzt? Abhauen ging nicht mehr, das wäre erstens zu auffällig und zweitens zu unhöflich gewesen. Und warum sollte er sich überhaupt davor drücken? Bestimmt punktete er bei Jenni, indem er dafür sorgte, dass ihre Oma sich heute Abend amüsierte. Wer weiß, vielleicht führte der Weg zur Herzensdame ja in diesem speziellen Fall über die Oma. Er würde allen zeigen, was für ein Partylöwe er sein konnte, wenn er wollte und der Einsatz sich lohnte. Tobias würde Bauklötze staunen, und Jenni wäre begeistert und endlich davon überzeugt, dass er der Richtige war. So jedenfalls stellte Lukas sich das vor. Er drückte den Rücken durch und zog Oma Hildegard in der karierten Kittelschürze und ihren fellbesetzten Pantoffeln hinter sich her auf die improvisierte Tanzfläche. Dort nahm er die einstudierte Haltung ein und holte Schwung für die erste Rechtsdrehung. Plötzlich gruben sich Oma Hildegards knochige Finger schmerzhaft in seine Schulter und sie sagte streng: »Halten Sie mich einfach nur senkrecht, junger Mann, mehr will ich gar nicht.«

Na toll. So viel zum Thema Eindruck schinden. Das, was er jetzt mit Oma Hildegard auf das nicht vorhandene Parkett legte, hatte mit einem schnittigen Walzer nichts zu tun. Sie sahen eher aus wie zwei ineinander verschlungene Eichen bei Sturm. Erwartungsgemäß schüttete Tobias sich aus vor Lachen und Jennis Gesicht überzog ebenfalls ein breites Grinsen.

Nach der unfreiwilligen Showeinlage mit Oma Hildegard verkündete Lukas, dass er dringend pinkeln müsse, und entfernte sich vom Partygeschehen. Tobias schloss sich seinem

Freund an und schwankte dabei nicht unerheblich. Sie umrundeten zusammen das Haus und gingen dann über eine Wiese bis zu einem Wildwasserbach. Als Kinder hatten sie hier nie spielen dürfen. Das Wasser war tiefer, als es auf den ersten Blick aussah, und die Strömung riss einen sofort von den Beinen. Schulter an Schulter stellten sie sich ans Ufer und nestelten hektisch und umständlich in ihren Hosen herum, bis sie endlich das Gesuchte fanden. Ihre Gesichtszüge entspannten sich, als sie sich von einer beträchtlichen Menge Maibock trennten, die sie am Abend getrunken hatten.

Lukas sah zu seinem Freund hinüber. Tobias hatte den Kopf in den Nacken gelegt und grinste zufrieden. Der hatte gut lachen. In der letzten halben Stunde hatte Jenni auf seinem Schoß gesessen und nur Augen und Ohren für ihn gehabt. Lukas war stinksauer auf Jenni, aber noch mehr auf seinen vermeintlich besten Kumpel. Die Vereinbarung lautete, sich der Herzensdame gegenüber zurückzuhalten, bis die ihre Entscheidung getroffen und verkündet hatte. Nach Zurückhaltung hatte Tobias' Verhalten allerdings heute Abend ganz und gar nicht ausgesehen. War er, Lukas, der Einzige, der sich fair verhielt? Oder war er nur ein Idiot, weil er sich Jenni sehenden Auges vor der Nase wegschnappen ließ?

Plötzlich übernahmen Wut und Enttäuschung das Ruder. Lukas holte aus, um Tobias mit einem gezielten Stoß in den reißenden Bach zu befördern. Betrunken wie er war, schaffte Tobias es bestimmt nicht so schnell, wieder ans Ufer zu gelangen. Also könnte Lukas den Rest des Abends nutzen, ungestört mit Jenni zu flirten und Tobias' Vorsprung auszugleichen. Aber genau im entscheidenden Moment trat Tobias zur Seite, zog den Reißverschluss seiner Jeans zu und sagte: »Los, komm endlich! Sonst ist das nächste Fass Maibock auch gleich leer und ich hab noch lange nicht genug. Du etwa?«

Lukas erwachte wie aus einem Alptraum. Was war in ihn gefahren? Erschrocken über sich selbst folgte Lukas dem Freund zurück zur Party. Er schämte sich und war gleichzeitig heilfroh, dass Tobias den misslungenen Anschlag offensichtlich nicht bemerkt hatte.

Die Maifeier ging ausgelassen und feuchtfröhlich weiter. Das Starkbier zeigte bei allen Wirkung. So gut wie jeder Gast war inzwischen betrunken, einige sogar komplett hinüber und jenseits von Gut und Böse. Jenni sah trotz ihres glasigen Blicks und dem schief an ihrem Hinterkopf baumelnden Pferdeschwanz wunderschön aus. Sie tänzelte schon wieder aufreizend auf Tobias zu und gab ihm ein volles Glas Maibock, obwohl er noch ein halbvolles in der Hand hielt. Von Lukas nahm sie keine Notiz mehr. Diese Tatsache, zusammen mit der triumphierenden Miene seines Freundes, gab Lukas zu verstehen, dass Jennis Entscheidung wohl gefallen war. Ihm blieb nur, ein guter Verlierer zu sein.

Doch plötzlich wendete sich das Blatt. Um halb eins verkündete Tobias urplötzlich, dass ihm schlecht sei und er gehen wolle. Er ließ Jenni einfach stehen, was die nicht besonders erfreut zur Kenntnis nahm. Lukas fühlte sich hin- und hergerissen. Einerseits war das seine Chance, Jennis ungeteilte Aufmerksamkeit zu bekommen. Andererseits war Tobias sein Freund, und wenn es dem nicht gut ging, sollte er ihn besser begleiten. Er warf Jenni einen entschuldigenden Blick zu und hoffte, dass sie seine Entscheidung verstand, und folgte Tobias. Jennis Verständnis war allerdings nicht besonders ausgeprägt, denn er hörte, dass sie ihnen wütend hinterherschrie: »Na, dann schleicht euch doch!« Schon wieder so ein Versuch, österreichisch zu klingen.

»Was willst du? Kann ich nicht mal drei Minuten alleine sein?«, fragte Tobias genervt, als Lukas ihn nach etwa hundert Metern eingeholt hatte und ihm die Hand auf die Schulter legte.

»Du hast gesagt, dass dir schlecht ist. Da wollte ich nach dir sehen.«

»Mann, ich brauche kein Kindermädchen. Lass mich in Ruhe, ich will nur in mein Bett.« Tobias schüttelte Lukas' Hand ab und ging.

Am nächsten Morgen erwachte Lukas um kurz vor acht mit einem Presslufthammer im Schädel. Er konnte sich nicht daran erinnern, jemals zuvor einen solchen Kater gehabt zu haben. Der Maibock war nicht nur ein starkes Bier, er sorgte auch für überaus starke Kopfschmerzen. Irritiert sah er sich um, bis er Jennis Zimmer erkannte. Er kramte mühsam in seinen Erinnerungen an den vergangenen Abend und die Nacht. Er wusste noch, dass er Tobias gefolgt war. Der lehnte seine Begleitung nach Hause ab und verzog sich. Unmittelbar danach wurde Lukas müde und setzte sich an den Straßenrand. Irgendwann kehrte er zur Party zurück und feierte mit Jenni weiter. Dabei trank er viel mehr als je zuvor. Als Jenni ihn fragte, ob er bei ihr übernachten wolle, war das die Erfüllung all seiner Träume. Er nickte wortlos und bierselig. Zwar schlief er wegen seines beachtlichen Maibockpegels nur bei, aber leider nicht mit ihr, doch was machte das schon? Ihnen blieb noch genügend Zeit, denn sie verbrachten ja jetzt mindestens den Rest ihres Lebens zusammen.

Lukas schwang die Beine aus dem Bett und sammelte seine auf dem Fußboden verstreuten Klamotten auf. Er fragte sich gerade, was er sagen sollte, würde er auf dem Weg ins Bad Jennis Mutter oder Vater treffen, als ihm auffiel, dass draußen auf dem Hof ein ziemlicher Tumult war. Er zog sich an, verzichtete auf den Abstecher ins Badezimmer und lief die Treppe hinunter und aus dem Haus. Fast alle Partygäste waren dort wieder versammelt. Und fast alle boten einen jämmerlichen Anblick. Unausgeschlafen, verkatert, mürrisch. Jenni und ihre Eltern standen auch dort – und bei ihnen zwei Gendarmen. Lukas trat neben Jenni und lächelte sie an. Sie lächelte nicht zurück.

»Was ist passiert?«, fragte er den einen Polizisten, während der andere sich von der Gruppe entfernte. Der Beamte musterte ihn, stellte sich kurz als Hauptkommissar Niederbeck vor und antwortete mit einer Gegenfrage. »Wie heißen Sie?«

»Lukas Meierhofer.«

»Ah, Sie sind das«, murmelte der Polizist. »Sie waren ebenfalls gestern bei der Maifeier anwesend.«

Es war eher eine Feststellung als eine Frage, Lukas antwortete trotzdem. »Ja, ich bin mit Jenni ... ähm, befreundet.« Mit ihr zusammen hatte er eigentlich sagen wollen, aber nach ihrem eiskalten Blick vorhin war das wohl jetzt schon wieder fraglich.

»Sie kannten Tobias Strauber?«, fragte der Beamte.

»Wieso kannten? Er ist mein bester Freund.«

»Tobias Strauber ist vor etwa zwei Stunden tot aufgefunden worden.«

In Lukas' Kopf wirbelte alles durcheinander. Die Worte des Polizisten dröhnten ihm in den Ohren wie das Motorengeräusch eines startenden Flugzeugs, und um ihn herum drehte es sich, als wäre er bei voller Fahrt aus der Achterbahn geschleudert worden. Tobias war tot?

»Wo? Ich meine, wie ist er …«, stammelte Lukas.

»Er lag im Vorgarten eines Hauses nur eine Straße von hier entfernt. Wie wir bereits wissen, hat er die Feier um null Uhr dreißig verlassen, also befand er sich wohl auf dem Heimweg. Herr Strauber wurde mit nacktem Oberkörper aufgefunden. Sein T-Shirt war um seine Hand gewickelt und blutdurchtränkt. Woran genau Herr Strauber gestorben ist, wird die Autopsie ergeben, die nach geltender Vorschrift vorgenommen wird. Da wir momentan Fremdverschulden nicht ausschließen können, muss ich Sie fragen, wo Sie zwischen null Uhr dreißig und ein Uhr dreißig in der vergangenen Nacht gewesen sind.«

»Hier«, antwortete Lukas sofort. »ich habe mitgefeiert und bei Jenni übernachtet. In ihrem Zimmer. Das wird sie Ihnen bestätigen.«

»Ja, das hat sie schon. Wir wissen von ihr, dass Sie ab halb zwei, also nach Ihrer Rückkehr zur Party, die ganze Zeit über mit ihr zusammen waren. Aber eben erst ab halb zwei. Ihre Freundin hat uns nämlich auch erzählt, dass Sie Tobias Strauber gefolgt sind, als er um halb eins die Feier verließ. Laut Aussage von Jenni Homann sind Sie nach mehr als einer Stunde zurückgekehrt. Für mich stellt sich da die Frage, wo Sie in der Zwischenzeit waren.«

»Was meinen Sie damit? Wollen Sie etwa sagen …«, fragte Lukas und schnappte vor Empörung nach Luft. Jetzt wurde ihm klar, warum Jenni sich ihm gegenüber so abweisend verhielt. Scheinbar hielt sie es für möglich oder sogar wahrscheinlich, dass er Tobias etwas angetan hatte. Aber das war absurd. Oder vielleicht doch nicht?

»Ich will damit gar nichts sagen«, erwiderte der Hauptkommissar gelassen, »ich mache nur meine Arbeit. Also?«

Lukas überlegte angestrengt. Er war Tobias gefolgt, wofür der ihn angeschnauzt und stehengelassen hatte, daher war er zur Party zurückgekehrt. Und dafür hatte er nach Jennis Aussage mehr als eine Stunde gebraucht? Wie konnte das sein? Hauptkommissar Niederbeck wartete auf eine Antwort und strich sich nachdenklich über das Kinn. Lukas schüttelte hilflos den Kopf und blieb stumm. Er wusste absolut nicht, was er sagen sollte. In diesem Moment kam der zweite Polizist und flüsterte dem Kommissar etwas ins Ohr. Der drehte sich wortlos um und folgte seinem Kollegen.

Noch am selben Tag wurde Lukas aufgefordert, ins Polizeipräsidium zu kommen. Als er auf dem Besucherstuhl vor dem Schreibtisch des Hauptkommissars Platz genommen hatte, kam der ohne Umschweife zur Sache. »Stimmt es, dass Herr Strauber und Sie gleichermaßen verliebt waren in Jennifer Homann?«

»Wir mochten sie sehr, ja«, gab Lukas zu.

»Na, das halte ich für untertrieben. Ich habe die Maibäume und die Inschriften auf den Herzen mit eigenen Augen gesehen.«

Lukas schwieg. Was sollte er auch sagen? Seine Hände wurden noch feuchter, als sie es ohnehin schon gewesen waren.

»Man kann also davon ausgehen, dass eine gewisse Rivalität zwischen Ihnen beiden bestand«, bohrte der Hauptkommissar weiter.

»Aber das hätte nie unserer Freundschaft schaden können«, versicherte Lukas mit seiner ganzen Überzeugungskraft.

Hauptkommissar Niederbeck sah ihn an wie ein Lehrer, der seinem Schüler dieselbe Aufgabe jetzt schon so oft erklärt hatte, dass er mit seinem Latein am Ende war. »Es steht aber fest, dass Tobias Strauber sich, abgesehen von seinem betrunkenen Zustand, bester Gesundheit erfreute, als er die Feier verließ. Außerdem steht fest, dass Sie ihm gefolgt sind und erst nach etwa einer Stunde wieder auf der Party gesehen wurden. Und fest steht auch, dass Herr Strauber bereits längere Zeit tot war, als man ihn heute Morgen fand.« Der Beamte beugte sich vor, stützte beide Arme auf seinen Schreibtisch und sah Lukas durchdringend an. »Also noch einmal: Wo waren Sie zwischen halb eins und halb zwei?«

Lukas zog hilflos die Schultern hoch. Er konnte sich beim besten Willen nicht erinnern, hatte den totalen Filmriss. Trotzdem war er sich sicher, dass er Tobias nichts angetan hatte. Obwohl – nur wenige Stunden zuvor an dem Abend war er so wütend auf seinen Kumpel gewesen, dass er ihn beinahe in den Wildwasserbach gestoßen hätte. Hatte die große Menge Alkohol seine Hemmschwelle so weit herabgesetzt, dass er etwas unfassbar Schreckliches getan hatte? Lukas schüttelte den Kopf. Das konnte, das durfte nicht wahr sein.

»Gehen Sie jetzt nach Hause«, unterbrach Hauptkommissar Niederbeck Lukas' Gedanken. »Und wenn Ihnen noch etwas einfällt oder Sie ihr Gewissen erleichtern wollen, rufen Sie mich jederzeit an.«

Sein Gewissen erleichtern? Stand er für die Polizei etwa schon als Täter fest? Grußlos und mit hängenden Schultern verließ Lukas das Präsidium und ging direkt in den »Goldenen

Hahn«. Dort saß er stundenlang, starrte vor sich hin und dachte nach. Was war in der Nacht geschehen, nachdem sich ihre Wege getrennt hatten? Was war Tobias zugestoßen? Und was hatte er, Lukas, damit zu tun? Auch am nächsten Abend saß Lukas wieder in der Kneipe am selben Tisch und grübelte. Aber alles, was er herausfand, war, dass er sich selbst immer weniger vertraute. Ein echt beschissenes Gefühl.

Als Lukas am Morgen des dritten Mai einen Anruf von Hauptkommissar Niederbeck erhielt, war er sicher, dass sich die Schlinge um seinen Hals jetzt zuziehen würde. Der Kommissar erklärte, dass er Lukas umgehend sprechen möchte. Etwa eine Stunde später saß er wieder vor dem Schreibtisch des Beamten. Jenni und ihre Eltern waren ebenfalls da. Hauptkommissar Niederbeck nahm das Ergebnis der Autopsie vorweg. Tobias war verblutet. Aufgrund eines tiefen Schnitts in die linke Pulsader. Nachdem er den Anwesenden einen Moment Zeit gelassen hatte, um die Nachricht sacken zu lassen, schilderte er den Verlauf der polizeilichen Untersuchungen und die Umstände von Tobias Straubers Tod.

Den Ermittlungen zufolge hatte Tobias in der Nacht zwar vorgegeben, nach Hause gehen zu wollen, war dann aber zu Jennis Elternhaus zurückgekehrt. Dort baute er sich aus leeren Bierkisten, die im Carport der Familie standen, eine Art Klettergerüst, und das genau unter dem Balkon, der zu Jennis Zimmer gehörte. Von der Partygesellschaft, die sich in der Auffahrt vor dem Haus aufhielt, blieb das unbemerkt. Aller Wahrscheinlichkeit nach versuchte er, mit einem vollen Bierglas in der Hand zu Jennis Balkon hinauf- und in ihr Zimmer einzusteigen. Dort wollte er vermutlich auf das Mädchen warten, um unbeobachtet von seinem Freund und Widersacher das Rennen um die Gunst der jungen Frau zu gewinnen. Bei dem Kletterversuch war er abgestürzt und hatte sich schwer verletzt.

Die Polizei war auf den Haufen umgekippter Bierkisten aufmerksam geworden und hatte ihn untersucht. Die Beamten fanden Blutspuren von Tobias und Scherben des Bierglases mit seinen Fingerabdrücken darauf. Bei der Autopsie wurde neben dem extrem hohen Alkoholspiegel der tiefe Schnitt in der linken Pulsader entdeckt, in dem noch ein Glasstück steckte. Tobias Strauber war nach seinem Sturz vom Unfallort geflohen, wohl in der trügerischen Annahme, dass die Verletzung nicht schlimm sei. Wenige Hundert Meter entfernt war er dann in dem Vorgarten zusammengebrochen, in dem er am frühen Morgen gefunden worden war. Gestorben an dem erheblichen Blutverlust durch den Schnitt in der Arterie. Der Gerichtsmediziner grenzte den genauen Todeszeitpunkt zwischen halb drei und vier Uhr in der Nacht ein. Um die Zeit hatte Lukas seinen Rausch ausgeschlafen, was Jenni bezeugen konnte, weil sie wegen seines beeindruckend lauten Schnarchens wach gelegen hatte. Der Tod von Tobias Strauber war somit nicht auf ein Verbrechen zurückzuführen. Es handelte sich um einen tragischen Unglücksfall.

Etwa eine halbe Stunde später verließ Lukas das Polizeipräsidium. Dass er sich seit letzter Nacht wieder an den verhängnisvollen Abend erinnerte, hatte er sich nicht anmerken lassen. Welche Rolle spielte es schließlich, dass er Tobias beim Bau des Bierkistengerüsts erwischt hatte? Dass sie in einen erbitterten Streit geraten waren? Dass Lukas vor Wut eine der Kisten zur Hälfte aus der ohnehin wackeligen Konstruktion gezogen hatte? Wen sollte das jetzt noch interessieren?

Doris Oetting
geboren 1970 in Lübbecke, lebt mit ihrem Mann in Minden. Sie arbeitet in einer Werbeagentur, liebt Musicals, das Reisen und natürlich Bücher. Im März 2016 veröffentlichte sie ihren ersten Roman, dem zwei Bände mit Kurzgeschichten folgten. Der Bezug zum Alltag und dem normalen Leben mit all seinen Höhen und Tiefen ist der Autorin bei allem, was sie schreibt, von großer Wichtigkeit. Im Herbst 2018 erschien ihr neuer Roman »Das Haus auf Föhr«.
Mehr Informationen unter: www.doris-oetting.de

Joachim H. Peters

Die Bierflut

Joseph Pinding atmete tief durch, als er das Gasthaus *Zum grauen Schwan* betrat. Die Luft in dem alten Gewölbe roch nach Bier, Schweiß und Geräuchertem. Ihm behagte dieser Geruch, er war ganz nach seinem Geschmack. Wie fast jeden Abend suchte der wohlbeleibte Pinding nach seiner Arbeit als Küfer das Gasthaus auf. Dessen Wände waren von bleckenden Fackeln geschwärzt und in der offenen Feuerstelle kokelte feuchtes Buchenholz vor sich hin. Das Bier, das hier ausgeschenkt wurde, brauten die Mönche des benachbarten Klosters. Pinding kam hierher, um sich dem Gerstensaft hinzugeben. Aber er verstand nicht nur etwas vom Trinken, sondern auch vom Brauen. Er liebte alles, was mit dem Bierbrauen zu tun hatte. Bier war sein Leben.

Das Rezept für dieses Klosterbier hätte Pinding nur zu gerne gehabt, wusste aber, dass die geistlichen Herren es wie eine heilige Reliquie hüteten. Man erzählte sich, dass es von Braumeistermönch zu Braumeistermönch jeweils nur mündlich weitergegeben wurde, so kannten immer nur zwei Mönche die Rezeptur und angeblich noch nicht einmal der Abt. Pinding ging jedoch davon aus, dass es irgendwo aufgeschrieben stand, denn würden beide Mönche gleichzeitig sterben, wäre es für alle Zeiten verloren. Er war sich sicher, dass der Orden auf diese Einnahmequelle nicht verzichten wollte und konnte.

Mit einer gewissen Zufriedenheit betrachtete er das Fass, das der Wirt aus dem Keller gerollt und zusammen mit seinem Hausknecht auf die Theke gewuchtet hatte. Es war nicht nur unter seinen Händen entstanden, er hatte es sogar eigenhändig an die frommen Männer des Klosters geliefert.

Nachdem die Schläge des Anschlaghammers durch die Gewölbe des *grauen Schwans* gehallt waren, hatte der Wirt einen ersten Humpen aus Zinn für den Fassmacher gefüllt. Und bei dem einen war es natürlich nicht geblieben. Pinding sah sich um und bemerkte einen jungen Mann, der in einer Ecke saß und auf einem Stück Speck herumkaute. Den hatte er hier noch nie gesehen. Sonst kannte er so gut wie jeden Bewohner des kleinen Fleckens, der seit ungefähr fünf Jahren seine neue Heimat war. Die alte hatte er überstürzt verlassen müssen. Pinding wischte sich den Schaum vom Mund und winkte dem Wirt mit dem Humpen. Zufrieden sah er, wie kurze Zeit später das goldgelbe Lebenselixier hineinströmte.

Während er die ersten Schlucke davon nahm, beobachtete er, wie der junge Mann einen Lederbeutel aus dem Wamst zog und hineinschaute. Vermutlich sah er nach, ob er sich noch etwas zu essen oder zu trinken leisten konnte. Pinding musste unwillkürlich an seine Jugendzeit denken, die nicht von Reichtum gesegnet war. Dann war die mehrjährige Lehrzeit gekommen, und das waren weiß Gott keine Herrenjahre gewesen. Erst danach hatte er allmählich sein Auskommen gehabt. Zu seinem großen Glück hatte sein Handwerk auch dafür gesorgt, dass er für seine Liebe zum Bier nie etwas von seinem Lohn abzweigen brauchte, doch das war eine andere, eine längst vergangene Geschichte.

Mit einem tiefen Seufzen musste er an die alte Heimat denken, als er aus dem Augenwinkel sah, dass an dem Beutel des jungen Mannes ein besticktes Stück Stoff aufgenäht war, dessen Muster er nur zu gut kannte. Konnte das wirklich sein? Drei schreitende goldene Löwen untereinander auf rotem Grund? Das Wappen Britanniens? Hier? Sollte es ihm vergönnt sein, ausgerechnet in diesem kleinen Eifeldörfchen endlich einmal wieder einen Landsmann zu treffen? So fern der Heimat?

»Was ist nun?«, wollte der Wirt wissen, »kannst du dir noch was leisten, oder nicht?« Der junge Mann hob den Kopf und sah ihn mit traurigem Blick an. Seine Miene verriet, dass er auf dem Grunde des Beutels nur Leder gesehen hatte.

Pinding stand auf, griff sich seinen Humpen und trat an den Tisch des jungen Mannes. »Sprecht Ihr Englisch?« Er stieg mit einem Bein über die derb zusammengezimmerte Holzbank und ließ sich rittlings darauf nieder. Er war gespannt, ob der junge Mann seine Muttersprache verstand.

Der sah ihn erstaunt an und lächelte dann. »Aber ja, mein Herr, und ich freue mich, hier in der Fremde die Sprache der Heimat zu hören.«

»Potztausend!« Pindings flache Hand krachte auf die Tischplatte. »Das nenne ich einen guten Tag. Da sitzt man nichts ahnend im *Schwan* und plötzlich hat einen die Vergangenheit wieder.« Er wandte sich dem Wirt zu, der immer noch abwartend am Tisch stand. »Lauft und holt zwei große Humpen, für mich und meinen neuen Freund.« Zur Bestätigung der Ernsthaftigkeit seiner Bestellung warf er ein paar Münzen auf den Tisch.

Gierig raffte der Wirt sie zusammen und entfernte sich dann rückwärtsgehend und sich ständig verbeugend. »Sofort mein Herr, ich werde Euren Durst schon stillen.«

Kaum dass sie allein waren, streckte Pinding die Hand nach dem Beutel seines Tischnachbarn aus. Der überließ ihn ihm und beobachtete, wie der Küfer seine Finger über die gestickten Löwen gleiten ließ. »Es war meine Verlobte, die dieses Stickwerk angefertigt hat.«

Pinding antwortete, ohne aufzusehen. »Eine wunderbare Arbeit, so etwas Schönes habe ich lange nicht mehr gesehen.« Seine Augen waren feucht geworden, er musste die Nase hochziehen und schlucken. Ach, wie er seine geliebte Heimatstadt doch vermisste.

»Seid Ihr auch aus London?«, wollte der junge Mann wissen.

Pinding legte den Beutel zwischen sie auf den Tisch und nickte ihm zu. »Ja, mein Freund. Ich bin ein Londoner durch und durch.« Er reichte seinem Gegenüber die Hand. »Mein Name ist Pinding, Josef Pinding.« Der Junge gefiel ihm, ein Bursche ganz nach seinem Geschmack.

»Seid gegrüßt, Josef Pinding, aber sagt, was hat Euch in diese Gegend verschlagen?« Der junge Mann nahm dankbar den Humpen entgegen, den der Wirt ihm gebracht hatte. Er prostete seinem Spender zu und nahm einen tiefen Schluck.

»Ach, wisst Ihr, das ist eine lange Geschichte.« Auch Pinding trank von seinem Bier und wischte sich dann mit dem Handrücken den Schaum vom Mund. »Nicht immer ist es möglich, den Ort zu bestimmen, wo man sich niederlässt. Und ganz so schlecht ist es ja hier nun wieder nicht.« Er ließ den Blick durch den *Schwan* gleiten, der schließlich an dem Humpen in seiner Hand hängen blieb. »Ich sage stets, wo es ein gutes Bier gibt, da kann man leben. Und dieses Bier, das von den Mönchen des nahe gelegenen Klosters gebraut wird, ist wahrlich ein edles Gesöff.« Wieder nahm er einen großen Schluck.

»Ja, das Bier schmeckt gut und Ihr scheint euch damit auszukennen.« Der junge Mann erhob sich leicht. »Ich vergaß mich vorzustellen, mein Name ist Beavis Dawkins, und habt recht vielen Dank für diesen Trunk.«

Pinding winkte gelassen ab. »Lasst nur gut sein, Beavis, die Muttersprache zu hören, ist mir noch etliche Humpen wert. Und nun berichtet mir, was treibt Euch in diese Gegend?«

»Ach, ich benötige einen Broterwerb. Eine Zeit lang habe ich auf einem Fährschiff gearbeitet, welches zwischen Dover und Calais verkehrte, doch vor ein paar Monaten entließ mich der Kapitän und so machte ich mich in Frankreich wieder auf die Suche.« Er trank von dem Mönchsgebräu bevor er fortfuhr. »Ihr wisst ja, wie es ist. Für einen Tagelohn arbeitet man mal hier und mal dort und treibt weiter durch das Land. Aber das Richtige war noch nicht dabei. Auf meiner Wanderung bin ich nun in diesem Gasthaus angelangt.«

Pinding sah den jungen Mann aufmerksam an. »Was habt Ihr denn gelernt?«

»Mein Vater schickte mich bei einem Zimmermann in die Lehre. Der meinte, ich könne wohl recht gut mit Holz umgehen, doch gegen Lohn behalten konnte er mich nicht.«

»So so, ein Holzwurm?« Pinding musste rülpsen. »Ich bin mir sicher, dass Ihr bei uns, in den Wäldern der Eifel, Arbeit finden werdet.«

Der junge Mann lachte bitter auf. »Aber nur, wenn ich bis dahin nicht verhungert oder verdurstet bin. Zuletzt war ich in Lohn bei einem Fuhrmann, und genau drei Meilen von hier hat er mich nicht nur vom Wagen gestoßen, sondern mich auch um meinen Monatslohn geprellt.«

Pinding sah ihn mit großen Augen an. »Was für ein Hundsfott!«, schimpfte er. »Einen Landsmann von mir so zu betrügen. Ich würde ihn gern in die Finger bekommen, der könnte was erleben.«

»Ach, der ist längst über alle Berge, bestimmt schon in Trier. Dort wollte er hin.« Der junge Mann nahm den Humpen in beide Hände und führte ihn zum Munde. Gierig trank er ihn bis auf den letzten Tropfen aus.

Pinding musste lachen. »Ihr habt wirklich einen Durst, der einem Londoner fern der Heimat zur Ehre gereicht. Da soll mal einer sagen, wir Briten könnten nicht saufen.« Auch er ließ den Rest des Gerstensaftes die Kehle hinunterrinnen und winkte mit dem leeren Humpen nach dem Wirt. »He da, noch zwei für meinen Freund und mich!«

Beavis begann, nervös auf der Bank herum zu rutschen. »Guter Mann, das kann ich nicht annehmen, selbst wenn jeder von uns zweimal aus Britanniens schönster Stadt kämen.«

»Lasst nur stecken, ich verdiene hier gut und Ihr sollt in meiner Gegenwart nicht hungern und nicht dürsten.« Pinding strich erneut mit dem Finger über die gestickten Löwen und sein Blick glitt in die Ferne. Dann riss er sich zusammen und blickte Beavis direkt in die Augen. »Habt Ihr überhaupt schon etwas gegessen?«

Der junge Mann nickte. »Eine ältere Dame, der ich geholfen habe, Brennholz auf ihren Hof zu tragen, gab mir ein wenig.«

»Gott segne sie«, wünschte Pinding und nahm die nächste Runde in Empfang. »Und nun wollen wir etwas gegen Euren Durst tun«, schlug er vor und schob Beavis den Humpen zu.

»Was treibt Ihr hier so?«, fragte der nun den Landsmann aus.

»Ich arbeite als Küfer und beliefere das Kloster mit erstklassigen Fässern. Wenn Ihr so wollt, dann schaffe ich das Heim für dieses herrliche Gesöff.« Er stieß Beavis' Humpen an. »Auf England!«

»Auf England!«, antwortete der junge Mann und trank. »Aber Ihr seid nicht immer Küfer gewesen, oder?« Beavis sah Pinding aufmerksam an.

Der lächelte versonnen. »Das habt Ihr gut erkannt, junger Freund. Als ich noch in London war, habe ich für die *Meux and Company* in der Tottenham Court Road gearbeitet. Ich weiß nicht, ob Euch dieser Name etwas sagt.«

Beavis überlegte einen kurzen Moment. »*Meux and Company*? Ist das nicht eine Brauerei? Eine sehr große Brauerei sogar?«

Pinding nickte stolz. »Ja, die *Meux and Company Brewery* hat sich in den letzten Jahren in London einen Namen gemacht. Ein stattlicher Betrieb, der im Laufe der Zeit und mit der zunehmenden Lust auf Bier immer größer geworden ist.« Eine Zeit lang schwiegen beide Männer. »Aber zurück zu Euch«, begehrte Pinding. »Wo werdet Ihr diese Nacht schlafen?«

Beavis zuckte mit den Schultern. »Ich habe kein Nachtlager gefunden, doch es ist ja nicht so kalt und in irgendeinem Stall oder einer Scheune werde ich schon unterkommen.« Er seufzte.

»Hm«, brummte Pinding und strich sich mit der Hand über das Kinn. »Ich glaube, ich habe da eine recht gute Idee.« Wieder dachte er kurz nach, bevor er erneut dem Wirt winkte. »Zwei werden wir noch nehmen, dann bringe ich Euch zu Eurem neuen Nachtlager.«

Der junge Mann sah ihn erstaunt an. »Wo soll das sein?«

Pinding lachte laut auf. »Ich verspreche Euch, so mancher würde diesen Platz gern mit Euch tauschen. Ah, da kommt ja der Herr Wirt und tut seine Pflicht.«

***

»Seid vorsichtig!«, mahnte Pinding, dessen eigene Schritte vom Alkohol nicht ganz sicher waren. »Die Stufen sind ausgetreten und glatt.« Beavis folgte ihm dicht auf, denn die Kerze in der verrußten Laterne spendete nicht viel Licht.

Nachdem sie ausgetrunken hatten und Pinding bezahlt hatte, waren sie aufgebrochen und hatten sich auf den Weg zum Kloster gemacht. Vom Wirt hatten sie sich die Lampe ausgeliehen, da es draußen schon recht dunkel war und Pinding nicht wusste, ob sie am Eingang des Klosters eine finden würden.

»Macht es doch nicht so spannend«, hatte Beavis seinen neuen Freund immer wieder bekniet. »Sagt mir endlich, wo wir hingehen und wo ich schlafen soll.«

Aber Pinding hatte nur laut gelacht und ihn mit sich gezogen. Als sie vor dem Kloster ankamen, zog er einen eisernen Ring mit vielen Schlüsseln daran aus seinem Wamst und schloss damit eine kleine Tür neben der großen Pforte auf.

Schweigend traten sie ein und überquerten den verlassen daliegenden Klosterhof. Auf der anderen Seite stiegen sie ein paar Stufen hinunter. Vor einer schweren, mit schmiedeeisernen Beschlägen verstärkten Eichentür blieb Pinding erneut stehen und entriegelte sie mit einem seiner Schlüssel. Dann stieß er die Tür auf, hielt das Licht hoch und ließ Beavis an sich vorbei eintreten.

»Nach rechts!«, forderte er ihn auf, und der junge Mann erkannte eine weitere Treppe, die tiefer in den Keller hinabführte. Pinding nahm die Kerze aus der Laterne, schützte die Flamme mit seiner Hand und entzündete damit eine Fackel, die neben der Tür hing. Zumindest waren jetzt die nächsten Stufen beleuchtet und Beavis drückte sich beim Hinuntersteigen sicherheitshalber an die kalte Kellerwand. Alle paar Stufen steckten sie eine weitere Fackel an und unten sah Beavis einen langen Raum vor sich. In der Mitte war der Boden auf einer Fläche von zwei mal vier Metern um fünfzig Zentimeter abgesenkt. An der hinteren Wand war eine große Menge an Holzfässern bis an die Decke übereinandergestapelt. Beavis schätzte sie auf mindestens dreißig und nahm an, dass sie allesamt von Pindings Hand geschaffen waren.

Der Küfer ging an ihm vorbei und entflammte auf der anderen Seite weitere Fackeln. Bis auf einige dunkle Ecken lag der Raum nun in diffusem flackerndem Licht. Als letzte Handlung blies er die Kerze aus und steckte sie zurück in die Laterne. Dann drehte er sich um und breitete die Arme aus wie ein König, der sein Reich präsentierte. »Hier werdet Ihr heute Nacht schlafen. Umgeben vom edelsten Getränk der Welt!« Pindings Lachen dröhnte durch den Keller. »Dort hinten findet ihr Decken, und damit Euch nicht ganz so kalt wird, werde ich uns noch einen Schlummertrunk spendieren.«

Er nahm zwei Krüge aus Holz, die neben einem der Fässer gestanden hatten, und reichte einen seinem neuen Freund. »Ich wette, Ihr werdet heute Nacht von einem See aus Bier träumen.« Dann schritt er auf ein Fass zu, in dem ein hölzerner Hahn steckte, und wollte ihn öffnen, doch er kam nicht mehr dazu.

»Dieses Glück werdet *Ihr* leider nicht haben«, prophezeite Beavis und schlug mit dem Humpen zu.

***

Das Dröhnen in seinem Schädel war fürchterlich, aber noch schlimmer war, dass Pinding nicht mit der Hand an die schmerzende Stelle greifen konnte. Er lag rücklings auf dem Lehmboden des Kellers und seine Arme waren nicht nur seitlich ausgestreckt, sondern an den Handgelenken auch an Pflöcken befestigt, die in den Boden getrieben worden waren. Seine Beine waren gespreizt und ebenfalls an derartiger Befestigung fixiert.

Was wurde hier gespielt?

Als er den Kopf zur Seite drehte, sah er Beavis, der an einem der Fässer lehnte. Sein freundlicher Gesichtsausdruck hatte sich in eine böse Grimasse verwandelt.

»Was soll das? Seid Ihr von Sinnen?« Pindings Stimme klang krächzend. Trotz des vielen zuvor genossenen Bieres, schien sein Mund wie ausgetrocknet. »Ist das der Dank dafür, dass ich Euch eingeladen habe?«

Beavis lachte auf. »Nein, mein Herr, das ist er wahrlich nicht. Nur ist es so, dass Ihr nicht Josef Pinding seid, sondern Andrew Miller und ich schon lange nach Euch suche.«

Pinding zuckte bei dieser Namensnennung wie unter einem Peitschenschlag zusammen.

»Ja, da staunt Ihr, nicht wahr? Ich weiß eine Menge von Euch, denn bereits seit fünf Jahren bin ich nun hinter Euch her.«

Pinding zerrte an seinen Fesseln und ließ den Blick unruhig hin und her schweifen. »Wer seid Ihr wirklich und was wollt Ihr von mir?«

»Im Gegensatz zu Euch habe ich meinen Namen nicht geändert. Ich heiße tatsächlich Beavis Dawkins und mein Vater betrieb ein Pub ganz in der Nähe eurer früheren Arbeitsstätte.« Er verlagerte sein Gewicht auf das andere Bein. »Erinnert Ihr Euch an *Tavistock Arms*?«

Pinding schüttelte zunächst den Kopf, dann schien ihm etwas zu dämmern. »Meint Ihr diese erbärmliche Kneipe im Armenviertel von St. Giles?«

»Genau die meine ich«, bestätigte Beavis. »Wisst Ihr was mit ihr geschehen ist?«

Pindings Gesicht wurde feuerrot. Mit einem Schlag hatte ihn seine Vergangenheit eingeholt. Er wusste, worauf Beavis anspielte. Auf ein fürchterliches Unglück ...

Er konnte sich gut an diesen Tag erinnern, den 17. Oktober 1814. Es war ein Montag gewesen, an dem ihn sein Chef, der Braumeister George Ingles, dazu aufgefordert hatte, den Zulauf zu einem der riesengroßen Holzbottiche zu öffnen, in denen das Bier gelagert wurde. Doch Pinding, der damals noch Andrew Miller hieß, hatte Respekt vor diesen Ungetümen, die über 135.000 imperiale Gallonen, umgerechnet etwa 610.000 Liter des Gerstensafts fassten.

Wieder und wieder hatte er Ingles davor gewarnt, die hölzernen Bottiche ganz aufzufüllen, weil Miller sich nicht sicher war, ob sie halten würden, der Druck der Flüssigkeit schien ihm gewaltig. Natürlich wusste er, dass auch die *Meux and Company* Brewery unter großem Druck stand, denn das Volk wollte sein Bier und zwar immer mehr und immer schneller.

»Lassen Sie das nur meine Sorge sein«, wehrte Ingles Millers Einwand ab. »Gehen Sie lieber nach oben auf die linke Seite und öffnen dort die Zuleitung«, ordnete der Braumeister an, »und ich mache dasselbe rechts. Die Bottiche werden schon halten.«

Miller versuchte, noch etwas einzuwenden, doch Ingles schnitt ihm mit einer barschen Handbewegung das Wort ab. »Wollen Sie Ihren Job behalten oder wollen Sie demnächst in der New Street betteln gehen?« Dabei funkelte er Miller mit bösem Blick an.

Der antwortete nicht, sondern sah zu, dass er Ingles Aufforderung schleunigst nachkam. Er kletterte die Leiter hinauf und sah, dass Ingles es auf der anderen Seite des riesigen Tanks ebenso tat. Oben angekommen machten sie sich beide an den großen Stellrädern zu schaffen, die den Zulauf für den Bottich regelten.

Miller hatte sein Rad noch nicht einmal ganz aufgedreht, als er ein lautes Krachen hörte. Holz zerbarst und nur Sekunden später sah er, wie der Tank unter ihm ins Schwanken geriet. Geistesgegenwärtig sprang er auf die Leiter, die zum Dach der Brauerei hinaufführte. Unter ihm platzte der Bottich und sein Inhalt ergoss sich in das Gebäude. Die gewaltige Woge aus Bier prallte auf die anderen Behälter, die dieser enormen Kraft nichts entgegenzusetzen hatten und daraufhin ebenfalls barsten.

Miller, der an der Leiter hing, konnte nichts anderes tun, als diesem Dominoeffekt zuzusehen. Selbst schreien hätte nichts genutzt, da sich eine Flutwelle von nun fast eineinhalb Millionen Litern Bier ihren Weg suchte und dabei rauschte wie der Ozean im Sturm.

Miller stieß die Dachluke auf und kletterte hinaus. In dem Moment, in dem er nach links blickte, flog die andere Luke auf und Ingles versuchte, darüber das Dach zu erreichen. Miller wollte ihm gerade etwas zurufen, als das gesamte Gebäude plötzlich unter ihnen nachgab. In panischer Angst rannte er zum hinteren Giebel, und als auch der zu schwanken begann, nahm er sein Herz in beide Hände und sprang auf das unter ihm liegende Dach einer Weberei. Im letzten Augenblick sah er, wie Ingles wieder in der Dachluke und somit in einem Ozean aus Bier verschwand.

Die gewaltige Woge aus fast eineinhalb Millionen Litern Bier wuchs auf viereinhalb Meter an und rauschte durch die Gassen des Elendsviertels. Besonders die New und die George Street waren betroffen. Hauswände stürzten ein, Menschen und Tiere, sogar Kutschen wurden von der Bierflut mitgerissen. Die Kellerräume der Häuser, in denen oft arme Familien vegetierten, füllten sich in Sekundenschnelle und einige Bewohner ertranken. Nachdem zwei komplette Gebäude weggerissen worden waren, durchbrach die Flutwelle letztendlich auch die Wand des *Tavistock Arms* und begrub unter sich alle, die sich im Pub befanden.

Miller lief es noch heute kalt den Rücken herunter, wenn er daran dachte, dass ihn nur seine waghalsige Flucht über die Dächer in Sicherheit gebracht hatte. Andere hatten dieses Glück nicht gehabt. Acht Menschen waren gestorben, darunter zwei Kinder. Von den vielen Schwerverletzten gar nicht zu reden.

»Was wollt Ihr von mir?«, fragte Miller erneut und betrachtete Beavis, dessen Gesicht jede Freundlichkeit verloren hatte. »Das alles ist doch nun schon mehr als fünf Jahre her.«

»Ja, und sie wäre heute zwanzig.« Beavis knirschte mit den Zähnen und schien die Tränen nur mühsam zurückhalten zu können.

»Wer wäre heute zwanzig?«, fragte Miller wütend und zerrte an seinen Fesseln. Dieser derbe Spaß hier wurde ihm langsam zu bunt.

»Eleanor Cooper. Sie war fünfzehn, als Ihr Eure Untat begangen habt.« Beavis' Augen füllten sich nun tatsächlich mit Tränen, die ihm über die Wangen liefen. »Ich habe sie geliebt und wir wollten heiraten, wollten später vielleicht sogar Vaters Pub übernehmen, wollten ein Kind ...«

»Aber dafür konnte ich doch nichts«, versuchte Miller klarzustellen. »Das war einzig die Schuld der Brauerei.« Er verlegte sich nun aufs Betteln. »Komm, mach mich los, wir trinken noch ein Bier und vergessen die ganze Sache. Du findest gewiss ein anderes Mädchen.«

Mit einem Satz war Beavis bei ihm und der Tritt, den er Miller versetzte, brach ihm zwei Rippen. Der ehemalige Brauer schrie auf und zerrte vor Schmerz an seinen Fesseln.

»Du bist und bleibst ein Schwein, Andrew Miller«, brüllte Beavis wutentbrannt. »Nicht nur, dass du damals den Richter belogen hast, indem du sagtest, die Bottiche wären von alleine geplatzt, jetzt ziehst du auch noch Eleanors Namen in den Schmutz.« Er spuckte auf den am Boden Liegenden. »Aber so war es ja schon immer. Von Euch Verbrechern wurde nicht einer zur Verantwortung gezogen, ganz im Gegenteil.«

Beavis' Wut kochte noch weiter hoch, vor allem wenn er daran dachte, dass *Meux and Company* vor Gericht nicht nur von jeder Schuld freigesprochen, sondern ihnen sogar die Tanks ersetzt worden waren. Auch die im Voraus gezahlten Steuern für das verlorengegangene Bier hatten sie zurückerhalten.

Miller atmete schwer, seine gebrochenen Rippen schmerzten. »Was hast du vor?«, keuchte er verängstigt, als er sah, dass Beavis nach einem Anschlaghammer aus Holz griff.

»Der Zufall wollte es anscheinend, dass ich dir das gleiche Schicksal zukommen lassen kann, wie Eleanor es erleiden musste. Du wirst bald sehen, wie es ist, zu ersaufen und sei es in deinem Lieblingsgetränk.« Beavis stieg auf die ersten Stufen und schlug mit dem Hammer den hölzernen Hahn des Fasses ab. Sofort sprudelte der Gerstensaft heraus und der Strahl ergoss sich über Miller.

»Das kannst du nicht machen«, gurgelte der, während das Bier um ihn herum immer höher stieg.

Doch Beavis ließ sich nicht beirren. Er kletterte von einem Fass zum anderen und drosch bei jedem den Holzspund heraus, mit dem es nach dem Befüllen verschlossen worden war. Fass um Fass leerte sich und füllte den Kellerboden nach und nach mit Bier.

Verzweifelt versuchte Miller, seinen Kopf hochzuhalten, um weiteratmen zu können.

Beavis hatte das letzte der vielen Fässer aufgeschlagen und stand nun auf der Treppe. Millers Körper lag mittlerweile komplett im Bier und die goldgelbe Flüssigkeit stieg weiter an. Nur mit größter Kraftanstrengung konnte er das Gesicht über dem Bier halten. In wenigen Sekunden würde er ertrunken sein.

Es war eine Genugtuung für Beavis, dass Miller ausgerechnet durch die Flüssigkeit starb, durch die auch die Menschen in Soho ums Leben gekommen waren. Er blickte noch einmal auf den Anschlaghammer in seiner Hand, dann warf er ihn mit Schwung auf den Ertrinkenden.

»Ein letztes Andenken an deinen Beruf«, sagte der junge Mann, ging die Treppe hinauf und verschwand aus der Eifel, ohne noch von jemandem gesehen worden zu sein.

Anmerkung des Verfassers: Die Handlung sowie die Protagonisten sind frei erfunden, das geschilderte Unglück, das als Londoner Bierflut in die Geschichte eingegangen ist, hat sich am 17. Oktober 1814 tatsächlich so ereignet. In der Mediathek des ZDFs gibt es dazu eine kurze Dokumentation. Auch die Person der Eleanor Cooper und das *Tavistock Arms* haben existiert. Die Brauerei wurde 1922 abgerissen, auf einem Teil des Geländes befindet sich heute das *Dominion Theatre*. Im Jahr 2012 begann *Holborn Whippet*, eine lokale Taverne, mit einem speziell gebrauten Fass Porter an dieses Ereignis zu erinnern.

Joachim H. Peters
Baujahr 1958, schrieb 2008 seinen ersten Kriminalroman, seither sind fünfzehn Bücher und diverse Kurzgeschichten von ihm erschienen. Der Kriminalbeamte steht aber auch als Schauspieler, Kabarettist, Leser oder Moderator auf der Bühne. Der gebürtige Gladbecker lebt und arbeitet seit 2004 in seiner Wahlheimat Lippe.
Mehr Informationen zum Autor unter:
www.koslowski-krimis.de